UN THRILLER DE AJ DOCKER Y BANSHEE

TRAICIÓN EN LA CIUDAD DEL PECADO

GARY GERLACHER

Black Rose Writing | Texas

ELOGIOS PARA
LA SERIE DE SUSPENSO DE
AJ DOCKER Y BANSHEE

La Última Paciente de la Noche es como si M*A*S*H* se encontrara con el detective Harry Bosch. Es un thriller que no decepciona.
–Gregory D. Lee, autor de *Stinger: An International Thriller*

Para Rick, cuya luz brillaba más que la mayoría,
pero se extinguió demasiado pronto.
El mundo es un lugar mejor gracias a ti.

TRAICIÓN EN LA CIUDAD DEL PECADO

CAPÍTULO 1

Lunes 16 de octubre

2:11 p. m.

—911, ¿cuál es tu ubicación?

La persona que llamaba respondía con un acento áspero del sur, con la voz modulada por un dispositivo electrónico.

—¿Estás grabando esta llamada?

—Sí. ¿Cuál es tu ubicación?

—Durante demasiado tiempo, nuestro país ha permitido que las sombras se extiendan sin control. La Federación Aria de Las Vegas está trayendo luz en estos tiempos de oscuridad. Mira hacia el comienzo del día al comienzo de la noche, cuando nuestra luz vaya a explotar y eliminar a un portador de sombras. El poder blanco ahora gobierna en Las Vegas.

La persona que llamó colgó mientras una atónita operadora del 911 se volteaba hacia su supervisor.

—¿Qué hacemos con esto?

—Reprodúcelo de nuevo.

La operadora y el supervisor escucharon la llamada.

—Intenta llamar al número —sugirió el supervisor.

La operadora llamó al número, pero colgó cuando escuchó que el número ya no estaba en servicio.

—Probablemente un desechable, y ya ha de estar en un bote de basura. ¿Qué quieres hacer?

El supervisor había estado en el trabajo durante catorce años y había escuchado innumerables llamadas locas. La mayoría de las personas llaman al 911 con buenas intenciones, pero algunas están motivadas por el alcohol y las drogas, en una necesidad desesperada de atención o por enfermedades mentales. Lo difícil era determinar qué llamadas eran amenazas genuinas. Esta persona se molestó en usar un modulador de voz, y el mensaje era lo suficientemente críptico como para ser inútil en el momento.

—No hay mucho que podemos hacer. Márcalo y espera a ver si pasa algo, o si es otra llamada de broma.

—¿Qué te dice tu instinto?

—Algo malo está por suceder en Las Vegas.

•　　•　　•

—Por última vez, Jen, Charlie Daniels perdió la batalla del violín.

El orador era una figura imponente vestida con uniforme de Spider-Man, que se cernía sobre su adversario. La mayoría de la gente se sentiría intimidada por su corpulencia, pero no la Dra. Jen Schumer.

—Rick, lo voy a dejar pasar porque sé que fuiste criado por una manada de lobos con una dieta de carne cruda, y solo Dios sabe cuántas lesiones en la cabeza has sufrido a lo largo de los años, pero déjame asegurarte una cosa. Charlie Daniels le ganó al diablo en Georgia. Lo dice en la canción.

Rick no había terminado de discutir, ni mucho menos.

—Todo el mundo asume que Charlie ganó, porque es su canción, y él lo dijo, pero el diablo era mejor. Pregúntale a cualquier violinista profesional quién era mejor, y te van a decir que es el diablo.

—¿Conoces a algún violinista profesional de verdad?

—Eso no viene al caso. ¿Qué piensas, Doc?

Reflexioné sobre mi respuesta.

—Rick, lo único que sé es que no sabes una mierda de violín; Jen no sabe una mierda de violín; y yo seguro que no se una mierda de tocar el violín. En ausencia de una visión inteligente, voy con Jen y digo que Charlie Daniels ganó.

Rick me miró con incredulidad.

—¿Por qué siempre te pones de su lado?

Jen agarró su estetoscopio de la mesa y se levantó para irse.

—Porque a todo el mundo le gusta esa mirada tonta en tu cara cuando pierdes una discusión.

Rick se volvió hacia mí.

—¿Tengo una mirada tonta en la cara?

—Creo que lo mejor es que vuelvas al trabajo. Los pacientes están esperando ser atendidos.

Miré hacia el departamento de urgencias, apreciando la energía mientras la gente se movía en un caos controlado. El Hospital Sunrise, ubicado a menos de diez minutos de la Avenida Strip, es el principal hospital de trauma que sirve a Las Vegas. Había estado trabajando allí como médico de urgencias durante cinco meses y disfrutaba mucho del personal. Jen Schumer era la Directora Médica del Servicio de Urgencias y una de las doctoras de urgencias más competentes que había conocido. Era increíblemente empática con los pacientes y el personal, brutalmente sarcástica con los amigos y apenas lo suficientemente políticamente correcta como para lidiar con la administración. Luchó arduamente para garantizar que cada paciente recibiera la mejor atención posible y que cada miembro del personal prosperara en un ambiente de trabajo amigable.

El Dr. Rick Merden era una fuerza de la naturaleza. Su estructura atlética de casi 1.90 metros de alto lo ayudó a alcanzar el reconocimiento como uno de los mejores atletas universitarios del país como decatleta y como triatleta. A principios de sus cuarenta, Rick todavía podía correr, saltar, nadar y andar en bicicleta a un nivel competitivo. Solo vestía uniformes de superhéroe, y en su tiempo libre se disfrazaba de superhéroe para visitar a los niños en el hospital con regalos. Había deambulado por los pasillos como Superman, Batman, Spider-Man y su favorito personal, Thor.

Me incliné para rascar a Banshee detrás de sus orejas.

—Vamos, buen chico. Tenemos pacientes que ver.

Banshee agitó su cola con anticipación. Banshee es un ex perro policía que vino a vivir conmigo después de lesionarse en el trabajo. Conoce cientos de comandos y puede operar en un espectro entre un perro de servicio compasivo y una máquina de guerra. La mayor parte de su tiempo en urgencias, trabaja como perro de servicio, pero ocasionalmente ayudaba con la seguridad. Un gruñido bajo y gutural y los dientes al descubierto convencieron incluso a los pacientes más duros de bajar la voz.

Banshee y yo fuimos interceptados por una cara amiga mientras caminábamos hacia nuestro próximo paciente.

—Oye, Banshee, ¿cómo estás hoy?

El orador ya estaba sentado en el suelo para acariciarlo.

—Hola, Pequeño Mac. ¿Tu turno acaba de empezar?

—Así es, Doc. Tengo el turno de tarde esta semana. ¿Crees que Banshee necesita salir a dar un paseo?

—Creo que tienes que pasearlo ahora que dijiste la palabra «pasear». Mira cómo levanta las orejas.

Pequeño Mac le rascó las orejas vigorosamente.

—Sí, creo que es hora de ir a pasear. Parece un buen momento, todo está tranquilo aquí en este momento.

Hice una mueca de dolor cuando usó esa palabra.

—Pequeño Mac, ¿recuerdas lo que dijimos sobre usar esa palabra en urgencias? Trae mala suerte.

—Lo siento, se me olvidó. No voy a decir la palabra «tranquilo», otra vez.

Me estremecí visiblemente ante el segundo uso de la palabra en un corto periodo de tiempo.

—Gracias. Sabes dónde está su correa. Que tengan un buen paseo.

Banshee y Pequeño Mac se alejaron corriendo con Pequeño Mac charlando incesantemente con el perro, poniendo una sonrisa en la cara de todos. Mac Kennedy, ahora una persona importante en la sala de urgencias, había sido un paciente en el hospital cuando su síndrome de Down requirió múltiples operaciones cardíacas. En su adolescencia, se había ofrecido como voluntario en urgencias, y ahora, en sus veintes, trabajaba a tiempo completo como asistente médico. Su apodo de la infancia se le dio temprano debido a su amor por las Big Macs y su baja estatura. Lo llevó con orgullo y recordó a todos que las mejores cosas vienen en paquetes pequeños. Pequeño Mac proclamó con orgullo que no era bajito; era de tamaño divertido. Su sonrisa, su risa contagiosa y su actitud positiva siempre fueron bienvenidas en un lugar de trabajo a menudo invadido por el estrés, y también tenía algunos talentos extraordinarios.

Amaba a Banshee y a menudo lo llevaba por horas durante los turnos, siempre feliz de llevarlo a dar un paseo. El único defecto de Pequeño Mac parecía ser su uso frecuente de la palabra «tranquilo» en urgencias. El personal de urgencias es supersticioso, convencido de que algo malo sucedería después de la pronunciación de la palabra para interrumpir la calma actual. ¿Quién sabe lo que el doble uso de la palabra podría traer al turno actual?

. . .

La Dra. Kelly Williams miró a su personal con orgullo.

—Gran trabajo de todos hoy, especialmente ese último nacimiento. No hay mejor manera de terminar el día que una cesárea de urgencia exitosa. ¿Algo más antes de hablar con la familia y dar por terminado el día?

Su acento jamaiquino le daba a su forma de hablar una cualidad musical.

—No, doctora. Descanse un poco. Terminaremos aquí.

La Dra. Williams corrió a la sala de recuperación, donde encontró a la familia feliz reunida. La madre exhausta sonreía de orgullo, mientras miraba a los ojos de su hijo recién nacido acurrucado en su pecho. Un padre aliviado se movía inquieto al lado de la cama, tratando de ayudar y mantenerse fuera del camino al mismo tiempo.

—Felicidades a todos. ¿Creo que tuvimos suficiente emoción por un día?

Su paciente había sufrido una ruptura uterina leve que requirió una cesárea.

—Más que suficiente. Estoy feliz de que haya salido y esté bien —respondió la madre.

—Estoy feliz de no haberme desmayado allí —agregó el padre.

—Estuviste cerca. Vi que te ponías pálido, pero eso es normal. Las cirugías de urgencia son un poco abrumadoras para la mayoría de las personas. Todo debería estar bien. Tuviste algo de sangrado, pero lo controlamos rápidamente. Te vamos a mantener vigilada, pero no creo que necesites una transfusión. La epidural se queda esta noche, por lo que el dolor no debe ser un problema. Descansa un poco y asegúrate de comer bien. Vas a necesitar tu energía con ese pequeño.

—Muchas gracias, Dra. Williams. Has sido muy buena conmigo durante todo mi embarazo. ¿Cuándo es tu turno de dar a luz?

La Dra. Williams acunó su estómago en expansión con una sonrisa en su rostro.

—Me quedan otras diez semanas. Afortunadamente, el hospital ofrece uniformes médicos de todos los tamaños. Descansen un poco y avísenle a las enfermeras si necesitan algo. Pueden ponerse en contacto conmigo en cualquier momento.

La Dra. Williams agradeció nuevamente al personal y se dirigió a su oficina. Colgó su bata blanca en un gancho en la parte trasera de la puerta y se desplomó en la silla de su escritorio. La desesperación amenazaba con abrumarla mientras miraba la pila de papeles sobre su escritorio. Amaba a sus pacientes, pero odiaba el papeleo que le quitaba más tiempo de sus pacientes con cada año que pasaba.

El movimiento de su abdomen interrumpió sus pensamientos. Acunó su vientre y se olvidó del papeleo para saborear el momento. Había sido un largo viaje para ella quedar embarazada. Se había casado a los veintitantos años, pero su residencia de obstetricia y ginecología había estado demasiado ocupada para que pudiera contemplar un embarazo y un recién nacido. Cuando terminó la residencia a los treinta años, necesitaba comenzar su práctica. Habían pasado más años y finalmente estaba lista para tener un bebé propio.

La ironía de que tuviera dificultades para quedar embarazada no pasó desapercibida. Había aconsejado a cientos de parejas en situaciones similares, pero para la mayoría de los médicos era más fácil dar consejos que escucharlos. Un examen reveló que tenía endometriosis, una causa común de infertilidad. Después de años de tratamiento por parte de especialistas y dos abortos espontáneos, finalmente mantuvo un embarazo saludable. Se frotó el abdomen mientras imaginaba a su hijo volviendo a casa a su nueva guardería.

Empujó la documentación al fondo de su escritorio y luchó por ponerse de pie para salir de la oficina. Saludó a sus colegas mientras recorría los pasillos del Hospital Sunrise hacia el estacionamiento de empleados. Se imaginó un baño largo y caliente al salir del hospital. La mera idea del agua tibia aliviaba el dolor de sus pies hinchados.

A medida que se acercaba a su sedán Lexus plateado 2020 estacionado en el nivel inferior, su mundo explotó. Una luz demasiado brillante la cegó, ya que sus nervios ópticos se vieron abrumados. Siguió el rugido de una explosión, rompiendo ambos tímpanos, dejándola temporalmente sorda y ciega, una misericordia teniendo en cuenta lo que vino después.

Una ola de metralla explotó desde el epicentro de la bomba a más de siete kilómetros por segundo, diez veces más rápido que una bala. Pequeñas piezas de plástico y metal del carro que explotó se convirtieron en proyectiles letales a medida que atravesaron fácilmente el tejido y rompieron el hueso con el impacto. Los proyectiles perdieron velocidad mientras se extendían por la explosión, pero seguían siendo potencialmente letales cuando la golpeaban.

La llegada final fue la onda de presión de la explosión. Una onda de aire comprimido viajó hacia afuera de la explosión y la golpeó como una pared de ladrillos, lanzándola hacia atrás más de cuatro metros. La onda expansiva fue como ser golpeada en todas partes a la vez, pero dañó más sus pulmones. El aire denso y de rápido movimiento causó una rápida expansión de los pulmones, lo que resultó en daño a las pequeñas vías respiratorias que manejaban el intercambio de oxígeno.

En un momento dado, la Dra. Williams tenía su carro a la vista, y al siguiente, yacía acostada boca arriba a cuatro metros de distancia, parcialmente ciega y sorda, confundida y luchando por respirar. Poco a poco se dio cuenta de un rugido sordo y del acre olor a humo de un incendio cercano, y luego llegó un dolor increíble y punzante que brotó de sus piernas. Sus manos recorrieron la curva de su vientre de embarazada y pronto se cubrieron de sangre roja brillante. Todos los pensamientos se dirigieron de inmediato a su hijo por nacer mientras se sostenía el vientre y sollozaba.

CAPÍTULO 2

Lunes, 5:10 p. m.

Una enfermera de la UCI que llegaba para comenzar su turno se había estacionado lo suficientemente lejos de la explosión para evitar la metralla, pero sintió la fuerza de la conmoción en lo profundo de su pecho. Se volvió hacia la explosión y vio a la Dra. Williams retorciéndose en el suelo, rodeada por el humo de un carro en llamas, y corrió a su lado.

—No te muevas. Voy a conseguir ayuda.

La enfermera empujó suavemente su cabeza hacia atrás en el pavimento y comenzó su evaluación. Las vías respiratorias parecían abiertas, aunque claramente le costaba respirar. Por el momento, podía mover el aire suficiente para hablar. Su fuerte pulso latía a más de 150 veces por minuto, probablemente debido a la adrenalina en su sistema. La enfermera no notó ningún traumatismo en el pecho, pero pequeñas heridas salpicaban su abdomen de embarazada. Ambas piernas, destrozadas, sangraban profusamente.

Un residente de cirugía llegó y se concentró en la sangre roja brillante que latía desde la pierna izquierda. Reconoció una hemorragia arterial que podía matar a un paciente en minutos.

—Esto va a doler muchísimo, pero necesito poner algo de presión sobre esto para frenar la hemorragia.

El residente presionó el muslo mientras la Dra. Williams gritaba de agonía. La enfermera de UCI, aparentemente imperturbable, examinó al creciente grupo de espectadores.

—Tú, llama al 911. Tú, corre al muelle de ambulancias y consigue una unidad aquí. Tú, corre a urgencias y diles que se avecina un trauma importante, y es uno de nuestros médicos.

Los tres transeúntes corrieron a hacer lo que les ordenaron.

La enfermera miró a los ojos decididos del residente.

—No dejes de presionar, pase lo que pase.

Tomó la mano de la Dra. Williams y trató de consolarla mientras esperaban la ambulancia.

. . .

Un desesperado auxiliar de enfermería irrumpió por la puerta abierta, mientras yo estaba sentado en mi escritorio completando los historiales clínicos.

—¡Hubo una explosión en el estacionamiento y una de los médicos está gravemente herida y se dirige hacia aquí!

Todos organizaron momentáneamente sus pensamientos antes de saltar a desempeñar su papel para prepararse para una víctima de trauma. Corrí a su lado con la enfermera a cargo para obtener más información.

—Hubo algún tipo de bomba o explosión, y una de los médicos está muy herida. Sus piernas están desechas. La gente la está ayudando, pero dicen que se prepare para un trauma mayor. Ella es doctora aquí y está embarazada.

La enfermera a cargo, al escuchar las palabras bomba y explosión, activó su radio portátil y llamó a seguridad.

—Tenemos una posible bomba o explosión en el estacionamiento. Bloquea la sala de urgencias y avísame cuando tengamos alguna información.

Entré en la sala de traumatología y encontré al equipo preparándose con calma para la llegada de la paciente.

—La paciente puede estar embarazada, así que configuremos la ecografía y estemos preparados para una cesárea de urgencia si es necesario. Prepara el calentador neonatal en caso de que tengamos un parto aquí abajo. Infórmele a la UCIN que aún no los necesitamos, pero que estén preparados para un posible paciente nuestro.

La energía nerviosa dominaba la habitación a medida que se completaban todas las tareas, y solo podíamos esperar. Los nueve miembros del equipo ensayaron mentalmente sus prioridades en silencio antes de que llegara la paciente. La adrenalina se disparó y el enfoque colectivo se redujo cuando se abrieron las puertas de la bahía de la ambulancia y se acercó la camilla.

El paramédico dio un informe cuando ingresaron a la sala de traumatología.

—La paciente es una mujer de 37 años, embarazada de treinta semanas, atrapada en la explosión de una bomba de origen desconocido en el estacionamiento. La paciente está despierta y alerta, pero con un traumatismo significativo en ambas extremidades inferiores. La pierna izquierda tiene un torniquete y compresión debido a una hemorragia arterial.

Rick asumió la responsabilidad de las vías respiratorias y la respiración. Escuchó sus pulmones mientras miraba el monitor. Había crepitaciones difusas en ambos pulmones y la paciente luchaba por recuperar el aliento. A pesar de que la mascarilla sin recirculación suministraba el 100% de oxígeno, su saturación de oxígeno se situó en el 87%, muy por debajo de lo normal.

Jen se centró en las heridas de la pierna y pidió que se notificara a los ortopédicos y vasculares. Ambas piernas tenían lesiones masivas, y un residente de cirugía mantuvo presión en el muslo izquierdo además del torniquete. Sintió un pulso en el pie derecho, pero no pudo encontrarlo en el izquierdo.

Las enfermeras y los asistentes médicos conectaron cables para monitorear los signos vitales e iniciaron una segunda vía intravenosa para transfundir sangre cuando estuvo lista. La saturación de oxígeno del paciente disminuyó al 85% y Rick se preparó para la intubación.

Reconocí a la Dra. Williams cuando la trasladaron de la camilla a la cama. Sus ojos aterrorizados se encontraron con los míos y jadeó:

—El bebé ...

Le hice señas para que me trajeran la ecografía, mientras me inclinaba para tranquilizarla.

—Vamos a cuidar de ti y del bebé. ¿Todavía puedes sentir movimiento? —Ella asintió afirmativamente—. ¿Algún problema con el embarazo hasta ahora? —Ella negó con la cabeza—. Vamos a necesitar intubarte para controlar el dolor y prepararte para el quirófano.

—Déjame ver la ecografía antes de que me intubes —suplicó.

Giré la pantalla hacia ella mientras colocaba el transductor en su abdomen. El bebé activo se movía en la pantalla. La Dra. Williams acercó su mano al transductor que sostenía y lo guió mientras escaneaba la pantalla con ojos llorosos. Lo sostuvo en su lugar y señaló la pantalla con la otra mano.

—Desprendimiento de placenta. Necesitas sacar al bebé.

Se dejó caer en la cama por el esfuerzo.

El Pequeño Mac estaba a su lado y le apretó la mano.

—No te preocupes. Aquí tienes a los mejores médicos del mundo. Todo va a estar bien.

Su bondad y compasión implacable la tranquilizaron.

El Dr. Rivers, uno de los colegas de la Dra. Williams, llegó a la cabecera del paciente, alertado de sus lesiones. La examinó con el transductor de ultrasonido y confirmó que el bebé debía nacer de inmediato. Se inclinó para tranquilizar a la Dra. Williams, mientras yo me dirigía a la sala.

—Escuchen todos. Tenemos un desprendimiento parcial de placenta. Vamos a intubar aquí abajo, luego nos trasladaremos al quirófano. El obstetra está haciendo una cesárea estática y la cirugía de trauma va a hacer una exploración rápida para cualquier otra lesión abdominal. Luego, los vasculares y ortopédicos van a trabajar en las lesiones de la pierna. Estamos salvando a su bebé y a su pierna.

Rick la intubó con un tubo endotraqueal de 7.0 y la saturación de oxígeno aumentó al 96%. Jen supervisó el manejo de las lesiones en las piernas, vendando las peores lesiones después de que se obtuvieron las radiografías. Quince minutos después de su llegada a la sala de traumatología, se le habían realizado radiografías, se le había realizado un análisis de sangre, se le habían enviado análisis y se le habían administrado analgésicos. La Dra. Williams fue intubada, sedada y se dirigía al quirófano.

Una ola de calma se apoderó de la sala de traumatología cuando la paciente se marchó. Todos miraron a su alrededor a los charcos de sangre, vendajes y escombros que cubrían la habitación después de cada reanimación traumática.

Rick dijo lo que todos estábamos pensado:

—¿Qué chingados acaba de pasar?

CAPÍTULO 3

Lunes, 5:42 p. m.

A medida que el humo acre del estacionamiento se disipaba, volvía el orden. Otras dos víctimas habían recibido laceraciones menores por metralla y habían caminado hasta urgencias para ser atendidas. Afortunadamente, ese fue el alcance de las otras lesiones.

El departamento de bomberos había sofocado las últimas llamas, revelando el alcance de la explosión. El Lexus de la Dra. Williams quedó completamente destruido, junto con tres carros adyacentes. Todos los carros que se encontraban a menos de 12 metros de la explosión sufrieron daños, y el campo de escombros se extendió a un radio de unos 30 metros.

El Detective Roger Stillman inspeccionó la escena, mientras los bomberos limpiaban su equipo.

—Qué puto lío. ¿Quién manda aquí?

Un oficial se acercó.

—Yo, señor. Soy el Teniente Powell.

El teniente con sobrepeso, con su uniforme arrugado y cubierto de hollín, contrastaba con el detective en forma, erguido con su traje de diseñador planchado y sin un pelo fuera de lugar. Sus zapatos, lustrados hasta el brillo, reflejaban las enfermizas luces fluorescentes que iluminaban tenuemente el estacionamiento ceniciento.

—Saca tu libreta, Teniente. Primero, quiero que todos los bomberos y su equipo salgan de este estacionamiento en los próximos diez minutos. A continuación, quiero un perímetro sólido que bloquee todo el estacionamiento hasta que diga que puede volver a abrir. No entra o sale nadie sin mi permiso. Y si veo a un solo miembro de los medios de comunicación aquí, vas a estar escribiendo multas de estacionamiento durante los próximos veinte años.

—Señor, muchos médicos van a querer llegar a sus carros en unas pocas horas.

—Diles que pidan un Uber. A continuación, quiero que alguien asegure todas las imágenes de las cámaras de seguridad de todo el hospital durante las últimas dos semanas. Trabajen con nuestro equipo de sistemas para que nos transfieran esas imágenes. Necesito que los oficiales comiencen a recopilar una lista de testigos. Quiero los nombres y la información de contacto de todos los que pensaron que podrían haber escuchado la explosión. Cualquier persona que esté al alcance del oído de la explosión debe estar en esa lista. Finalmente, crea un correo electrónico para que la gente envíe videos e imágenes de la explosión. La mitad de Las Vegas tenía sus teléfonos grabando cuando pasó, y quiero cada uno de ellos. ¿Preguntas?

—No, señor.

El Detective Stillman observó a los bomberos cargar su equipo y salir del estacionamiento, siguiéndolos hasta la salida. El Detective de alto rango en la policía de Las Vegas, se había abierto camino desde la patrulla callejera hasta el robo y, finalmente, Crímenes Mayores. Severo, pero justo, su capacidad para reunir pruebas en una historia coherente fue envidiada por muchos de sus compañeros oficiales. De vez en cuando se saltaba las reglas, pero solo por una causa justa. Por lo general, trabajaba según las reglas, y su integridad no estaba a la venta.

Un grupo de oficiales mantuvo a raya a los curiosos.

—Quiero que las multitudes retrocedan otros cien metros para darnos espacio para trabajar. Nadie entra en el estacionamiento, excepto el Escuadrón Antibombas y el equipo de pruebas, y es mejor que todos estén registrados y lleven equipo de protección completo.

Los oficiales se dispersaron para hacer cumplir las órdenes.

—Parece que chingaste otro par de zapatos.

Stillman echó un vistazo a sus zapatos.

—No, se limpia fácilmente. Muy amable de tu parte que te unas a nosotros, Mary.

—Estaba en el norte trabajando en algo cuando recibí la llamada. El tráfico ya se volvió un desmadre aquí desde que comenzaron los preparativos para la carrera. ¿Qué tenemos?

Mary Roland había estado en la fuerza durante diecisiete años y había construido una sólida reputación gracias a su trabajo en casos de tráfico sexual. Su equipo había derribado tres grandes círculos de trata y había salvado a innumerables niñas de condiciones horribles. Hace tres años, Stillman la había solicitado como compañera en lugar de candidatos más veteranos. Es posible que tuvieran más experiencia que ella, pero él reconoció que ella era mejor policía. El Jefe la aprobó, y en los últimos tres años se ha validado la decisión. Roland y Stillman eran una fuerza formidable y tomaban los casos más complicados que Las Vegas producía. Tenía una habilidad única para leer a la gente y hacer que le hablaran. Cuando desplegaba su encanto, todos se abrían a ella, y ella era igualmente capaz de interpretar al policía malo.

—Parece un carro bomba con un solo carro explotado. El fuego fue apagado; la escena es segura. Estamos esperando a que llegue el Escuadrón Antibombas y los equipos de pruebas.

—Carro bomba, ¿eh? Es la primera vez que lo hago. Pensé que eso sucedía nada más en las viejas películas de Las Vegas. ¿Quién recibió la llamada?

—Ese pendejo, Tim Roberts.

—Excelente. Un imbécil narcisista inseguro sobre su altura es justo lo que necesito en mi vida.

—Es tan alto como tú.

Roland se volvió hacia su compañero con una ceja levantada.

—Lleva plantillas de cinco centímetros en sus zapatos. Mide tal vez 1.68 metros sin ellas.

—¡No mames! Nunca me lo imaginé.

—Mantente erguido a su alrededor. Lo vuelve loco. ¿Y qué hay de los lesionados?

—Podría haber sido peor. Una doctora con las piernas gravemente heridas, ahora está en cirugía y está embarazada.

—Esa pobre señora. Espero que su bebé esté bien.

.   .   .

En el quirófano, la anestesia dio el visto bueno para proceder, y el Dr. Rivers, bisturí en mano, no perdió tiempo en hacer la incisión abdominal. En menos de treinta segundos, su incisión se extendió a través de la piel, la fascia, la pared muscular y el peritoneo para exponer la cavidad abdominal. Exudaba una pequeña cantidad de sangre, pero su atención se centró en el útero, donde hizo un corte de diez centímetros y abrió los lados para revelar al feto. El bebé se retorció, levantó suavemente al bebé de poco más de un kilo a través de la incisión. Una enfermera pinzó y cortó el cordón umbilical y entregó al bebé al intensivista neonatal.

Un calentador instalado en la esquina de la habitación sostenía al bebé, mientras el equipo neonatal se ponía a trabajar. El bebé fue secado y se le colocaron monitores en el cuerpo. Las vías respiratorias estaban despejadas, pero el bebé tenía dificultades para respirar debido a la prematuridad. Se colocó un tubo de respiración en la tráquea y se conectó a un ventilador, que se hizo cargo de la respiración del bebé. Inmediatamente, las saturaciones de oxígeno aumentaron y la piel oscura y moteada se volvió de un color vibrante y rico. El equipo inició las vías intravenosas, estabilizó al bebé y lo trasladó a la UCIN.

Sobre la mesa, el Dr. Rivers cosió el útero antes de entregar el caso al cirujano traumatólogo. Un rápido escaneo del abdomen reveló dos heridas punzantes de la explosión, una de las cuales había alcanzado el hígado, la fuente aparente de la sangre en el abdomen. El cirujano reparó el daño antes de insertar drenajes y cerrar el abdomen.

Un equipo separado de cirujanos vasculares y ortopedistas ya trabajaba en las piernas. La pierna derecha tenía huesos rotos y músculos desgarrados, pero la vasculatura estaba intacta. Los dedos de los pies estaban bien perfundidos con buen flujo sanguíneo.

La pierna izquierda estaba en mucho peor estado. Un torniquete permaneció en su lugar para controlar el sangrado, y el cirujano ordenó la disminución lenta de la presión sobre el torniquete para identificar la fuente del sangrado. A medida que la presión del torniquete disminuía, la sangre roja brillante brotaba del muslo.

—Aquí está. La arteria circunfleja lateral está desgarrada. Dame una abrazadera.

La pinza se colocó suavemente sobre el desgarro.

—Disminuya lentamente la presión en el torniquete.

El torniquete se desinfló por completo para no mostrar evidencia de sangrado arterial adicional.

—Muy bien, equipo. Vamos a parchear esta arteria y restaurar algo de flujo sanguíneo a esa pierna, y luego tomar una decisión si podemos salvarla o no.

· · ·

Estaba terminando mis notas en una tabla cuando el Pequeño Mac me tocó el hombro.

—Hola doctor, soy el Sr. Williams, el esposo de la Dra. Williams.

Me puse de pie y me presenté al hombre angustiado:

—Soy AJ Docker, pero todos me llaman Doc. Ayudé a cuidar a su esposa.

—¿Cómo está? ¿Cómo está el bebé? ¿Qué pasó?

—Vamos a entrar aquí, donde está un poco más tranquilo. —Lo conduje a una sala de consulta diseñada para conferencias familiares—. Todavía no tenemos toda la información, pero hubo algún tipo de explosión en el estacionamiento y tu esposa resultó herida. La trajeron aquí despierta, pero con lesiones importantes en las piernas.

—¿Y el bebé?

—La ecografía mostró buen movimiento y latidos cardíacos, pero un pequeño desprendimiento de placenta. Su colega, el Dr. Rivers, estaba al pendiente y la llevó directamente al quirófano para que le practicaran una cesárea. Al mismo tiempo, ortopedia y la cirugía vascular van a trabajar en sus lesiones en la pierna.

El Sr. Williams se desplomó en su silla, llorando.

—No puedo perderla, y no podemos perder al bebé. Pasó diez años tratando de quedar embarazada.

Me acerqué y le apreté la mano.

—Sr. Williams, no vamos a perder a nadie hoy. Contamos con un equipo de traumatología y un equipo de UCIN de primer nivel. Su esposa y su hijo van a recibir la mejor atención que se pueda proporcionar.

—¿Alguna idea de qué causó la explosión?

—Todavía no hemos escuchado nada, pero la mitad de la policía de Las Vegas está en el estacionamiento. No se preocupe por ellos, centrémonos en su esposa y bebé. ¿Esperan un niño o una niña?

Sonrió por primera vez.

—No lo sé. No me quiso decir. Quería que fuera una sorpresa.

—Subamos las escaleras y averigüémoslo.

El Sr. Williams se secó las lágrimas de la cara y caminamos juntos hacia el elevador con Banshee apareciendo silenciosamente a nuestro lado.

—¿Es tu perro?

—Sí, señor. Este es Banshee. Él brinda comodidad y seguridad por aquí.

El Sr. Williams se acercó para rascar las orejas de Banshee.

—Espero que te manden a perseguir al imbécil que hizo esto.

—A Banshee le gustaría eso. Si encontramos al tipo, me aseguraré de que Banshee se presente.

Después de una breve conversación con la enfermera a cargo, el Sr. Williams recibió una bata y se le permitió ingresar a la UCIN, donde un equipo de enfermeras estaba acomodando a su hijo. Papá extendió su dedo enguantado y tocó suavemente la pequeña mano de su hijo.

—Felicidades. Parece que tienes un niño. ¿Cómo se llama?

Al papá se le llenaron los ojos de lágrimas mientras respondía.

—Tendremos que esperar a que su mamá se recupere y opine al respecto.

Me escabullí silenciosamente a la estación de enfermeras, mientras papá miraba a su nuevo hijo. Llamé al Supervisor de la Residencia, le expliqué la situación y solicité que el Sr. Williams recibiera tratamiento VIP mientras su familia permanecía en nuestro hospital. Un miembro del personal se iba a asegurar de que tuviera acceso a su esposa e hijo, a sus médicos y a un lugar para dormir.

Banshee y yo volvimos a entrar en el elevador.

—Tenemos que encontrar a ese imbécil, ¿no es así, Banshee?

Inclinó la cabeza, tratando de entender.

—Y cuando lo hagamos, le vas a enseñar tus dientes.

Banshee reconoció la orden y al instante mostró los dientes, mientras un gruñido retumbaba desde su interior.

—Buen chico. Guárdalo para el imbécil.

Banshee estaba sonriendo cuando regresamos a urgencias.

•   •   •

Tim Roberts, Jefe del Escuadrón de Bombas de Las Vegas, estaba vestido con equipo de protección de pies a cabeza con un traje Tyvek, botines, guantes, lentes y una redecilla para el cabello. Los detectives Roland y Stillman ajustaron su propio equipo de protección mientras escuchaban, Stillman empujó sutilmente a Roland mientras se ponía de puntillas.

—Vamos a hacer una visión general rápida. No toquen nada ni vayan a ningún lugar al que yo no voy. Echaremos un vistazo rápido a lo que tenemos y luego haremos un plan. Vámonos.

Roberts, Stillman y Roland, junto con otros cuatro miembros del equipo de desactivación de bombas, entraron en el estacionamiento. El lugar inmediato de la explosión estaba más oscuro con las luces apagadas, e incluso sus poderosas linternas no lograron penetrar las capas de ceniza y hollín. El agua residual del departamento de bomberos se escurría. El equipo balanceaba sus luces de un lado a otro a medida que avanzaban.

—Se pueden ver los escombros todo el camino hasta aquí, e incluso estos carros tienen algunos daños menores. Esto es mucho más que una simple explosión en el tanque de combustible. Definitivamente, una bomba de algún tipo.

Comentó Roberts a medida que avanzaban.

El carro, ahora una pila de metal retorcido irreconocible, anunció el origen obvio de la explosión. Roberts detuvo a todos a seis metros del carro y señaló.

—Esto parece ser el lugar donde se lesionó la doctora. Todavía se pueden ver las manchas de sangre y los vendajes en el suelo.

Apuntó su linterna al carro y luego la movió lentamente de un lado a otro por la zona. La movió hasta el techo y se detuvo, girándose hacia su equipo.

—¿Ven lo que yo estoy viendo?

El equipo estuvo de acuerdo, mientras Stillman y Roland miraban confundidos. Explicó Roberts.

—Se puede ver que la fuerza principal de la explosión es hacia el techo en función de la cantidad de daño al concreto y los escombros incrustados. Los carros de los laterales no sufrieron ni de lejos los daños que sufrió el techo.

—¿Qué significa eso?

—Eso significa que era una carga con forma diseñada para hacer estallar a una persona sentada en el carro. No fue diseñado para hacer estallar a las personas alrededor del automóvil. Esto se pone mucho más interesante.

—¿Y cuál es el plan? —preguntó Roland.

—Vamos a tomar algunas muestras y deberíamos saber qué explosivo se usó dentro de una hora. También a establecer una cuadrícula y comenzar a tamizar los escombros para encontrar las partes de la bomba. Una vez que tengamos el detonador y el diseño, sabremos mucho más.

—¿Vas a encontrar el detonador y partes de la bomba en este desmadre? —preguntó Stillman.

—Cuando la bomba explota, el artefacto explota, pero las piezas no desaparecen por arte de magia. Están allí, y vamos a encontrar más del 90% de la bomba, a reconstruir y partir de ahí. Vete de aquí a hacer algunas de tus chingaderas de detective mientras nosotros hacemos esto.

Stillman y Roland se retiraron a la salida y se quitaron el equipo de protección.

—Muy bien, compañero. ¿Qué tipo de chingaderas de detective quieres hacer primero? —preguntó Roland.

Stillman sacó su cuaderno y comenzó a revisar sus entradas de antes, cuando sonó su teléfono. El identificador de llamadas mostraba la oficina central.

—Este es Stillman, ¿qué tienes? —Su expresión revelaba incredulidad mientras escuchaba—. Envíanoslo. Gracias.

—¿Me vas a hacer adivinar de qué se trataba?

—Nuestro bombardero llamó para amenazar al 911 hoy antes de la explosión, y están enviando un enlace a la grabación por correo electrónico.

—Parece que ya sabemos qué chingaderas de detective tocan ahora.

CAPÍTULO 4

Lunes, 5:50 p. m.

Lana Hearns se apresuró al lugar de la explosión, junto con un número creciente de periodistas y reporteros. A los treinta y ocho años, Lana había sido reportera independiente en Las Vegas durante quince años, vendiendo sus historias a las redes. Había crecido en un pequeño pueblo de Ohio y se había graduado en periodismo en la Universidad Estatal de Ohio. Seis meses de trabajo para el Columbus Dispatch la convencieron de que quería algo más. Buscó exactamente lo contrario de Columbus y se instaló en Las Vegas.

Durante la última década y media, había establecido una sólida red de informantes entre las comunidades criminales, legales y policiales de la ciudad, grupos con más coincidencias de lo que cabría esperar. Intercambiaba información, pero nunca fuentes, y recogía favores de la gente para momentos como este. Intensamente concentrada, no se iba a detener hasta tener toda la historia. Las Vegas había producido algunas historias increíbles, pero una explosión dirigida a una doctora embarazada fue noticia nacional, y ella estaba decidida a tomar la iniciativa en esta historia.

Una llamada rápida a un teléfono celular en el cuartel general de la policía descubrió una llamada al 911 antes de la explosión. Al pedir un favor, le enviaron una copia de la grabación por mensaje de texto antes de que los detectives la escucharan. Era información pública que eventualmente se daría a conocer, pero tenerla temprano le dio una ventaja contra la competencia. Encontró un lugar tranquilo, lejos de las multitudes que crecían, y puso la grabación. Su pulso se aceleró mientras volvía a escuchar la llamada completa y luego la reproducía para tomar notas. No tenía ni idea de quién demonios era la Federación Aria de Las Vegas, pero decidida a averiguarlo, sabía a quién llamar primero.

Cuando Lana conoció a Perro Loco Maclin, un traficante de drogas de poca monta, un nacionalista blanco declarado y un sociópata certificado, él había sido arrestado falsamente por agredir a un policía. Lo habían detenido en su Harley, y los policías afirmaron que los había atacado agresivamente. Lana recorrió el área y encontró un video de un conductor de Uber que había estado poniendo gasolina a su carro apuntando directamente a la parada de tráfico. Aunque distante, el video mostró claramente la cooperación de Perro Loco antes de su arresto. Lana lo entrevistó como parte de su historia después de que el video llevara a la retirada de los cargos y a su rápida liberación. Perro Loco le dijo que le debía mucho y que no dudara en acercarse si necesitaba algo. Aunque nunca esperó necesitar un favor de un supremacista blanco sociópata, Lana no dudó en llamarlo.

—¿Quién chingados eres? —contestó Perro Loco.

—Soy Lana Hearns y necesito un favor.

—Feliz de ayudar después de lo que hiciste por mí, pero no estoy seguro de lo que una dama respetable como tú necesita de mí.

—Necesito información sobre un grupo supremacista blanco.

Después de una pausa prolongada, habló.

—Para que quede claro, no soy parte de ninguno de esos grupos.

Lana pensó en el tatuaje de la esvástica en su cuello y en el «88» en sus nudillos y dudó de sus negaciones.

—No estoy diciendo que seas parte de ningún grupo, solo estoy buscando información sobre un grupo específico.

—¿Esto es extraoficial?

—Absolutamente extraoficial. Eres una fuente anónima protegida.

—Está bien. Déjame escuchar la pregunta y decidiré si puedo responder o no.

—Genial. ¿Qué sabes de la Federación Aria de Las Vegas?

—¿Quién chingados son esos? No hay una Federación Aria de Las Vegas.

—¿Estás seguro? Lo tengo buena información que confirma que existen.

—Tu buena información es una mierda. Esos grupos son independientes, pero todo el mundo se conoce en ese mundo, y no hay una Federación Aria en Las Vegas. Además, ese es un puto nombre estúpido.

Perro Loco continuó murmurando sobre la estupidez del nombre, mientras Lana contemplaba opciones. Había esperado un nombre que pudiera localizar antes de que todos los demás estuvieran en la historia. A pesar de su negativa, Perro Loco estaba bien conectado con grupos supremacistas blancos en el área, y si este grupo existía, ella esperaría que él lo supiera.

—¿No hay posibilidad de que sea un grupo nuevo con el que aún no te hayas encontrado?

—Podría ser un tipo masturbándose con una bandera nazi en el sótano de sus padres, pero no es un grupo. Los nuevos grupos tampoco son precisamente bienvenidos con gente haciendo cola para unirse.

—Lo entiendo. ¿Puedes preguntar por ahí y decirme si alguien ha oído hablar de estos tipos?

—No hay problema. Me hiciste un buen favor con ese video y te lo debo. Voy a preguntar por ahí, pero asegúrate de mantener mi nombre fuera de tus historias.

—Gracias, Perro Loco. Tienes mi número si escuchas algo.

Colgó y se preguntó quién demonios podría ser la Federación Aria, y cómo podría localizarlos.

CAPÍTULO 5

Lunes, 7:42 p. m.

—Jen, te dejo al mando. Me voy de aquí —anuncié, mientras recogía mis cosas.

—Disfruta del camino a casa. Tu carro sigue encerrado en el estacionamiento.

—Gracias por el recordatorio. Voy rápido arriba a ver cómo están Kelly y su bebé.

—Espera. Voy contigo —dijo Rick, mientras agarraba su mochila—. Asegúrate de que Banshee no me muerda. No creo caerle bien a ese perro.

Jen se echó a reír.

—Eso es porque ese perro tiene sentido común. Probablemente no quiere que se le pegue nada de ti.

Ella puntuó la declaración con un saludo del dedo medio. Rick trató de parecer abatido.

—Eso duele, y estaba a punto de desearte un turno tranquilo. Muy tranquilo. El más tranquilo de la historia.

Rick se dirigió a los elevadores cantando «tranquilo» todo el camino.

Banshee y yo la seguimos mientras Jen gritaba por el pasillo:

—Asegúrate de alimentar y dar agua a Rick antes de que regrese aquí.

El elevador sonó en el tercer piso y nos hicimos a un lado para ver a un paciente pediátrico que caminaba por el pasillo con un fisioterapeuta. El paciente señaló a Rick y exclamó:

—¡Superman!

Rick infló el pecho y extendió la mano.

—Superman a tu servicio. ¿Cómo te llamas, joven?

—Soy Joe, y deseo poder volar como tú.

Rick se inclinó para susurrarle al fisioterapeuta y recibió un asentimiento a cambio.

—Buenas noticias, Joe. Estás autorizado para volar hoy.

Rick levantó suavemente al niño y lo sostuvo a la altura de la cabeza, paralelo al suelo.

—Estira esos brazos, Joe. Tenemos que volar un poco.

Con el terapeuta siguiéndolo cuidadosamente con su porta sueros, Rick caminó de un lado a otro del pasillo subiendo y bajando a Joe mientras caminaba. Joe se rió y le dijo a todos los que se cruzaron que era Superman. Banshee y yo observamos hasta que Rick trajo a Joe para un aterrizaje suave.

—Está bien, Joe. Trabajas para fortalecer esas piernas. Y avísame si necesitas algo.

—Gracias, Superman.

Chocando los cinco, Joe volvió a su ejercicio.

—Otro buen recuerdo creado —dije.

Rick se encogió de hombros.

—El mundo necesita más risas. Vamos.

Ese era el clásico Rick. Creo un recuerdo agradable para toda la vida de ese niño y no pensó en ello.

Nos acercamos al escritorio principal de la UCI para encontrarnos con una enfermera a cargo de rostro severo.

—Espero que no esperes que ese perro entre en mi unidad.

—¿Estás hablando de Banshee o de Rick?

—Ambos son antihigiénicos y ambos distraen la atención de las enfermeras.

—Pero solo uno de nosotros vino aquí para agradecer a nuestros colegas en la UCI por sus incansables esfuerzos para cuidar a nuestros pacientes de urgencias —dijo Rick con su sonrisa más coqueta.

—Su agradecimiento es tomado en cuenta y nos va a servir de apoyo durante un día más. Está en la habitación seis. Que la visita sea breve, por favor.

—¿Cómo está? —pregunté.

—Casi tan bien como se puede esperar para dar a luz a un bebé y perder su pierna izquierda.

—¿En serio? Esperaba que pudieran salvar la pierna —dijo un decepcionado Rick.

—Lo intentaron, pero había demasiado daño. Tuvieron que quitarle la pierna por debajo de la rodilla.

—¿Podemos verla por un minuto? —pregunté.

—Claro. Deja al perro aquí. —Se volvió hacia Rick y le hizo un gesto con un dedo en la cara—. Nada de coquetear con mis enfermeras. Tenemos demasiado trabajo por hacer.

Rick saludó, mientras yo le ordenaba a Banshee que se acostara. Se acurrucó a los pies de la enfermera, mientras nos dirigíamos a la habitación. Los dos comprobamos instintivamente el monitor para evaluar sus signos vitales cuando entramos.

—Los números se ven bien, pero su color se ve como una mierda —comentó Rick en voz baja.

Tuve que aceptar. Tenía catorce bombas separadas que infundían sangre y medicamentos en tres vías intravenosas. Estaba intubada y el pitido silencioso de la máquina marcaba el ritmo de sus espiraciones. Su pierna derecha estaba en una larga férula, y solo se le veían los dedos de los pies. Su pierna izquierda elevada terminaba en un muñón por debajo de la rodilla. Sedada y paralizada, parecía el esqueleto de la persona vibrante que conocíamos.

—¿Quién chingados hace algo así? —preguntó Rick.

No tuve una respuesta y me acerqué para tomarle la mano.

—Dra. Williams, somos Doc y Rick de la sala de urgencias. Lo estás haciendo muy bien. Solo hay que seguir luchando y recuperarte. Nos vamos a asegurar de que tú y el bebé obtengan todo lo que necesitan. Cuídate.

Salimos de la habitación y la tristeza se convirtió en ira. Rick dio en el blanco. ¿Qué clase de persona de mierda hace algo así?

—Vamos Rick, vamos a ver al bebé.

Banshee se unió a nosotros cuando salimos de la UCI y caminamos por el pasillo hasta la UCIN. Banshee tuvo que esperar afuera con un voluntario mientras nos vestíamos para entrar. El bebé Williams, que aún no tiene nombre, descansaba cómodamente en un calentador. Conectado a un respirador, su diminuto pecho se movía uniformemente veinticuatro veces por minuto con la máquina. Su padre dormía plácidamente en una silla junto a la cama.

—No puse atención en neonatología. ¿Está bien o no? —susurró Rick.

La enfermera lo escuchó y le sonrió a Rick.

—De hecho, está fantástico y se comporta como un prematuro normal, a pesar de que nació por cesárea de urgencia después de una explosión. Le va muy bien.

Le dimos las gracias a la enfermera y miramos impotentes al bebé durante unos minutos más antes de que el Sr. Williams se moviera en su silla. Parecía treinta años mayor que cuando lo había visto ese mismo día.

—Hola, Sr. Williams. Lamentos molestarlo. Soy Doc. Hablamos antes en urgencias, y este es el Dr. Merden, él también ayudó a cuidar a su esposa en urgencias.

El Sr. Williams se puso de pie para estrecharle la mano, tratando de no encogerse de hombros ante su profundo cansancio.

—Por favor, díganme Isaac. Gracias a los dos por todo. No soporto la idea de perderlos.

—No te preocupes. Me alegro de haber estado allí para ayudar. Parece que tu hijo está bien.

—Eso es lo que me dicen. Difícil de creer con todas estas máquinas y monitores en su pequeño cuerpo.

Isaac lloró al acercarse para tocar las pequeñas manos de su hijo. Rick rodeó a Isaac con su brazo.

—No te preocupes. Tenemos a los mejores médicos de bebés en el estado cuidando a tu hijo y un gran equipo que también cuida a tu esposa. Nosotros nos encargaremos de ellos y tú concéntrate en cuidarte a ti mismo.

Isaac le devolvió el abrazo y volvió a sentarse.

—Descansa un poco. Si necesitas algo, avísele a la enfermera a cargo. Y si quieres hablar con nosotros, pídeles que nos llamen. Pueden comunicarse con nosotros las 24 horas del día, los 7 días de la semana —le dije.

Isaac asintió con la cabeza y cerró los ojos, el cansancio lo superó una vez más.

Rick y yo salimos en silencio.

—Doc, tenemos que hacer algo al respecto.

—¿Qué tenías en mente? Ambos están sedados e intubados con veinte personas que los cuidan. No es que tengamos que anotarnos para traerles comida.

—No, quiero decir que tenemos que atrapar a los imbéciles que hicieron esto.

—Estoy bastante seguro de que la policía ya tiene a algunas personas en el caso.

—Tal vez, pero somos inteligentes. Estamos motivados. Tienes un perro bien cabrón, y se me da bien romper cosas. Podríamos hacerlo.

—Rick, voy a ir a casa y dormir un poco. Hablemos de eso por la mañana. Es posible que ya hayan agarrado a esos tipos para entonces.

Salimos y vimos una masa de carros de policía, medios de comunicación y cinta amarilla que todavía rodeaba el estacionamiento. Una fila de taxis hacía cola para aprovechar el cambio de turno. Banshee y yo nos acomodamos en una minivan para el viaje a casa.

• • •

Tim Roberts salió del estacionamiento, se quitó el equipo de protección y bebió un largo trago de agua, mientras los detectives Stillman y Roland esperaban con cierta impaciencia.

—Lo siento. Hace un poco de calor con estos trajes durante la temporada de otoño de Las Vegas.

El otoño era un término relativo en Las Vegas, ya que las temperaturas habían bajado solo hasta los 32.2°C.

Roberts los llevó a la carpa de evidencias donde cientos de bolsas ya estaban colocadas y siendo catalogadas. Sacó su iPad mientras explicaba.

—Hay algunas cosas que sabemos con certeza. Uno, el carro era definitivamente el Lexus de la Dra. Williams. Pudimos localizar un número de bastidor en la puerta y cotejarlo con su carro. Dos, la explosión se centró debajo del asiento del conductor. Se puede ver aquí en las imágenes la forma en que la fuerza de la explosión es hacia arriba, no hacia afuera. Fíjate en todos los escombros incrustados en el techo sobre el carro, que es mucho más que los escombros que se lanzan hacia los lados. Lo que nos lleva al número tres. El tipo que hizo esto es un profesional.

—¿Cómo lo sabes? —preguntó Mary.

—Porque reconozco el trabajo profesional cuando lo veo. Se trataba de una carga con forma. La explosión fue diseñada para que la mayor parte de la fuerza soplara hacia arriba, con una fuerza mínima expulsada hacia afuera. Se necesita mucha habilidad para diseñar una bomba como esta. Si hubiera estado sentada en su asiento cuando ocurrió la explosión, probablemente no habríamos encontrado ninguna pieza de ella de más de un par de centímetros de largo. Tuvo suerte de que explotó antes de que ella se sentara en el carro.

—Ella puede no estar de acuerdo sobre el nivel relativo de su suerte, pero ¿por qué explotó antes de que ella estuviera en el carro? —preguntó Stillman.

—Vengan aquí. —Los condujo a otra mesa y, después de una breve búsqueda, levantó una bolsa que contenía una masa de plástico quemada—. La bomba fue detonada por este teléfono.

Roland miró dubitativamente la bolsa.

—¿Eso es un teléfono?

—Un teléfono muy barato que ha pasado por una explosión muy potente. No vamos a obtener más información de el, pero es un teléfono barato y desechable, del tipo que se suele usar en las bombas.

—¿Cómo sabes que no era solo un teléfono en el carro?

Roberts le dio la vuelta al paquete.

—Solo se pueden ver los extremos de un cable quemado conectado a la batería. Eso, junto con el lugar donde se encontró, nos hace estar seguros de que este fue el dispositivo desencadenante.

—¿Eso significa que alguien tuvo que hacer una llamada desde otro teléfono para activar el dispositivo? —preguntó Roland.

—Correcto. Una mejor manera de hacerlo sería un interruptor de presión que detonaría cuando se sentara en el asiento, pero eso requeriría acceso al interior del carro y lleva un tiempo configurarlo correctamente. Este dispositivo podría colocarse en la parte inferior del automóvil en un segundo.

Stillman pensó en el escenario.

—Eso significa que nuestro bombardero tuvo que estar vigilando y llamar manualmente al número para detonar la bomba. ¿Por qué no esperó hasta que ella estuviera en el carro?

—Podría deberse a varias razones. Es probable que no hubiera practicado la detonación, por lo que es posible que esperara más demora entre el momento en que llamó y el momento en que ocurrió la explosión. Es posible que no haya tenido una vista directa de la zona y estimara la hora de llegada de la mujer al carro, o puede que simplemente se le haya subido la adrenalina e hiciera la llamada demasiado pronto.

—No es un rasgo raro en los hombres —observó Roland.

—Seguimos refiriéndonos al bombardero como un hombre, pero ¿cómo sabemos que no es una mujer?

—La gran mayoría de los fabricantes de bombas en Estados Unidos son hombres. Estadísticamente, es un hombre detrás de esto. Ahora, para el descubrimiento más interesante del día, el análisis químico del residuo mostró que se usó C4, lo que no era inesperado, dada la naturaleza de la forma de la carga. C4 es la mejor opción para este tipo de bombas.

—¿Tenemos alguna información sobre el origen del C4? —preguntó Roland.

—Sabemos exactamente de dónde vino. Cada lote de C4 fabricado tiene identificadores químicos. Comparamos nuestros resultados con la base de datos nacional y conocemos la fecha y el lugar de fabricación. Sabemos a quién se vendió y dónde ha estado. ¿Quieres saber la parte loca? Tenemos algunos del mismo lote en nuestro casillero de pruebas en el centro de la ciudad.

—¿Qué chingados acabas de decir? —preguntó Stillman.

—La firma química coincide con un C4 que incautamos hace unos seis meses. ¿Recuerdan a ese imbécil que robó 78 bloques de C4 de la obra y luego intentó venderlo por internet? Lo monitoreamos y mis hombres responden a esos anuncios. Ese imbécil intentó vendernos 70 bloques, unos 40 kilos. Se declaró culpable y ahora mismo cumple una condena de entre cinco y ocho años.

—Dijiste que robó 78 bloques, pero solo recuperaste 70. ¿Dónde están los otros ocho bloques? —preguntó Roland.

—Los registros de la empresa eran minuciosos. Niega cualquier otra venta, pero definitivamente faltan ocho bloques.

—Así que o hizo una venta que no conocemos, o alguien le robó ocho bloques. ¿Así que hay cuatro kilos y medio de C4 en las calles? —preguntó Roland.

Stillman levantó la mano.

—Hay otra posibilidad. ¿Estamos seguros de que todo el C4 que incautamos hace seis meses todavía está en la sala de pruebas?

Roland y Roberts se miraron mientras Roberts sacaba su teléfono.

CAPÍTULO 6

Lunes, 9:08 p. m.

De vuelta en el cuartel general de la policía, Roland y Stillman se enfrentaron a más preguntas que respuestas.

—¿Qué quieres decir con que no existen? —preguntó Roland.

—Quiero decir que cuatro grandes grupos de supremacía blanca operan en Las Vegas, todos vendiendo chicas, armas y drogas. Quince grupos menores se disfrazan y juegan a la supremacía blanca los fines de semana, pero nadie los toma en serio. Hacen videos sobre lo duros que son y luego vuelven a sus trabajos diarios como contadores y conductores de camiones. Ninguna Federación Aria ha aparecido nunca en ningún radar.

El Detective Billy Bunger, o Billy Bong, como se le conocía, encabezó el grupo de trabajo que rastreaba a los grupos de odio. Su tamaño promedio, su barba desaliñada, su pelo largo y sus tatuajes le permitían pasar desapercibido, mientras se mezclaba entre los bajos fondos de Las Vegas.

—¿Alguno de los grupos conocidos es capaz de llevar a cabo este bombardeo? —preguntó Stillman.

—A todos ellos les encantaría hacer cosas como esta, pero no estoy seguro de que ninguno de ellos tenga el talento para lograrlo. Por lo que escuché, la explosión fue bastante sofisticada.

—Todavía estamos recopilando pruebas, pero parece que el dispositivo era más complejo de lo que un aficionado de fin de semana podría haber creado con videos de YouTube.

—Tampoco tiene sentido. Estos tipos odian a las minorías, y no están en contra de maltratar a algunas personas si tienen la oportunidad, pero sobre todo permanecen bajo el radar y operan sus grupos con fines de lucro. Lo último que quieren es la atención de la policía, y saben que vamos a estar encima de ellos después de un evento como este. Hacer estallar a una doctora embarazada en el hospital es pedir una tormenta de mierda de problemas.

—Eso es lo que necesitamos que hagas. Ve a causar problemas. Llama a todos los que te deben favores y haz temblar a todos en las calles. Quiero saber quién chingados es la Federación Aria, y quiero saberlo hoy.

—Ya empezó. Ahora todo el mundo está en la calle interrogando a los sospechosos habituales. Te avisamos tan pronto como tengamos algo.

—Gracias. Tenemos que ir a poner al día al Jefe.

Billy Bong se echó a reír.

—Cuando los vuelva a ver, les va a faltar medio trasero.

Stillman y Roland levantaron el dedo medio mientras se alejaban.

·   ·   ·

Tim Roberts estaba recostado en la única silla disponible frente al escritorio del Jefe cuando llegaron los detectives. El Jefe Olson había estado en la fuerza durante treinta y un años y en el puesto más alto durante dos años. Stillman calculó que debían de haber sido años de perros, basándose en la rapidez con la que el Jefe había envejecido. Su cabello gris, las ojeras debajo de sus ojos y sus hombros perpetuamente caídos representaban la imagen de un hombre que se dirigía a su fiesta de jubilación pronto. A pesar de su evidente cansancio físico, su aguda mente aún manejaba hábilmente múltiples crisis a la vez.

—Está bien, dame la versión corta y te aviso si necesito más detalles.

El Jefe se reclinó en su silla, mientras Roberts comenzaba su informe.

—La bomba era una carga en forma de C4 colocada debajo del carro de la Dra. Williams y detonada de forma remota por teléfono. El C4 es un químico equivalente al explosivo que confiscamos hace seis meses de ese robo a la mina. Faltaban unos cuatro kilos de lo que recogimos, y este dispositivo utilizó alrededor de 113 gramos.

Los ojos del Jefe se entrecerraron.

—Más vale que no falte ningún C4 en el almacén de pruebas.

—Ya está confirmado. Mi equipo lo comprobó tres veces después de obtener nuestros resultados iniciales. Todos los C4 que tenemos en nuestro poder están contabilizados.

Roberts se reclinó en su asiento, y el Jefe dirigió su atención a los Detectives Stillman y Roland, que continuaron con el informe.

—Hubo una llamada al 911 antes de la explosión en la que la Federación Aria de Las Vegas se atribuyó la responsabilidad. La llamada procedía de un teléfono celular y era demasiado corta para rastrearla. La voz era masculina, que probablemente usaba un modulador para disfrazar su voz. Nadie ha oído hablar de esta Federación Aria.

—¿Y la víctima? —preguntó el Jefe.

—La Dra. Williams está en la Unidad de Cuidados Intensivos y estable. Daños masivos en las piernas y el pulmón. Perdió la pierna izquierda por debajo de la rodilla, pero debería sobrevivir, a menos que haya complicaciones. El bebé está en la Unidad de Cuidados Intensivos Neonatales y está muy bien. Acabamos de comenzar nuestra investigación de antecedentes sobre ella, y no está claro por qué fue atacada. La llamada telefónica apunta a un crimen de odio racial, por supuesto, pero no sabemos por qué la eligieron.

—¿Análisis de la persona que llama?

—La llamada llegó más de tres horas antes de la explosión. Fuera de contexto, se asumió que era una broma hasta la explosión. La llamada provino de un teléfono celular con código de área de Las Vegas, que ahora está fuera de servicio y es imposible de rastrear. En retrospectiva, la persona que llamó nos dio algunas pistas. «El comienzo del día al comienzo de la noche» es consistente con el Sunrise Hospital por la noche. «El portador de sombras», en retrospectiva, es probablemente una burda referencia a la Dra. Williams. En su consultorio de obstetricia, la mayoría de sus pacientes son afroamericanos.

El Jefe frunció los labios mientras se inclinaba hacia delante.

—Entonces, para resumir, no sabemos una mierda en este momento. Tenemos a un sociópata, que es un genio en la construcción de bombas, haciendo estallar a una doctora negra embarazada como parte de un grupo del que nunca hemos oído hablar. ¿Lo entendí bien?

—Sí, señor —contestó Roland.

—Y encima de todo, es la semana de la carrera. Diez equipos de F1 con veinte de los mejores pilotos del mundo correrán a más de 300 km/h en la Avenida Strip el sábado por la noche. Casi un millón de personas están llegando a la ciudad, incluidos patrocinadores de alto poder adquisitivo y fanáticos VIP. El tráfico va a ser una pesadilla, y alrededor de 500 millones de personas en todo el mundo van a ver la carrera en vivo por televisión. ¿Y ahora tenemos que lidiar con un bombardero psicópata racista?

El resumen del Jefe flotaba en silencio en el aire, como una toxina. Todos saltaron mientras él golpeaba el escritorio con la mano.

—Cueste lo que cueste, atraparán a este bombardero antes de la carrera. Roberts, concéntrate en esa bomba y descubre quién la construyó. No puede haber demasiada gente en la ciudad capaz de construir una carga con forma. Ustedes dos se enfocan en esa llamada y en la Dra. Williams. Si podemos averiguar por qué fue atacada, tal vez podamos averiguar quién hizo esto y sacarle todo a ese imbécil que robó el C4 inicialmente. No tengo que decirles que el alcalde, la Unión Estadounidense por las Libertades Civiles, un senador, el Jefe de la Federación Internacional del Automóvil y algunos propietarios de casinos multimillonarios buscan respuestas y no me los quito de encima. No me importan los recursos que necesiten, pero encuéntrenme a este imbécil. Retírense.

•   •   •

Me relajé en mi sillón acolchado, al aire libre en el patio cubierto del patio trasero, mirando la puesta de sol detrás de las Montañas Primavera, mientras Banshee mordía la rama de un árbol que había descubierto hacía dos días. La rama desaparecía tan rápido como el sol de la tarde. Vivía solo en un departamento de renta de un piso en los suburbios del sur de Las Vegas, pero en las últimas tres semanas, mi novia se había mudado con su parte de suministros. Todavía controlaba alrededor de una cuarta parte del espacio del lavabo del baño, pero esa área se reducía día a día, a medida que agregaba más elementos esenciales.

Banshee hizo una pausa para masticar su rama y emitir un gruñido bajo, aguzar las orejas e inclinar la cabeza hacia la casa.

—¿Nos están atacando?

Banshee no entendió la pregunta, pero permaneció alerta. Cuando escuchó una llave en la puerta principal, Banshee saltó felizmente al interior de la casa. No me moví de mi cómoda posición. Probablemente era mi novia y Banshee la traería al patio trasero. Si era cualquier otra persona, los iba a arrastrar afuera pateando y gritando.

Banshee ladró emocionado, mientras entraba por la puerta principal, sabiendo que recibiría una cantidad indebida de elogios y tal vez incluso una botana. Efectivamente, un momento después salió por la puerta trasera con un trozo de cecina en la boca, seguido poco después por Lana con una botella de cerveza en la mano.

—¿Hay espacio en ese sillón para mí? —preguntó, mientras se quitaba los zapatos.

Le di unas palmaditas en el cojín y ella se dejó caer a mi lado, balanceando sus piernas en mi regazo.

—¿Un día duro? —pregunté, mientras le masajeaba las pantorrillas y los pies.

—He estado persiguiendo la historia del bombardeo todo el día, y no voy a llegar a ninguna parte. Tuve la pista inicial en la historia, pero simplemente se esfumó. Supongo que no sabes nada útil.

—Nada que no se haya informado ya públicamente. La Dra. Williams se sometió a una cirugía en las piernas y dio a luz a un bebé prematuro sano. ¿Qué descubriste?

Me prometí no compartir nunca información confidencial de los pacientes.

—No mucho después de mucho tiempo y esfuerzo. Nadie ha oído hablar nunca de la Federación Aria que se atribuyó la responsabilidad. Mis fuentes me dicen que se trataba de una carga C4 moldeada, detonada a distancia y relativamente sofisticada. Hubo algunos rumores iniciales de que el C4 provenía del almacén de pruebas del centro, pero eso se corrigió rápidamente. Hasta ahora, los antecedentes de la víctima no han revelado ninguna pista. Aparte de su raza, no hay ninguna razón obvia por la que fuera el objetivo. En resumen, no he encontrado nada.

—¿Lo resumiste en tu artículo?

—Claro que no. Soy periodista independiente y estoy a la vanguardia. Presenté mi artículo primero y todos los medios importantes lo retomaron. Ahora todos los demás están poniéndose al día, mientras yo recibo un masaje de pies y disfruto de una cerveza.

Consideré sus palabras, mientras continuaba trabajando en los nudos de sus pies.

—Parece que averiguaste mucho hoy. ¿Cuál es tu próximo paso?

Siempre me sorprendió la rapidez con la que Lana podía recopilar información. Después de quince años cubriendo el crimen en Las Vegas, tenía contactos en todas partes, desde propietarios de casinos multimillonarios hasta líderes de los sindicatos del crimen que florecieron en la ciudad.

—Primero, voy a terminar esta cerveza mientras tú terminas de masajear mis pies. Luego voy a darme un baño largo y caliente mientras pides algo de comida. Luego, voy a hacer llamadas hasta que pueda encontrar algo útil para mi historia.

—¿Qué te parece que yo ayude en esta historia?

—Sé que a veces compartimos un cepillo de dientes, pero no estoy segura de querer compartir una historia contigo.

—No te preocupes. Puedes tener toda la gloria y el Pulitzer, pero esto es personal. La Dra. Williams es buena gente, y es posible que nunca vuelva a caminar. Quien piense que hacer estallar a los médicos es una buena idea tiene que enfrentarse a la justicia. Además, Banshee y yo tenemos algo de experiencia tratando con gente así.

Banshee aguzó el oído mientras Lana consideraba la oferta. Había admitido que había investigado mis antecedentes después de que empezáramos a salir. Entre mis logros médicos, se enteró de mi papel en el desmantelamiento de una red criminal ucraniana en Houston, así como de un ranchero corrupto y sheriff en Montana. También se enteró de que yo era rico y de que Banshee era un multiplicador de poder sobre el terreno.

—Está bien, puede que me arrepienta de esto, pero vamos a intentarlo. Tienes que prometerme que vas a seguir mis instrucciones y mantenerlo en el más absoluto secreto. No compartimos nuestras pistas con nadie hasta que se publica la historia, y no hay violencia. ¿Trato?

—Trato. ¿Cómo empiezo?

Se estiró y se levantó del asiento.

—Pide algo de cenar mientras me baño, y luego voy a hacer algunas llamadas, mientras tú te mantienes fuera de mi camino.

Miré a Banshee.

—Ser asistente de un reportero es muy parecido a trabajar con cirujanos. Vamos, chico, vamos a buscar algo de comida.

Banshee agitó su cola con entusiasmo, como si presintiera una nueva aventura.

CAPÍTULO 7

Lunes 11:52 p. m.

El bombardero llegó a casa tarde esa noche, aliviado y confiado en que no lo atraparían. Las cadenas de noticias sensacionalistas compitieron por superarse entre sí. Tenían muy poca información fáctica más allá de una críptica llamada al 911 antes de la explosión y una doctora herida y su bebé prematuro. A falta de más material, crearon su propia narrativa. Frases como «terrorismo doméstico» y «grupos de odio» se repitieron, mientras los expertos divagaban sobre el significado detrás del ataque. Sus continuas tonterías equivalían, en el mejor de los casos, a una especulación errónea. Lo único en lo que acertaron fue en la sugerencia de que los probables ataques futuros podrían aumentar en escala.

El bombardero sonrió al pensarlo, mientras se preparaba para su próximo espectáculo.

CAPÍTULO 8

Martes 17 de octubre
7:13 a. m.

Stillman y Roland llegaron a la cerca con el sol ya brillante saliendo en sus caras.

—Este lugar siempre me deprime muchísimo —dijo Roland.

—Ese es el objetivo de la prisión, supongo.

La prisión estatal de High Desert, ubicada a unos 48 kilómetros al noroeste de Las Vegas, cuenta con una capacidad de más de 4,000 reclusos, la prisión más grande de Nevada. La instalación de 65 hectáreas está rodeada por una valla electrificada con siete torres armadas que dominan toda la prisión. Probablemente la valla no era necesaria, ya que un paisaje infernal la rodeaba. Una tierra estéril de polvo hirviendo, desprovista de cualquier vegetación significativa, animaría a cualquier fugitivo a suplicar que se le permitiera volver a entrar. Su invitado más famoso, O.J. Simpson, lo llamó hogar durante un breve período en 2008. Stillman y Roland eran responsables de muchos de los otros huéspedes que actualmente residían en el lugar.

—Al menos reciben mucha luz solar —comentó Roland.

Stillman hizo una mueca de dolor, al imaginarse viviendo en ese agujero infernal de concreto durante un verano de Nevada. Se detuvieron en la primera puerta para uno de varios controles de identificación. Guardaron sus armas en el carro antes de entrar en la prisión. El olor de cuatro mil hombres desesperados los abrumaba, como si hasta el aire fresco temiera entrar. Las paredes grises de hormigón, las ventanas de cinco centímetros de grosor y la mala iluminación apagaron la esperanza y el optimismo. Roland murmuró: «No mames, qué deprimente», mientras se registraban.

Un guardia los condujo a una sala de interrogatorios donde esperaba el prisionero. Milton Meacham, o Milly, como se le conocía desde la infancia, vestía el uniforme de prisión de una playera azul claro y pantalones médicos azul oscuro. Sus manos estaban esposadas a un anillo de hierro sobre la mesa, y él levantó los brazos hasta que la cadena tintineó.

—¿Qué dices? ¿Qué tal si perdemos las esposas? Prometo no lastimar a nadie.

Roland sonrió, mientras le hacía un gesto al guardia para que le quitara las esposas a Milly. Pesaba tal vez 70 kilos después de una buena comida y ciertamente no era una amenaza física para ellos. A los cuarenta y un años, había sido una decepción para todos los que habían tratado de preocuparse por él. Su temprana participación en pandillas y drogas lo llevó a abandonar la escuela secundaria y a su primer arresto a los dieciséis años por robar un automóvil. Desde entonces, había estado entrando y saliendo de la cárcel por robo.

—¿Cómo te va, Milly? —preguntó Stillman.

—Jodidamente increíble. Este lugar lo tiene todo. Comida gratis, ropa gratis, un programa de ejercicios, la oportunidad de bañarte con un montón de psicópatas que pueden querer matarte o violarte. Ustedes deberían probarlo. A ver si les gusta el lugar.

Milly era una astuta bien documentada.

—Gracias por esa oferta, pero solo estamos de visita hoy.

—Empecemos por quién carajos son y qué chingados quieren.

—Soy el Detective Stillman, y ésta es la Detective Roland. Queremos hacerte algunas preguntas sobre ese C4 que robaste hace unos meses.

—Presuntamente robado. Todavía estoy en apelación.

Stillman admitió el punto.

—Muy bien. El C4 que presuntamente robaste de Diamond Head Mining hace unos meses. Cuéntame.

—¿Por qué carajos debería hablar contigo?

Roland se inclinó hacia delante.

—Porque voy a hablar en tu próxima audiencia de libertad condicional, imbécil, y voy a decir cosas buenas sobre ti o voy a decir suficientes chingaderas para asegurarme de que cumplas tu condena completa.

Milly silbó.

—Me encanta cuando la Detective sexy se hace la dura. Está bien, todo esto es teórico, extraoficial, y me haces un favor para sacarme de aquí antes de tiempo.

Stillman recuperó su atención.

—Si nos proporcionas información útil, hablaremos bien de ti. Y ahora, ¿el C4?

—Teóricamente, esos idiotas almacenaban sus explosivos detrás de una puerta de mierda con una cerradura de mierda, cubierta por una cámara que no era monitoreada en tiempo real. Una persona motivada podría visitarlos por la noche con una máscara, evitar al guardia de seguridad borracho durmiendo en su oficina, rociar un poco de pintura en la cámara de seguridad, quitar la cerradura, agarrar un poco de explosivos, y estar en casa en la cama antes de que nadie se diera cuenta.

Roland sacudió la cabeza con disgusto por lo fácil que era robar explosivos.

—¿Cuánto agarraste?

—Teóricamente, si hubiera sido yo, habría tomado todo lo que tenían, y tendría casi 45 kilos de la materia. Hubiera esperado que tuvieran más, pero eso habría sido todo lo que tenían. ¿Por qué el interés?

—Solo quiero aclarar. Teóricamente, había setenta y ocho bloques de C4 en esa oficina. ¿Hay alguna posibilidad de que ese número sea erróneo?

—No. Había setenta y ocho bloques de C4 que pesaban poco más de 45 kilos en esa oficina teórica.

—¿A dónde fueron a parar los cuatro kilos y medio que faltaban? —preguntó Stillman.

Milly parecía visiblemente confundido.

—¿De qué chingados estás hablando?

—Cuando fuiste a vender el C4, supuestamente vendiste el C4, solo tenías setenta bloques encima. ¿A dónde fueron los otros ocho bloques?

Milly miró de un lado a otro entre los detectives.

—¿Por qué no me dices por qué estás aquí? Ese trabajo fue hace meses. ¿Por qué el interés?

—Ayer, una bomba explotó en el estacionamiento de un hospital, hiriendo gravemente a una médico. El C4 utilizado en la bomba era un químico compatible con el C4 que supuestamente robaste y trataste de vender.

Milly se reclino y se cruzó de brazos.

—No tengo nada más que decir.

—Milly, no vamos a ir a por ti. Solo queremos saber a dónde se fue el C4 restante.

—Ya terminamos aquí.

—Vas a joder tu libertad condicional.

—Al menos voy a estar vivo. ¡Guardia!

Milly se negó a decir nada más y fue esposado para regresar a su celda. Stillman y Roland recogieron sus pertenencias y atravesaron tres sólidas puertas para llegar al ya caluroso sol y al aire fresco.

—Él sabe algo —dijo Roland mientras inhalaba profundamente.

—El hijo de puta definitivamente sabe quién tiene el C4 que falta.

Roland miró a su alrededor mientras se abrochaban el cinturón de seguridad en su carro.

—Este lugar se vuelve más deprimente cada vez que lo visito.

Stillman no pudo estar más de acuerdo, mientras manejaba el carro de vuelta a Las Vegas con un rastro de polvo que oscurecía la prisión detrás de ellos.

CAPÍTULO 9

Martes, 10:40 a. m.

Lana me llamó a última hora de la mañana.

—¿A qué hora terminas tu turno?

—A las tres. Las cosas no están tan locas hoy, así que quiza puedo salir a tiempo, siempre y cuando algún psicópata no vuelva a hacer estallar nuestro estacionamiento.

—Está bien, paso alrededor de las tres con un cambio de ropa para ti.

—Tienes planeada una cita caliente. ¿Cena?

—No exactamente. Vamos a visitar a un ladrón en la cárcel.

Terminó la llamada antes de que yo pudiera responder.

.   .   .

Dejé de darle vuelta a los pensamientos sobre la visita a la cárcel para concentrarme en un flujo constante de pacientes. Un niño que se rompió un brazo al caer de su bicicleta recibió una férula y un agradecimiento por usar su casco. Una señora mayor con dolor torácico ameritó un ingreso rápido a cardiología. Un suministro constante de tos y resfriados se filtraba a través del sistema. Los exámenes de dolor abdominal y los problemas respiratorios continuaron el flujo rutinario de pacientes durante el día.

—¿Lesión de porrista? ¿Qué demonios crees que es eso? —pregunté.

Rick se inclinó sobre mi hombro y echó un vistazo al historial clínico.

—Una mujer de veintitrés años con una lesión de porrista. Podría tratarse de cualquier cosa. Cinco dólares puedo hacer una voltereta hacia atrás mejor que ella —gritó Rick.

Levanté el pulgar hacia Rick cuando entré en la sala de examen e hice una doble toma.

—¿Gemelas idénticas, supongo?

Las chicas respondieron en perfecta sincronía.

—Sí.

Unos cuerpos pequeños y atléticos, cubiertos con ropa deportiva y rematados con cabello rojo rizado y ojos azul claro, le devolvieron la mirada.

—No es espeluznante en absoluto. Me siento como si estuviera en *El Resplandor*.

Las chicas respondieron al unísono, cada una extendiendo una mano.

—Ven a jugar con nosotras —antes de estallar en carcajadas.

—Como sobreviviente de las escuelas católicas, no puedo empezar a explicar lo espeluznante que es eso. ¿Quién es la paciente?

Respondió la chica de la izquierda.

—Yo soy Jessica.

—Y yo soy Hannah —ofreció la otra hermana sin que nadie se lo pidiera.

—Encantado de conocerlas a las dos. Está bien, ¿qué pasó?

Jessica desvió la mirada mientras Hannah se hacía cargo.

—Estábamos dando volteretas y acrobacias en el gimnasio como siempre. Lanzamos nuestro volante al aire justo cuando nuestra entrenadora gritó que el helado estaba aquí. Jessie se giró para mirar el helado y nuestro volante aterrizó con la rodilla en el esternón de Jessie. ¿Quién diría que el helado era tan peligroso, eh, Jess?

La examiné mientras las hermanas discutían sobre cómo podrían haberla atrapado sin lastimarse.

—Es posible que te hayas roto una costilla. No hay mucho que hacer al respecto, excepto el descanso y el ibuprofeno, pero nos aseguraremos de que no sea nada más grave. Espera aquí a que te hagan una radiografía.

Las chicas seguían discutiendo cuando salí de la habitación.

No había cambiado mucho cuando regresé veinte minutos más tarde, ya que la causa de la lesión todavía se debatía. Esperé brevemente una pausa en la conversación antes de decirles los resultados.

—Tienes una pequeña grieta en una costilla. Nada grave, pero va a doler por un tiempo.

—¿Hasta cuándo? —preguntó Jessica.

—Por lo general, toma de tres a cinco semanas.

—Puedes duplicar eso para Jess. Es una exagerada —agregó Hannah.

Se produjo un nuevo debate.

Terminé mis instrucciones de alta, respondí a sus preguntas y me preparé para salir de la habitación cuando me dirigí a Hannah.

—¿Puedes hacer una voltereta hacia atrás?

Hannah puso los ojos en blanco.

—¿Puedes tomarle el pulso?

—Lo voy a tomar como un sí. ¿Te gustaría ayudarme en algo?

Le expliqué mi plan y ella aceptó de inmediato.

Salí de la habitación con Hannah a mi lado y llamé a Rick.

—Tiene una costilla rota, pero le dije que estabas aquí alardeando de hacer una voltereta hacia atrás mejor que ella, y ella afirma que sigue siendo mejor que tú, incluso lesionada.

Rick miró dubitativo, a la pequeña niña que se sostenía las costillas.

—No creo que sea una buena idea intentar eso lesionada.

Hannah se enderezó.

—Doc dijo que ibas a tener miedo de perder.

Luego saltó hacia arriba y realizó una voltereta hacia atrás perfecta. Aterrizó firme como una roca sobre sus pies entre los aplausos del personal.

Banshee observaba con gran interés, y yo señalé un movimiento giratorio con la mano. Al instante, se levantó de un salto y realizó su propia voltereta hacia atrás, aterrizando firmemente sobre sus patas. Todos aplaudieron aún más fuerte cuando desafié a Rick.

—Buena suerte. Estás compitiendo por el tercer lugar.

Rick no perdió ni un momento, vació sus bolsillos y despejó espacio. Respiró hondo mientras ensayaba mentalmente sus movimientos, luego saltó en el aire y echó la cabeza hacia atrás. Rotó, pero no lo suficientemente rápido. Estuvo a punto de aterrizar, pero no tenía una rotación completa y cayó de rodillas. El personal le dio una ronda de abucheos mientras se levantaba del suelo.

Jessica salió de la habitación, sosteniéndose las costillas, y se paró junto a Hannah.

—No está mal, pero hay que elevarse hacia arriba y luego girar. Giraste demasiado pronto y perdiste elevación, y no eches la cabeza hacia atrás.

Rick se echó a reír.

—Al menos perdí contra la que está sana.

Hannah dio un paso adelante.

—Ella también te puede vencer, incluso estando herida. Esto es lo que tienes que hacer.

Hannah y Jessica pasaron los siguientes minutos entrenando a Rick en su forma. Varios intentos después, Rick voló más alto y aterrizó sólidamente sobre sus pies. Rick chocó los cinco con cada una de las chicas y le preguntó qué más podía intentar a continuación.

—He creado un monstruo —murmuré mientras volvía al trabajo.

·   ·   ·

—Oye, Doc, un tipo del Escuadrón Antibombas quiere hablar contigo, porque fuiste uno de los médicos que atendió a la Dra.

Williams justo después de la explosión. Solo un aviso, el tipo es medio imbécil —me informó la enfermera de triaje.

—¿Alguna clase de imbécil en particular?

—De la clase chaparro que lo compensa convenciéndose a sí mismo de que es más importante que todos los demás.

—Tráelo y terminemos con esto.

Llamé al Pequeño Mac.

—¿Tienes un momento libre para llevar a Banshee a dar un paseo?

—Claro que sí, Doc. Déjame agarrar su correa.

Pequeño Mac estaba ajustando la correa cuando la enfermera con el ceño fruncido se acercó con un hombre con un traje brillante. Le tendió la mano.

—Tim Roberts, Jefe del Escuadrón Antibombas. Encantado de conocerte por fin —dijo mientras miraba con frialdad a la enfermera de triaje que lo había retrasado.

Me puse de pie en toda mi estatura, unos quince centímetros más alto que él, y sujeté con firmeza su mano en un saludo.

—AJ Docker, pero todo el mundo me llama Doc. ¿Cómo puedo ayudar hoy?

—¿Hay algún lugar donde podamos hablar en privado?

—Sí. Sígueme.

Pequeño Mac gritó:

—Adiós, Doc. Banshee y yo nos vamos a una aventura.

Roberts miró con aprecio a Banshee.

—Supongo que se trata de un antiguo perro policía.

—Sí, se lesionó en el cumplimiento del deber y lo adopté. Recibió una bala destinada a mí.

—Parece una historia interesante.

—Una anécdota interesante para otro día. ¿En qué puedo ayudarte? —pregunté de nuevo, mientras lo conducía a una sala de conferencias vacía.

—¿Cómo están la señora y su hijo?

Respondí con los dientes apretados.

—La señora, la Dra. Williams, como se la conoce y respeta aquí, y su hijo, están bien. Ambos están muy enfermos, pero esperamos que sobrevivan, a menos que haya complicaciones importantes.

—Es un alivio. Hay que hacer mucho más papeleo cuando las víctimas mueren.

—Puedo ver cómo eso sería un inconveniente para ti.

—¿Tiene algún problema conmigo, doctor?

—Tengo un problema con un investigador principal que no se molesta en conocer el nombre de la víctima gravemente herida, y tengo un problema real con las personas que encuentran la muerte inconveniente porque aumenta su papeleo.

Roberts levantó las manos en señal de defensa.

—Lo siento, han sido un par de días estresantes con la explosión y la carrera que se acerca.

—Ha sido un poco estresante por aquí también.

—Me imagino que sí. ¿Puede llamarme si hay algún cambio en su condición? —preguntó mientras se levantaba y me entregó una tarjeta.

Me puse de pie en toda mi estatura.

—Probablemente lo mejor es que te comuniques con nuestro equipo de medios. Buena suerte atrapando al tipo. Parece ser muy inteligente.

—Lo es, pero yo soy más inteligente. Buen día, doctor.

Lo acompañé a triaje y lo vi salir.

—¿Tenía razón? —preguntó la enfermera de triaje.

—Tenías razón, definitivamente un imbécil.

Dejé de pensar en Tim Roberts y volví con mis pacientes.

CAPÍTULO 10

Martes, 2:58 p.m.

Lana llegó cuando terminé mi último historial clínico.

—¿Algo interesante hoy?

Rick se levantó de un salto y realizó su voltereta hacia atrás, alrededor de la centésima parte del turno.

—Rick aprendió una nueva habilidad y está muy orgulloso.

—Como debe ser. ¿Listo para irnos?

—¿A dónde van? —preguntó Rick.

—Doc me lleva a los lugares más elegantes. Hoy voy a ser una de las únicas mujeres allí, el centro de atención.

—Suena como una cita divertida.

—Prisión, Rick. Vamos a ir a una cárcel —dije.

—¿Estás investigando la bomba? Yo también quiero ir.

—Desafortunadamente, Rick, tus habilidades son necesarias aquí en urgencias.

—Déjame saber lo que descubras. Y me das la oportunidad de ir a la próxima entrevista. ¿Trato?

—Claro que sí, Rick. Trata de no avergonzarte mientras no estoy.

—No hay posibilidad de que eso ocurra.

Rick puntuó la declaración haciendo otra voltereta hacia atrás, esta vez sin darse cuenta de la silla detrás de él, lo que hizo que cayera de culo. Sin desanimarse en lo más mínimo, Rick se volteó sobre su estómago y procedió a hacer diez flexiones con una mano antes de volver al trabajo.

El Pequeño Mac se acercó y saludó.

—No te preocupes, Doc. Voy a cuidar bien de Banshee mientras tú no estás.

Se inclinó para darle a Banshee algunas caricias en las orejas y un beso en la cabeza.

—Muchas gracias, Pequeño Mac. Espero que regresemos en un par de horas.

• • •

Lana y yo hicimos el deprimente viaje a la Prisión Estatal de High Desert con poco tráfico en nuestro camino.

—No es un destino muy popular, ¿verdad? —Observé.

—¿Has estado alguna vez en una prisión?

—Pasé una semana en la cárcel de un pueblo pequeño, pero nunca he estado en una prisión.

—Una cárcel de un pueblo pequeño es unas vacaciones de lujo en comparación con este lugar. Cuatro mil hombres enfurecidos viven encerrados en una caja de hormigón, y un centenar de guardias sobreviven justo por encima del umbral de la pobreza.

—Con suerte, podremos confiar en que el hormigón resistirá.

—No cuentes con eso. Toda la estructura fue construida por el que ofreció menos. Mantén la calma ahí adentro y recuerda que eres mi asistente.

—¿Por qué accedió a una entrevista con los medios?

—A lo mejor está aburrido. Tal vez tenga algo que decir, pero lo más probable es que esté cansado de mirar a hombres desnudos en las regaderas, y la perspectiva de pasar un tiempo con una mujer es intrigante.

Pensé en la semana que estuve encerrado y comprendí lo abrumador que debía ser el aburrimiento de la vida en prisión.

—Está bien, hagamos esto.

Pasamos veinte minutos revisando controles de identificación, un detector de metales y un cacheo antes de que nos llevaran a una sala de entrevistas. Lana llevaba un lápiz y un cuaderno, y yo tenía una pequeña grabadora. Me moví inquieto después de que la puerta se cerrara con estrépito, encerrándonos en nuestra mitad de la habitación.

—¿Vas a estar bien? —preguntó Lana.

—Sí. Solo me trajo algunos malos recuerdos.

Unos minutos más tarde, un guardia abrió la puerta del otro lado de la habitación y acompañó a Milly a su asiento. Levantó las manos hacia el guardia.

—¿Qué tal si me quitas las esposas?

El guardia sonrió mientras se daba la vuelta.

—¿Qué tal si te vas a la mierda? Tienes quince minutos.

El guardia salió de la habitación, dejando a Milly mirando a Lana.

—No chingues, estás bien buena.

Lana, siempre profesional, ignoró su mirada hambrienta.

—Sr. Meacham, mi nombre es Lana Hearns, y soy una reportera que investiga el reciente atentado con bomba en el Hospital Sunrise. ¿Está bien si grabamos esto?

Milly asintió y encendí la grabadora.

—Escuché de mis fuentes que el C4 utilizado en el dispositivo era exactamente igual a algunos C4 que había robado anteriormente.

—Presuntamente robado. Estoy en apelación.

—Perdón. El C4 que presuntamente robó. Estoy tratando de averiguar cómo terminó en manos del bombardero.

—Parece que todo el mundo está tratando de saber eso.

—¿Tiene algo que decir al respecto?

—Tengo muchas cosas que decir respecto. La pregunta es por qué debería compartir algo contigo.

—Sr. Meacham, estoy tratando de sacar la verdad sobre por qué un grupo supremacista blanco intentó matar a una doctora afroamericana embarazada.

—Mierda, eso es fácil. Esos hijos de puta están locos y odian a los negros.

—Está bien, pero estoy tratando de entender cómo el C4 fue supuestamente robado de una mina, confiscado durante una operación encubierta y terminó siendo utilizado por este grupo. Si puedo entender eso, voy a estar un paso más cerca de descubrir quién hizo esto.

Milly se reclinó en su silla y dejó que el silencio aumentara. Finalmente, tomó una decisión y se inclinó hacia adelante.

—Voy a compartir contigo algunas de mis opiniones, pero extraoficialmente.

Lana me miró, apagué la grabadora y la dejé sobre la mesa.

—¿Alguna vez has visto esas fotos en la televisión con la policía de pie detrás de una gran pila de drogas, dinero o armas, cosas que confiscaron durante un arresto, luciendo orgullosos y duros con su botín de guerra?

—Por supuesto.

—¿Qué tan grandes crees que eran esas pilas en el momento de la incautación? ¿Quizás un 10% más grande? ¿Quizás un 30% más grande? Te lo puedo garantizar. No todo lo incautado se convierte en prueba.

—¿Está afirmando que un oficial se llevó el C4?

—Aquí están los hechos tal como yo los conozco. Supuestamente, tomé setenta y ocho bloques de C4 de la mina. Supuestamente, me presenté con setenta y ocho bloques de C4 para venderlos a un oficial encubierto. En mi juicio, hubo setenta bloques de C4 admitidos como prueba. Puede que no haya terminado la secundaria, pero setenta bloques es menos que setenta y ocho bloques. En algún momento, alguien se llevó C4.

Me incliné hacia adelante.

—¿Está diciendo que hay un policía detrás de todo esto?

Un exasperado Milly dirigió su respuesta a Lana.

—¿Por qué una dama inteligente y hermosa como tú se junta con este idiota? No, no estoy diciendo que los policías sean los responsables de la bomba. Estoy diciendo que uno de esos cabrones mentirosos robó el C4 y lo vendió en la calle. Eso es lo que hacen. Saben quiénes son los compradores y el valor en la calle de las cosas. Es dinero fácil e imposible de rastrear, y los compradores saben que si alguna vez dicen una palabra, terminarán en un barril en el lago Mead.

Lana golpeó pensativamente el lápiz en su bloc de notas.

—¿Alguna idea de qué policía pudo haberlo hecho?

—Ni idea. Nunca antes había conocido a ninguno de esos cabrones, pero todos sus nombres deberían estar en el informe de arresto. Uno de esos imbéciles lo robó y lo vendió. Él es el que debería estar aquí en lugar de mí.

El guardia regresó y anunció que el tiempo se había acabado. Milly se puso en pie y señaló a Lana con el dedo.

—La respuesta está en ese informe. Si eres tan inteligente como atractiva, lo vas a encontrar. No cuentes con que verga aguada de aquí sea de ayuda. Un niño bonito no duraría ni cinco minutos aquí.

Lana y yo recogimos nuestras cosas y nos fuimos por el mismo camino por el que entramos. Al salir por la última puerta, ambos nos detuvimos instintivamente y tomamos una profunda bocanada de aire fresco y admiramos el extenso paisaje a la luz del sol de la tarde. Miré mi teléfono.

—Es difícil de creer que estuvimos allí solo 47 minutos. Sentí que fueron dos días.

—Imagínate cómo se sentirían 10 años.

—No, gracias. ¿Le crees?

—Creo en algo de lo que dijo, ciertamente lo suficiente como para perseguir ese informe de arresto y echar un ojo más de cerca a los policías. Tengo que encontrar una fuente para eso.

—¿Cómo se encuentra una fuente?

—Sigue siguiendo pistas. Eventualmente, la historia se escribe sola. No es tan diferente de lo que haces en urgencias. Evita la Avenida Strip en el camino de regreso. Están empezando los preparativos para la carrera, y ya se volvió una pesadilla.

—Va a ser un fin de semana loco, incluso para esta ciudad. ¿De verdad crees lo que dijo Milly? ¿Qué hay un policía involucrado?

—La mayor parte de lo que dijo, pero no tenía razón en todo.

—¿En qué se equivocó?

Ella se acercó más para besarle la oreja.

—No tienes la verga aguada.

Vi cómo la prisión se alejaba en el fondo hasta que desapareció por completo. Esperaba que fuera mi última visión de una prisión.

· · ·

Un guardia sacó un teléfono desechable y envió un mensaje de texto a un número que tenía memorizado.

—Dos reporteros aparecieron detrás de los policías.

—¿Nombres?

—Lana Hearns y su asistente.

—Gracias. Quinientos están en camino.

El guardia apagó el teléfono y se lo guardó en el bolsillo. No tenía ni idea de quién estaba al otro lado del mensaje de texto y no le importaba. Le pagaron por información y quinientos dólares en Bitcoin estarían en su cuenta al final de su turno.

El bombardero sofocó cierta ansiedad por el hecho de que la reportera hubiera rastreado a Milly tan rápidamente. Supuso que eventualmente sucedería, pero necesitaba más tiempo. Milly tenía que irse.

El bombardero abrió un navegador Tor en su computadora y entró en la Dark Web. Fue a una página con un nombre alfanumérico de veinte dígitos. Había llevado muchas horas examinar los foros de chat para encontrarla. Había esperado no necesitarlo, pero creía en la preparación. Había considerado todas las posibilidades y previsto todas las contingencias.

Abrió una ventana de chat en la página.

«Tengo un problema urgente en la Prisión Estatal High».

«¿Qué tan urgente?»

«A más tardar por la mañana».

«$5,000 dólares. Bitcoin. Por adelantado. Sin reembolsos. ¿Objetivo?»

«Milton Meacham».

«Envía los fondos aquí», seguido de un enlace.

El bombardero, asombrado de lo fácil que era pedir un golpe en la Dark Web, se desconectó, accedió a su cuenta de criptomonedas y transfirió los $5,000 dólares, luego los $500 dólares al guardia. La clave era encontrar un sitio seguro que no hubiera sido establecido por los federales. El bombardero no tenía ni idea de quién estaba al otro lado, pero se sabía que eran fiables. La reputación lo era todo en su negocio, y si se supiera que habían incumplido un contrato, estarían acabados. Lo mejor era que si los atrapaban, no tenían ni idea de quién era el cliente, totalmente seguro para él. El bombardero se durmió rápidamente, satisfecho de haber resuelto otro problema por solo $5,500 dólares.

.   .   .

Regresé a urgencias para recoger a Banshee y encontré al Pequeño Mac con los ojos vendados en la estación de enfermería. Jen explicó:

—Rick está seguro de que puede engañarlo esta vez. Trajo a un invitado especial y es posible que tenga una oportunidad.

El Pequeño Mac tenía el don del oído absoluto, la capacidad de identificar o recrear un tono determinado sin el beneficio de una nota de referencia. Un talento raro que solo se encuentra en una de cada diez mil personas, el Pequeño Mac podía reconocer cualquier voz que hubiera escuchado, sin importar cuánto tiempo atrás la hubiera escuchado. De alguna manera, su cerebro catalogó el tono y la cadencia del habla individualizada, y pudo identificar esa voz tan pronto como la escuchó de nuevo. Rick siempre intentaba atorarlo y siempre salía perdiendo.

Rick pidió silencio, mientras conducía a una señora mayor a la estación de enfermeras.

—¿Estás listo, Pequeño Mac?

—Sí, señor.

—¿Qué quieres que diga?

—No importa. Ella puede decir lo que quiera.

Rick abrió la aplicación meteorológica en su teléfono, se la entregó y le susurró al oído. La señora leyó:

—La temperatura máxima de hoy será de treinta grados con mucho sol y sin probabilidad de lluvia. La temperatura mínima de esta noche será...

—Esa es la Sra. Lisa, que solía trabajar en la caja registradora del medio en la cafetería hace unos años.

El Pequeño Mac se levantó la venda de los ojos y abrazó a la Sra. Lisa, mientras todos aplaudían.

Rick miró con asombro.

—¿Cómo demonios hace eso? ¡No ha estado en el hospital durante más de cinco años! Me encontré con ella mientras visitaba a un familiar en el piso de arriba. ¡Guau, simplemente guau!

—Todos tenemos nuestros talentos especiales —dije.

—Rick, parece que tu talento especial es perder. Buen intento, sin embargo. Estaba atorado durante unos 0.3 segundos.

Jen se rió, le dio una palmada en la espalda y se dirigió hacia sus pacientes.

—¿Cómo fue lo de la cárcel? ¿Te uniste a una pandilla? ¿Te hiciste un tatuaje?¿Provocaste un motín? —preguntó Rick.

—No, pero sí di tu número de teléfono para cualquier persona que tenga preguntas médicas o interés en los hombres musculosos. Milly parece pensar que los policías robaron el explosivo y lo vendieron en la calle, así que Lana lo está siguiendo.

—¿Qué necesitas que haga?

Le entregué un iPad.

—Ve a ver a algunos pacientes. Banshee y yo nos vamos a casa.

CAPÍTULO 11

Miércoles 18 de octubre
7:35 a. m.

El desayuno en la Prisión Estatal de High Desert era consistentemente horrible con avena que sabía cómo si tuviera aserrín de la carpintería, huevos en polvo diluidos y pan tostado, quemado o empapado. El pan de hoy estaba quemado, lo que en realidad prefería. Milly llevó su bandeja a su mesa habitual, escogió la comida y se preguntó cómo los reclusos más grandes se mantenían enormes con la mísera dieta.

Los problemas comenzaron en la fila de servicio cuando un prisionero negro se topó con un prisionero hispano, quien le gritó en español, lo que resultó en que el prisionero negro arrojara su bandeja a su adversario y lo derribara al suelo. El intercambio de puñetazos provocó un caos instantáneo, ya que todos se pusieron de pie para gritar. Los individuos se empujaban unos a otros, lo que provocaba que los grupos se enfrentaran entre sí. Los guardias preparados activaron las alarmas, cerraron la cafetería y pidieron refuerzos, mientras intentaban llegar a los combatientes originales.

Milly, de pie en su banco y animando el caos como todos los demás, había logrado mantenerse al margen de cualquier pandilla y no se esperaba que se uniera a la violencia. Su única tarea era mantenerse al margen. Desafortunadamente, su atención se centró en la pelea y no en su entorno. Nunca vio el puño que lo golpeó, no es que hubiera hecho la diferencia. El enorme puñetazo de un colosal recluso aterrizó directamente en su sien y le causó daños catastróficos. Una mandíbula y un pómulo rotos fueron seguidos por una clavícula rota cuando cayó al suelo, afortunadamente ya inconsciente con una pequeña hemorragia subdural en la cabeza. El recluso se inclinó, metió el mango de una cuchara afilada en el cuello de Milly y lo movió de un lado a otro, mientras sostenía una bandeja con la otra mano para desviar la sangre que brotaba. La arteria carótida, así como las venas yugulares internas y externas, se cortaron por completo en segundos. El recluso dejó caer la cuchara y la bandeja y se alejó con calma.

Milly se desangró en segundos en medio del caos, solo en el fresco suelo de la cafetería. La investigación duró un poco más que la pelea, sin testigos del asesinato. La muerte de Milly solo contribuyó a una estadística más en la Prisión Estatal de High Desert.

• • •

Lana revisó su teléfono, mientras preparaba mis famosos waffles para el desayuno, mi mezcla interrumpida por su exclamación:

—¡De ninguna puta manera!

Dejé mi espátula mezcladora negra y me quedé quieto con anticipación, mientras sus ojos se movían rápidamente a través de la historia.

—¿Me vas a decir qué pasa?

Rápidamente terminó la historia y luego se volvió hacia mí.

—Ese tipo con el que nos reunimos ayer, Milly, está muerto.

—Parecía bastante saludable cuando lo dejamos.

—Una cuchara clavada en el cuello tiende a tener un efecto perjudicial para la salud.

—Como profesional de la medicina, estoy de acuerdo. ¿Crees que estaba relacionado con nuestra visita?

Lana me miró como si yo fuera un idiota.

—A veces no puedo entender cómo pasaste la escuela secundaria, y mucho menos la escuela de medicina. Por supuesto, estaba relacionado con nuestra visita. Alguien lo mando callar.

—Un trabajo bastante rápido, ¿no?

—Eso solo significa que era importante.

—¿Cuál es tu próximo paso?

Lana pensó por un momento, golpeándose la mejilla con el lápiz, mientras hojeaba sus notas, un gesto adorable que supe que no debía interrumpir. Finalmente, dejó caer sus notas y tomó su teléfono.

—¿A quién llamas?

Ella me ignoró, encontró el contacto que estaba buscando e hizo una llamada con su teléfono en altavoz.

—Detective Roland, soy Lana Hearns, y estoy trabajando en una historia relacionada con el atentado con bomba en el hospital. ¿Tiene algún comentario sobre el violento asesinato del prisionero Milton Meacham esta mañana?

Hubo una pausa.

—Lo siento, ¿dijiste que Milly fue asesinado?

—Sí, apuñalado en el cuello durante el desayuno. Aparentemente, una pelea causó una distracción y nadie vio nada. Milly me dijo que te reuniste con él ayer mismo.

—Espera. ¿Visitaste a Milly ayer?

—Sí. Fuimos a eso de las cuatro.

—¿Cómo que «fuimos»?

—Mi asistente y yo.

—¿Milly te dijo algo interesante?

—Sabes que no puedo revelar esa información.

—En realidad, sí puedes. La pregunta es si lo vas a hacer.

Lana golpeó con el lápiz sus notas mientras pensaba.

—¿Qué tal si hacemos un trato y nos ayudamos mutuamente?

—Te escucho.

—Te cuento todo sobre mi conversación con Milly, pero necesito que me consigas una copia del registro de arresto de Milly dentro de una hora.

—Hecho.

—Y si necesitas compartir información con la prensa, primero me la filtras a mí.

—No hay garantías de que vayamos a compartir información, pero si lo hacemos, tú vas a ser la primera en saber; y si encuentras algo útil, lo quiero. Tenemos un asesino ahí fuera.

Con el acuerdo en vigor, Lana compartió los detalles de su conversación con Milly, concluyendo que Milly pensaba que un policía había robado el explosivo y lo había vendido.

—Ese es uno de los escenarios desafortunados que estamos evaluando —dijo la Detective Roland—. Te voy a dar el informe y no dudes en revisar a todos los que aparecen en él. Va a ser más fácil para ti que para nosotros. Las investigaciones por policías a policías son complicadas, pero si encuentras algo, avísame de inmediato. Si se trata de un policía sucio que ya ha matado a una persona, un segundo asesinato no le va a costar. Ten cuidado ahí fuera.

Lana colgó y me volteo a ver con emoción brillando en sus ojos.

—Así es como se obtiene información en mi mundo.

Di un lento aplauso.

—Impresionante. Creo que ese esfuerzo merece una recompensa.

—Voy a agarrar el waffle. Hazlo rápido. Hay trabajo por hacer.

·   ·   ·

La Detective Roland localizó a su compañero y la puso al día sobre la muerte de Milly.

—Alguien está preocupado y limpiando los cabos sueltos —concluyó.

—Estoy de acuerdo. Notifiquemos al Jefe. Si un policía está involucrado, esto puede ponerse feo muy rápido.

—Hazlo. Necesito enviar por correo electrónico una copia del informe de arresto a Lana.

Veinte minutos más tarde estaban frente al descontento Jefe.

—¿Me estás diciendo que puede haber un policía implicado? ¿Qué tan seguro estás?

Stillman respondió:

—No hay nada definitivo, pero es una posibilidad real a la que hay que darle seguimiento.

Esperaron en silencio, mientras el Jefe reflexionaba sobre sus opciones.

—Tenemos medios de comunicación de todos los países del mundo en la ciudad para la carrera, y ahora esto. ¿Quién sabe de esto?

—Por el momento, solo nosotros tres, señor.

—Eso es algo bueno, al menos. Traigan a Chambers de Asuntos Internos, y que se encargue de los antecedentes de los policías. Ustedes se enfocan en los sospechosos que no usan uniforme. Sin filtraciones. Esto se queda entre nosotros cuatro. Si hay un policía involucrado, lo derribamos, pero controlamos la narrativa. Si no hay policías involucrados, esta conversación nunca sucedió. ¿Preguntas?

—Ninguna, señor.

—Muy bien. Quiero que este imbécil esté esposado antes de que vuelva a atacar. Retírense.

—Voy a poner a Chambers al día —ofreció Roland cuando entraron en el elevador.

—Y yo voy a ver si Roberts tiene alguna pista.

CAPÍTULO 12

Miércoles, 10:27 a. m.

—¿Qué es eso? —pregunté.

—El informe policial del arresto de Milly. La Detective Roland me lo envió —respondió Lana.

—¿Es normal que los policías compartan información con los periodistas?

—Más común de lo que piensas. Mientras nuestros intereses estén alineados, podemos ayudarnos unos a otros. Ellos tienen información y nosotros tenemos fuentes.

—¿Cuál es tu próximo paso?

—El informe indica claramente que se incautaron 39.69 kilos de explosivo, y Milly insistió en que tenía 44.22 kilos. Si faltaban 4.5 kilos, uno o más de estos tipos tenían que haber estado involucrados.

Me mostró una tarjeta con cuatro nombres escritos a mano.

Sargento Jim Armond

Sargento Ron Bertrand

Sargento Kenny Krug

Detective Tim Roberts

—Ahora tengo que averiguar todo lo que pueda sobre ellos. Voy a empezar con las finanzas, ya que cualquiera que haya desviado dinero probablemente lo haya hecho antes. El dinero sucio tiende a dejar un rastro claro.

—¿Necesitas ayuda con eso?

Una sorprendida Lana me miró fijamente.

—¿Qué sabes tú de obtener información financiera de la policía?

—Conozco a un tipo. Hacker. Puede conseguir lo que sea de quien sea en horas.

—¿Es discreto?

—Mucho.

—Dame su número.

Me reí mientras apartaba su mano extendida.

—No va a hablar contigo. Es un poco paranoico, pero le gusta Banshee, y le gusto yo, porque yo cuido de Banshee.

—Suena que está un poco loco.

—Está muy loco. Solo quédate callada y escucha.

Puse el teléfono en el altavoz y pulsé mi contacto para el BT. Antes de que pudiera timbrar una vez en el otro extremo, una voz agobiada respondió.

—¿Cómo chingados estás, Doc? ¿Y cómo está el perro? ¿Qué necesitas esta vez?

—Estoy bien, Banshee también y necesito perfiles financieros de cuatro tipos.

—¿Qué clase de tipos?

—Posiblemente policías sucios.

El BT se echó a reír.

—Está siendo redundante, Doc.

—Estoy buscando dinero sucio.

—Como todos. Dame los nombres.

Recité los cuatro nombres.

—¿Cuánto tiempo necesitas?

—Los policías son fáciles de rastrear. Dame un par de horas, precio habitual de $500 por persona envíalo a mi cuenta. Hasta luego.

El BT colgó mientras Lana preguntaba:

—¿Quién carajos es ese tipo?

—Es un chico de veinticinco años que puede hackear cualquier sistema y vive de Adderall y bebidas energéticas.

—¿Y puede obtener toda esa información en solo dos horas?

—Garantizado.

—Tienes que presentarme. Mi chico tardaría un par de días.

—Si te gustan los resultados, te lo presento, pero ahora mismo tengo que prepararme para el trabajo. Hoy voy a cubrir turno durante seis horas. Necesitan personal adicional para la gente de la carrera que viene a la ciudad.

. . .

El aterrizaje de un 747 en el Aeropuerto Internacional Harry Reid de Las Vegas se había originado en Macao, China, y el vuelo de 11,265 kilómetros había durado más de dieciséis horas. Hizo un aterrizaje delicado en la terminal 3 junto con otros vuelos internacionales, pero solo en este había un agente de inmigración esperando, ya que el túnel estaba unido y la puerta abierta, para introducirlo y encontrarse con el visitante VIP. El agente contempló con asombro la opulencia interior, que se parecía más a un hotel de cinco estrellas que a un avión.

El multimillonario y sus socios descansaban en sofás de cuero blanco, mientras un asistente se adelantaba para ofrecer seis pasaportes diplomáticos. El agente echó un vistazo a cada pasaporte antes de sellarlos y devolvérselos al asistente.

—Bienvenidos a los Estados Unidos. Por favor, síganme. Su transporte está listo, según lo solicitado.

Desembarcaron y, en lugar de caminar por la pasarela, bajaron por unas escaleras directamente a la pista y se metieron en las puertas abiertas de dos camionetas oscuras que mostraban con orgullo la bandera china en las antenas de cada camioneta. Los hombres de seguridad cerraron las puertas para mantener a los invitados frescos y seguros. Las puertas forradas de Kevlar y el vidrio a prueba de balas detendrían cualquier cosa que no fuera un RPG.

Las dos camionetas avanzaron y se les unió una camioneta líder y una de persecución para intercalar a los invitados VIP. Una patrulla de la policía de Las Vegas encabezó la procesión fuera de los terrenos del aeropuerto, con sus luces despejando el camino para el pequeño convoy. Doce minutos después, se detuvieron en el estacionamiento subterráneo del Mandalay Bay y tomaron un elevador privado hasta sus suites para recuperarse del largo viaje.

El Sr. Zhang, el multimillonario de Macao, tenía solo treinta y cuatro años de edad y disfrutaba de un patrimonio neto más allá de la comprensión de la mayoría. A diferencia de muchos de los miembros más modestos de su familia, el multimillonario disfrutaba de la bebida, los juegos de azar, las drogas recreativas, la vida nocturna de Las Vegas y, especialmente, los autos de carreras. En la ciudad para la carrera de F1, tenía acceso a todos los equipos en el pit lane.

El Sr. Zhang pagaba más de un millón de dólares por noche por un piso entero para acomodar a los ochenta empleados, seguridad, cocineros y asistentes personales que viajaban con él. El multimillonario se acostó a descansar para una gran noche de aventuras, mientras su personal trasladaba sus pertenencias personales al hotel.

CAPÍTULO 13

Miércoles, 11:54 a. m.

Entré al trabajo y me encontré con una pequeña multitud centrada alrededor de la estación de enfermería, tomando partido mientras Rick y Jen se preparaban para su desafío.

—¿Qué está pasando? —Le pregunté a un asistente médico.

—Rick afirmó que es más del doble de fuerte que Jen, quien no se tomó muy bien eso y lo desafió. Jen tiene que sostener un kilo con el brazo extendido, mientras que Rick tiene que sostener dos kilos. El primero que deja caer el brazo pierde.

Me acerqué para tener una mejor vista. Rick, vestido con uniforme de Pantera Negra, flexionó los hombros mientras Jen tomaba tranquilamente su café.

—Avísame cuando terminen tus estiramientos de inseguridad masculina, para que pueda terminar con esto.

Rick se flexionó dramáticamente unas cuantas veces más, antes de estirar el brazo hacia afuera.

—Vamos a hacer esto.

Jen se paró a su lado y extendió su mano con la palma hacia arriba también. Una enfermera se acercó con una pesa de un kilo y otra de dos kilos prestada de la clínica de medicina deportiva. A la de tres, colocó las pesas en cada una de sus manos.

Rick levantó un poco el brazo hacia arriba y hacia abajo.

—Sería mejor que hiciera un poco de ejercicio, ya que esta competencia no va a durar mucho.

Jen lo ignoró. A los sesenta segundos, Rick dejó de perder el tiempo y se concentró en su brazo. A los noventa segundos, el brazo de Rick tembló y apretó los dientes. Jen permaneció inmóvil.

A los ciento veinte segundos, Rick tembló y gruñó visiblemente, mientras intentaba estabilizar su brazo. Finalmente, a los dos minutos y veinte segundos, Rick jadeó y dejó caer su brazo con una pequeña ovación de la multitud reunida. Jen se giró para mirarlo fijamente, agachando la mano izquierda para tomar un sorbo de su café. Su mano derecha permanecía firme como una roca con el peso.

Le entregó la pesa a Rick:

—¡Poder femenino!

Rick miró la pesa con incredulidad mientras Jen se alejaba.

—Mala mañana —observé.

—No hay forma de que yo no sea el doble de fuerte que ella.

—Probablemente no, pero no eres cinco veces más fuerte, que es a lo que ella acaba de retarte.

—¿Eh?

Levanté el peso.

—Esto es un kilo, pero si extiendes el peso, el peso relativo aumenta a medida que se extiende. Ella mantuvo el hombro apretado mientras tú extendías completamente tu brazo, mucho más largo. Relativamente, sostenías mucho más del doble de peso que ella.

Rick se levantó de un salto para buscar la revancha, pero lo contuve.

—Ella ya se ve más fuerte que tú. No admitas que ella también es más inteligente.

—¿Crees que lo sabía?

—Definitivamente. Ella es más inteligente que tú. Vamos a ver a algunos pacientes.

•   •   •

Un mensaje de texto del BT dos horas después me dijo que revisara mi correo electrónico. Como de costumbre, hizo un breve resumen del informe adjunto.

«Los policías Armond, Bertrand y Roberts son aburridos. Ignóralos. Enfócate en Krug. Se le va yendo bien rápido el dinero, probablemente por apuestas. Saludos, el BT.»

Un archivo adjunto de cuarenta páginas detallaba las finanzas de cada uno de los cuatro policías. Se lo envié a Lana y volví al trabajo. Mi siguiente paciente fue un turista borracho con un brazo roto por intentar escalar una estatua en el Palacio del César. Otra aventura fallida de Instagram terminó en urgencias. Viva Las Vegas.

• • •

Lana indagó en los datos financieros tan pronto como abrió su correo electrónico, sorprendida por la cantidad de detalles que el BT había recopilado en solo unas pocas horas. Rápidamente también descartó a Armond y Bertrand. Ambos eran hombres de familia que llevaban una vida normal con los salarios de los policías, con un poco de deuda y un poco de ahorros. Las finanzas de Roberts eran igualmente aburridas, con la excepción de un retiro de $200,000 seis meses atrás. Otras notas revelaron que había usado el dinero para pagar la casa de sus padres. Lana ganó un poco de respeto por el narcisista líder del Escuadrón Antibombas. Al menos se preocupaba por su familia.

Las finanzas del Sargento Krug contaban otra historia. Ganaba un salario base de $62,000 dólares anuales, con otros $20,000 dólares más o menos de trabajos extra. Era soltero, vivía en una pequeña casa de tres habitaciones y conducía un Honda Accord de seis años de antigüedad. Su salario y trabajos extra deberían haber sido suficientes para cubrir su modesto estilo de vida, pero se estaba ahogando en deudas. Con una segunda hipoteca, ya le había exprimido hasta el último centavo a su casa, y todas las tarjetas de crédito estaban al límite y vencidas.

Lana recurrió a la información de los casinos, aclarando al instante que Krug apostaba mucho. Tenía el estatus de platino y líneas de crédito abiertas en varios casinos. Los casinos ya no le prestaban dinero, pero aceptaban su dinero cuando venía a jugar. Lamentablemente, Krug era un adicto al juego y tenía serios problemas financieros. Como cualquier adicto, haría lo que fuera necesario para conseguir dinero para hacer la próxima apuesta.

Lana llamó a Perro Loco, quien respondió en el primer timbre.

—Si llamas sobre la Federación Aria de Las Vegas, todavía no existen.

—Tengo que estar de acuerdo contigo en eso. Nadie ha sabido nada de ellos, pero llamé por otra razón. Si tuviera algunos explosivos robados y quisiera venderlos, ¿a quién contactaría para negociar un trato?

Fue un movimiento audaz por parte de Lana, y supo que estaba tentando a su suerte.

Un cauteloso Perro Loco dudó antes de responder.

—No conozco a nadie así, e incluso si lo supiera, no compartiría ese nombre en una llamada que pudiera ser grabada.

—Entiendo tus preocupaciones, pero puedo asegurarte que no estoy trabajando con la policía. De hecho, mi principal sospechoso en este momento es un policía.

—¿De verdad vas a ir tras un policía?

—Voy tras la verdad, y en este momento la verdad me lleva a un policía. Espero encontrar a alguien que esté familiarizado con el movimiento de explosivos para ver si puedo confirmar algo.

—Meterse con la policía y con explosivos robados es un juego peligroso para una joven como tú. Te sugiero que te tomes la noche libre y te relajes un poco. Sal a tomar una copa. Te recomiendo que pruebes la Cruz de Hierro 14. Hay un chico que trabaja en el bar llamado Tito que hace una buena bebida y conoce a mucha gente. Sin embargo, una advertencia justa, es un poco peligroso allí, por lo que es posible que desees llevar algo de compañía. Y no hace falta que te digas que no me conoces.

—Nunca he oído hablar de ti, Perro Loco. Gracias.

Lana se desconectó y buscó el bar Cruz de Hierro 14 en su laptop. Ubicado al noroeste de la Avenida Strip, en el corazón de uno de los vecindarios más violentos de Estados Unidos, claramente podría albergar a un bastión de la supremacía blanca. Planeaba recoger a Doc después de su turno.

CAPÍTULO 14

Miércoles, 7:53 p. m.

—Bueno, mira quién apareció. Banshee, GUARDIA.

Banshee bajó la cabeza y gruñó mientras se interponía entre Lana y yo, que se acercaba por el pasillo. Lana se rió y se agachó mientras se acercaba a Banshee para darle un beso en la parte superior de la cabeza.

—Cálmate, dulce cachorrito.

Banshee se dio la vuelta sobre su espalda y pateó su pata trasera, mientras ella le rascaba la barriga.

—Vaya perro de guardia tienes aquí.

—Es más aterrador con los extraños. ¿Qué te trae por aquí tan elegante?

Lana vestía pantalones ajustados negros, una blusa negra sin mangas y botas negras. Su cabello corto estaba recogido hacia un lado y el delineador de ojos oscuro completaba su look elegante.

—Esta noche, soy una perra motociclista mala, y vas a venir conmigo a un bar.

—¿Es en serio? ¿Un bar de motociclistas?

—Sí. Es para el caso.

—¿El caso? ¿Alguien dijo el caso? Estoy dentro.

Rick apareció con su iPad en la mano. Lana alzó las cejas hacia mí. Me encogí de hombros.

—Depende de ti. Es tu idea.

Se volvió hacia Rick.

—Está bien, pero debes comportarte lo mejor posible, y puede ser un poco peligroso.

Rick infló el pecho.

—Estoy con ánimo de algo peligroso. Déjame revisar al resto de mis pacientes.

Me volví hacia Lana.

—Espero que no nos arrepintamos de esto. ¿De qué tipo de peligro estamos hablando?

—No hay nada de qué preocuparse, cariño, pero trae a Banshee con todo el equipo, por si acaso.

Terminé mis historiales clínicos y subí corriendo las escaleras para ver cómo estaban la Dra. Williams y su hijo. Encontré a su marido al lado de la cama.

—¿Cómo está hoy?

—Mejor. La infección está bajo control y sus pulmones se están curando. Sus piernas son un desastre, pero los médicos confían en que no perderá su pierna derecha. Todavía queda un largo camino por delante, pero está fuera de la zona de peligro.

—Buenas noticias. ¿Cómo está tu hijo?

Una sonrisa iluminó su rostro por primera vez.

—Muy bien. Ya no necesita el respirador, pero sigue con oxígeno. No hay signos de infección y no hay signos de efectos negativos de la explosión.

—Esa es la mejor noticia que he escuchado en todo el día. ¿Hay algo que pueda hacer por ti?

—Estoy bien aquí. Todos han sido geniales. Si te aburres y quieres atrapar al bombardero, eso sería muy apreciado.

—Estoy seguro de que la policía tiene a sus mejores equipos trabajando en ello. Me alegra saber que ambos están mejorando. Descansa un poco y recuerda comer.

Salí con un poco más de energía. Ver una mejoría en ambos y una chispa de esperanza en su esposo duplicó mi determinación de descubrir la verdad.

·   ·   ·

Veinte minutos más tarde nos metimos en el carro de Lana y nos dirigimos al bar. Llevaba unos pantalones y una playera negra con botas vaqueras que Lana me había traído. Rick había elegido pantalones de mezclilla, tenis Converse y una vieja playera de Blink-182 con las mangas cortadas. Felizmente se flexionó para mostrar sus brazos. Banshee lucía su chaleco táctico completo de Kevlar. Lana nos dijo las reglas básicas mientras conducía.

—Yo me encargo de la entrevista. Ustedes están ahí para proporcionar algo de seguridad. Investigué un poco sobre este lugar, y todo tiene que ver con la supremacía blanca. Hay muchos perdedores, no hace falta decirlo, pero también algunos tipos peligrosos. No espero ningún problema y no voy a buscarlo.

Rick se flexionó y besó su bíceps.

—Nadie se va a meter conmigo ahí dentro.

Lana negó con la cabeza mientras dejaba la Avenida Strip.

—El bar se llama Cruz de Hierro 14, que se refiere a una medalla militar alemana otorgada por los nazis durante la Segunda Guerra Mundial. El 14 hace referencia a las 14 Palabras, que es un eslogan nacionalista blanco. «Debemos asegurar la existencia de nuestro pueblo y un futuro para los niños blancos».

—Ese eslogan es una mierda. Necesitan mejorar su personal de mercadotecnia. «Just Do It» es un eslogan. Esas 14 palabras son solo pendejadas —observó Rick.

—Tal vez debes guardar esa opinión para ti mismo durante la próxima hora. El plan es entrar, encontrar a un tipo llamado Tito, hacer algunas preguntas y salir sin pelear.

—Eso no suena divertido, pero me voy a portar bien.

Nos estacionamos en medio de un mar de motocicletas y camionetas. Puse a Banshee una correa por el bien de la apariencia, pero era una correa separable que le permitía moverse libremente si era necesario. Pequeños grupos se agruparon alrededor de las motos, compartiendo cerveza y pastillas abiertamente, mientras que otros ya estaban desmayados sobre el pavimento. Los trajes de cuero y los tatuajes estaban de moda, y la higiene personal no parecía ser una prioridad.

—Los gordos son los borrachos. Los flacos están bajo los efectos de la metanfetamina o la heroína. —Comentó Rick.

Todos parecían tener sobrepeso o bajo peso.

—Creo que dejaron que sus membresías de Pilates expiraran.

Lana nos ignoró y nos dirigió a la puerta principal. Un letrero parcialmente iluminado y torcido de «Cruz de Hierro 14» luchaba por desafiar la gravedad sobre la puerta.

En el interior, las luces de neón se filtraban a través del humo, mientras la música heavy metal sonaba a todo volumen en los viejos altavoces. Mesas baratas de madera con sillas disparejas estaban esparcidas por toda la habitación, en su mayoría ocupadas, con docenas de botellas de cerveza vacías estaban esparcidas por ellos. Las alitas de pollo y los nachos parecían ser la especialidad del chef. La parafernalia nazi colgaba de las paredes junto a las fotos de Hitler y su infame saludo.

Lana buscó una oportunidad en el bar, obteniendo algunas miradas inapropiadas en el camino. Rick, Banshee y yo atrajimos significativamente más atención negativa. Lana levantó la mano y pidió tres cervezas al mesero. Me incliné y le hablé directamente al oído.

—Recuerdas que no bebo, ¿verdad?

—No necesitas beber nada. Solo quiero que tuvieras un arma si es necesario.

No es una mala idea, teniendo en cuenta la creciente hostilidad hacia nosotros. Banshee se sentó atento a mis pies, observándolo todo.

Lana llamó al mesero y gritó por encima de la música.

—Estoy buscando a Tito.

El mesero la miró.

—No eres su tipo.

—Solo quiero hablar. ¿Puedes hacérselo saber?

El mesero se dio la vuelta y volvió al trabajo, ignorándola.

—Eso no pareció salir tan bien —observé.

—Espera, él va a hablar conmigo. Esto es a lo que me dedico.

Me volví hacia la multitud y noté que tres hombres corpulentos se levantaban y se dirigían hacia nosotros. Le di un golpecito a Rick para llamar su atención y le hice una señal a Banshee para que estuviera alerta. El más grande de los tres se detuvo a quince centímetros de mi cara. Aunque era unos centímetros más bajo, me superaba en unos treinta kilos. Sus puños cerrados señalaban sus intenciones, y su nariz a menudo rota confirmaba que esta no era su primera instigación. Dos hombres igualmente grandes lo flanqueaban y, lo más preocupante, el hombre a mi izquierda deslizó lentamente su mano derecha de su bolsillo para revelar un cuchillo.

CAPÍTULO 15

Miércoles, 9:15 p. m.

El hombre del centro habló.

—Estás en el bar equivocado. ¿Por qué no te vas de aquí con tu perro y tu novio maricón? Puedes dejar a la chica.

Rick se incorporó a toda su altura, respiró profundamente y agrandó su pecho, flexionó los hombros y los brazos, y de repente parecía gigantesco. La expansión de Rick resultó en que dieran un paso atrás, y el gruñido bajo de Banshee los empujó más hacia atrás, dejando a Banshee con espacio para saltar.

Lana trató de calmar la tensión.

—No estamos buscando problemas. Solo quiero hablar con alguien, y luego nos vamos de aquí.

La sonrisa falsa del hombre mostraba caries y podredumbre dental.

—Puedes hablar conmigo y te vas cuando termine contigo.

La tensión en el bar parecía conducir a una pelea inevitable. Aunque Rick y yo recibiríamos algunos golpes, y Banshee eliminaría uno de ellos, una pelea sería una batalla perdida, probablemente mortal.

Otro hombre se levantó de su desvencijada silla y se acercó, mirando a Rick. A medida que se acercaba, esbozó una sonrisa real:

—¡Mierda! ¿Es usted, Dr. Rick?

Todos nos volteamos hacia Rick, que parecía tan estupefacto como el resto de nosotros. El hombre le dio un abrazo de oso a un confundido Rick.

—¿Te conozco? —preguntó Rick mientras se separaba suavemente del hombre.

Se dio la vuelta y se quitó la camisa, revelando una espalda peluda tatuada con una herida de cuchillo recientemente reparada que iba desde el omóplato derecho hasta la parte baja de la espalda izquierda, dividiendo varios tatuajes pintorescos, como el reflejo de una grotesca pintura descolorida en un espejo roto. Rick se inclinó hacia delante para examinar la cicatriz que se estaba curando.

—Eso se ve incluso mejor de lo que esperaba. Alineé los bordes perfectamente.

Lana y yo miramos con asombro, mientras su amistad florecía. Rick se volvió hacia nosotros.

—Llegó hace unas tres semanas con esa herida de cuchillo en la espalda. No era profunda, pero le preocupaban sus tatuajes. Le prometí que podría tener todo alineado. Tomó alrededor de una hora, pero se ve muy bien.

La tensión se evaporó, cuando el hombre lo invitó a su mesa. Le di unas palmaditas a Banshee en la cabeza y se calmó. El bar reanudó sus actividades habituales, ignorándonos.

—Me alegro de haberlo traído —le susurré a Lana.

—Ha demostrado ser inesperadamente útil. No hubiera apostado a que Rick iba a ser quien evitaría una pelea en un bar.

Miramos hacia atrás y vimos al mesero hablando con un joven al final de la barra, que se acercó a nosotros.

—Síganme, pero dejen al perro si quieren hablar con Tito.

Llamé a Rick y le mandé a Banshee. Rick hizo que Banshee hiciera trucos para su creciente audiencia, mientras Lana y yo seguíamos al hombre más joven por una escalera trasera hasta un pasillo oscuro. Un gigante estaba parado al final del pasillo bloqueando el acceso a la puerta con los brazos cruzados frente a él.

—¿Armas?

—Ninguna —respondió Lana.

—Manos arriba.

Nos cacheó, dedicando un poco más de tiempo a Lana. Se hizo a un lado y abrió la puerta.

Lana hizo una pausa y lo miró a la cara.

—Si me vuelves a tocar, voy a volver y dispararte en las putas pelotas.

La seguí hasta la oficina, optando por no amenazar al gigante.

Tito, sentado detrás de un escritorio, podría haber sido confundido con un contable, si no fuera por las escenas tatuadas de pesadillas que le subían por el cuello, le bajaban por los antebrazos y las manos. Un hombre de tamaño promedio vestido con pantalones de mezclilla y una camisa de franela, se sentó detrás de un escritorio cuidadosamente organizado cubierto con archivos apilados con precisión. Las estanterías se alineaban en la pared detrás de él, mostrando una mezcla de libros clásicos, de ficción y de negocios. Se quitó los lentes de montura metálica e hizo un gesto hacia los asientos que tenía delante.

—Por favor, siéntense. Mis asociados indicaron que desean hablar. ¿Les ofrezco una bebida?

Lana tomó asiento, como si esperara ser recibida como una alta ejecutiva de una empresa financiera.

—No, gracias. Te agradezco que nos hayas dado un momento.

—Por favor, ¿cómo puedo ayudarlos?

—Mi nombre es Lana Hearns, y soy una reportera que investiga el bombardeo del hospital. Este es mi asistente. Tengo algunas preguntas.

—Por favor, continúa.

—Los explosivos utilizados han sido rastreados hasta un robo de hace seis meses. Ayer me reuní con el hombre que los robó en la prisión, y pensó que parte de lo que robó podría haber sido tomado por la policía y vendido al bombardero.

—Interesante historia. Me gustaría hablar con él yo mismo.

—Fue apuñalado en el cuello durante el desayuno esta mañana durante un motín.

Tito se inclinó hacia adelante, escuchando atentamente.

—Otra fuente indicó que si un policía sucio estaba vendiendo explosivos a un supremacista blanco, es posible que tenga información sobre la venta.

Tito juntó los dedos, mientras miraba a Lana, que sostenía su mirada.

—Me gustaría mucho hablar con esta fuente también, pero estoy seguro de que tu integridad periodística lo impide. —Se echó hacia atrás y saludó a la habitación que lo rodeaba—. Como puedes ver, soy un humilde hombre de negocios que intenta ganarse la vida y mantenerse fuera del centro de atención. Tu pregunta amenaza mi privacidad.

—No estoy buscando invadir tu privacidad. Estoy persiguiendo una historia. Se te considera una fuente confidencial y todo lo que digas aquí es extraoficial. La misma integridad periodística que me impide compartir mi fuente contigo, también me impide compartir tu información con nadie más. Lo único que busco es al bombardero.

—Este bombardeo es malo para los negocios y atrae una atención no deseada a este establecimiento y a algunos de sus clientes leales. Nuestros intereses parecen estar alineados.

—¿Incluso si el bombardero resulta ser uno de tus socios? —pregunté.

Tito volvió su atención hacia mí.

—Puedo afirmar con confianza que el bombardero no es uno de mis socios. Aunque no siempre son amistosos, todos se conocen en nuestro mundo. Si alguno de mis asociados hiciera algo tan estúpido, ya lo hubiera manejado.

Lana sacó una foto del Sargento Krug de su bolsillo trasero y la empujó sobre el escritorio.

—¿Reconoces a este hombre?

Tito estudió la foto y negó con la cabeza.

—¿Quién es?

—Es un policía que tuvo acceso a los explosivos robados, que también tiene un problema importante con las apuestas. Es posible que robara los explosivos y los vendiera para cubrir alguna deuda.

—¿Puedo quedarme con esta foto? Si estaba tratando de vender explosivos, es probable que algunos de mis socios hubieran oído hablar de él.

Lana se puso de pie y le entregó una tarjeta.

—Guárdala, y por favor llámame si escuchas algo.

Me puse de pie y señalé un diploma en la pared detrás de él.

—¿Escuela de Negocios de la USC? Impresionante.

Tito se echó a reír.

—Soy uno de sus alumnos más exitosos, pero no hablan mucho de mí por alguna razón.

Miré el nombre en el diploma, que decía Mike Hampton.

—¿De dónde salió Tito?

Tito se quitó un zapato y señaló su pie.

—Un desafortunado incidente con una escopeta en mi juventud me provocó la pérdida de tres de mis dedos. Me apodaron Deditos, que se convirtió en Tito.

—Podría haber sido peor —comentó Lana—. Un poco más arriba y tu apodo hubiera sido Sin Huevitos.

Tito se rió genuinamente,

—Srta. Lana, has demostrado coraje para venir aquí y eres bienvenida en cualquier momento. Si alguien reconoce a este hombre, te lo voy a hacer saber. Ha sido un placer conocerte.

Lana y yo pasamos junto al gigante, que se apartó de ella. Lana me hizo callar antes de que pudiera preguntar algo.

—Espera hasta que estemos afuera antes de que digas algo. Vamos a buscar a Rick y Banshee y vámonos de aquí.

En la planta baja, encontramos a Rick y Banshee en el centro de un gran grupo de hombres. Las mesas se habían empujado hacia atrás para dejar espacio para ellos. Comenzó una cuenta regresiva, tres... dos... uno. En perfecta sincronía, Rick y Banshee saltaron en el aire y realizaron volteretas hacia atrás, aterrizando de pie. La multitud rugió y se pidieron más bebidas. Le hicimos señas a Rick para que saliera, y se despidió a través de la multitud que protestaba.

Un Rick sin aliento se unió a nosotros afuera.

—Les tomó bastante tiempo. Me estaba quedando sin trucos para entretener a los borrachos de allí. ¿Averiguaron algo?

—A Tito le faltan tres dedos en el pie izquierdo y tiene un gigante manolarga como guardia de seguridad.

—¿Algo útil?

—Tito no reconoció a Krug, pero va a preguntar por ahí. Si Krug estaba vendiendo los explosivos, Tito se va a enterar.

—¿Y si no encuentra nada?

—Si no los vendió, entonces Krug podría ser el propio bombardero.

—¿Estaba dispuesto a ayudarte? ¿Así de simple?

—Resulta que soy encantadora, y él quiere que el bombardero esté fuera de las calles tanto como nosotros. Es malo para su negocio.

—Este trabajo de investigación es una mierda. La próxima vez quiero hacer algunas preguntas, y uno de ustedes puede entretener a los cabezas rapadas borrachos.

Lana le dio unas palmaditas en la espalda.

—Lo hiciste bien, novato. Nos mantuviste fuera de una pelea. Tal vez la próxima vez puedas hacer una pregunta. Por ahora, puedes sentarte en el asiento trasero con Banshee.

. . .

Un cliente del Cruz de Hierro 14 salió del bar y se dirigió a su camioneta, donde sacó un teléfono celular de la guantera cerrada con llave y llamó a un contacto.

—Este es Johnny en la Cruz de Hierro 14. Dijiste que querías saber si alguien preguntaba por los explosivos. Una reportera llamada Lana acaba de reunirse con Tito.

—¿Estaba sola?

—No, trajo a dos hombres y un perro entrenado.

—Gracias. Te voy a enviar tu pago.

El bombardero colgó la llamada. La reportera se estaba convirtiendo en un problema, pero primero tenía que prepararse para el día siguiente. El segundo acto iba a ser espectacular.

CAPÍTULO 16

Miércoles, 10:20 p. m.

Roberts se detuvo en la zona de detectives casi desierta esa noche y se sentó en una mesa gastada cubierta de papel frente a Roland y Stillman.

—Espero que estén progresando, porque no tengo una mierda.

Roland y Stillman se comunicaron con una mirada, como suelen hacer los compañeros a largo plazo, y llegaron a un acuerdo en silencio. Stillman se puso de pie:

—Continuemos esta discusión en una de las salas de conferencias.

—Adelántense. Necesito hacer una llamada muy rápido —dijo Roland.

Stillman llevó a Roberts a una sala de conferencias vacía y se sentó en el otro extremo de la mesa. Roberts se sentó frente a él.

—Estoy un poco apurado de tiempo. ¿Podemos empezar?

Roberts echó un vistazo a su teléfono.

—No creo que Mary se tarde mucho. Dale un minuto.

Un silencio incómodo envolvió la habitación mientras ambos hombres miraban sus teléfonos para evitar tener una conversación informal. El reloj avanzaba lentamente durante los tres minutos de espera antes de que la puerta finalmente se abriera. Roland entró, seguida por Chambers, de Asuntos Internos, que se sentó frente a él.

Roberts se enderezó, su mirada rotando entre los tres.

—¿Qué mierda está haciendo aquí Asuntos Internos? ¿De qué mierda se trata esto?

Se puso de pie, listo para irse. Chambers estaba acostumbrado a esa reacción cuando entraba a las habitaciones con otros policías y respondía con voz tranquilizadora:

—Esto no se trata de ti. Por favor, siéntate.

Roberts, todavía irritado, se dejó caer en su asiento.

—Espero que esto sea bueno, y es mejor que ustedes dos tengan una buena razón para involucrar a Asuntos Internos sin avisarme.

Puntuó sus palabras con una mirada de muerte que Roland y Stillman ignoraron.

Chambers continuó.

—Una rama de la investigación involucra la posibilidad de la participación de la policía, y tengo algunas preguntas sobre algunos miembros de tu equipo. Como saben, Milly declaró que faltaban cuatro kilos y medio de explosivo en la incautación en el momento de su arresto. Asuntos Internos está investigando para ver si alguno de los oficiales involucrados en el arresto pudo haber tenido las manos largas.

—¿A poco le crees a ese pedazo de mierda de Milly?

—Si le creo o no es irrelevante. Como dije, este es solo un aspecto de la investigación que debe aclararse. Cuatro oficiales estuvieron involucrados en el arresto, Armond, Bertrand, Krug y tú.

—¿Así que ahora soy un sospechoso? ¿Necesito un abogado?

—No eres un sospechoso y no necesitas un abogado, pero tenemos algunas preguntas sobre un miembro del equipo.

—¿Quién? —preguntó Roberts con voz cautelosa.

—De los tres, ¿quién crees que es más probable que robe explosivos y los venda en la calle?

—Si pensara que uno de ellos haría eso, no estaría en mi equipo. No le voy a pintar una diana a ninguno de mis muchachos.

Roland se inclinó hacia delante.

—Está bien, entiendo. ¿Conoces a algún miembro del equipo que pueda estar bajo alguna presión financiera? Ten en cuenta que ya hemos revisado las finanzas de todos, incluida las tuyas.

Roberts sabía que Asuntos Internos tenía amplia autoridad para investigar a otros oficiales sin necesidad de órdenes judiciales.

—Todos en el equipo son sólidos. A Krug le gusta apostar, y tiene rachas frías y calientes, pero nunca ha sido un problema.

Chambers sacó un papel de su carpeta y lo deslizó sobre la mesa.

—¿Sabes que el Sargento Krug tiene más de $360,000 dólares en deudas de juego con pagos atrasados?

Roberts silbó mientras miraba el papel.

—No tenía ni idea. —Deslizó el papel de vuelta.

Stillman habló.

—Krug es ahora una persona de interés en esta investigación. Tenía los medios, el motivo y la oportunidad para robar ese explosivo. Ahora estamos tratando de determinar si podemos conectarlo con la venta del explosivo a un tercero.

Aturdido, Roberts se reclinó en su asiento.

—Increíble. ¿Un miembro de mi equipo? Yo mismo voy a matar al hijo de puta.

Chambers se hizo cargo.

—No vas a hacer tal cosa. Vas a seguir haciendo tu trabajo y dejarnos hacer el nuestro. Es solo una persona de interés. Voy a seguir investigándolo mientras Roland y Stillman analizan otras posibilidades. Continuarán trabajando en sus fuentes para ver si podemos rastrear los explosivos o componentes. Es importante que Krug no se dé cuenta de que lo estamos observando. Si necesitamos tu ayuda, te lo vamos a hacer saber, pero nadie se entera de esto fuera de esta sala. ¿Entendido?

—Entendido —asintió un abatido Roberts. Se puso en pie para irse—. Si es inocente, no quiero que se mencione esto en su historial. Si es culpable, entonces puede enfrentar sus consecuencias.

Roland esperó a que la puerta se cerrara antes de hablar.

—¿Asuntos Internos siempre es así de divertido?

—A veces es mucho peor. A los policías no les gusta escuchar que pueden tener criminales en sus equipos. Roberts lo tomó mejor que la mayoría. Es leal a su hombre, pero está dispuesto a dejar que enfrente las consecuencias, si es culpable.

—¿Qué probabilidades hay de que sea nuestro hombre? —preguntó Stillman.

—Calculo entre un 60% y un 70% que robó los explosivos y se los vendió a nuestro bombardero. Si es así, probablemente esté furioso. Déjenme encargarme de él, y ustedes dos trabajen en el resto del caso.

—Siempre y cuando lo resolvamos antes del fin de semana. No necesitamos que este problema se cierna sobre nuestras cabezas durante el fin de semana de carrera.

—Yo también quiero que se resuelva. Tengo billetes, y me maldita sea si me pierdo la carrera por un idiota con una bomba.

•　　•　　•

En el Mandalay Bay, el Sr. Zhang se preparó para salir. Los planes para la noche incluían cenar, jugar en una mesa de dados privada reservada para él en la pista, seguido de una visita a un club con una mesa VIP reservada para él. Al otro lado de la sala, sus tres acompañantes de la noche reían mientras se probaban joyas a juego con sus atuendos. El multimillonario sonrió mientras las animaba a elegir más. Le encantaba realzar la belleza de mujeres ya de por sí hermosas.

CAPÍTULO 17

Jueves 19 de octubre
10:07 a. m.

La llamada fue atendida en el segundo timbre.

—911, ¿cuál es tú ubicación?

El familiar acento mecánico sureño respondió:

—Espero que te tomes esto más en serio.

—¿Cuál es tú ubicación?

—Las sombras se extienden a lo largo del día, pero desaparecen cuando el día está a medio terminar. Su canto se silencia en un estallido de luz, mientras vuelan en círculos altos para encontrarse con el sol. A ver si con esta tienen más suerte.

Terminó la llamada bruscamente.

La operadora del 911 llamó a su supervisor. Con un protocolo establecido, el supervisor copiaba la grabación y la enviaba a la alta dirección. En cuestión de minutos, todos los altos cargos de la jefatura de policía y del Ayuntamiento recibieron las transcripciones de la grabación. Roland, Stillman y Roberts se reunieron para descifrarlo.

· · · ·

Lana no estaba en la lista de distribución inicial, pero aun así recibió el mensaje solo unos minutos después que el alcalde, debido a un favor que le debía otra fuente de la policía. Estaba terminando mi waffle cuando sonó el mensaje en su teléfono.

—Mierda. Volvió a llamar. Parece otra amenaza de bomba.

—En serio, es mi día libre.

—Ya no. Vamos a escucharlo.

Ella puso la grabación y la escuchamos tres veces. Lana había escrito a mano las palabras del bombardero en su libreta.

—¿Qué te parece?

Me comí el último bocado de mi waffle antes de responder:

—Creo que si no pueden condenarlo por los atentados, la policía de gramática debería meterlo en la cárcel de todos modos.

—Habla en serio por un momento.

—Estoy hablando en serio. Esa es una pista de mierda. Es demasiado obvio. Bien podría decir que va a hacer estallar algo al mediodía.

—Está bien, Dr. Sabelotodo, ¿dónde va a pasar?

Volví a leer las palabras crípticas.

—Uno de los tres lugares que se me ocurren. «Las sombras se extienden a lo largo del día, pero desaparecen cuando el día está a medio terminar» sugiere gente dando vueltas en el aire, lo que significa la Estratosfera, el High Roller o la montaña rusa Nueva York Nueva York.

—¿Cuál es?

—La montaña rusa tiene algunos bucles, pero no es muy alta. Creo que es la menos probable. El High Roller es una rueda de la fortuna que supera los 150 metros en el aire y tiene vistas a la Avenida Strip. No es una mala opción, pero creo que la más probable es la Estratosfera. Tiene la plataforma de observación más alta del país y, lo que es más importante, un restaurante giratorio en la parte superior del edificio. La Estratosfera es el mejor lugar para volar alto y encontrarse con el sol de Las Vegas.

—No está mal, novato. ¿Qué hay de esta tontería de silenciar su canción?

—Ni idea. Necesito gente más inteligente que yo para esa parte.

• • •

En el cuartel general de la policía, un grupo de detectives inteligentes llegaba a las mismas conclusiones.

—Tiene qué ser la Estratosfera o High Roller, pero yo le apuesto a la Estratosfera —dijo Roberts.

—Creo que estoy de acuerdo, pero me gustaría que me confirmaran antes de que mandemos a todos al mismo lugar —señaló Stillman.

—¿Qué tal si nos dividimos y enviamos la mitad a cada lugar? —sugirió Mary.

—Mala idea. Tenemos menos de dos horas, lo que no es tiempo suficiente para buscar en un solo lugar, y mucho menos en dos —agregó Roberts.

Un sargento entró en la habitación y se aclaró la garganta.

—Disculpen. Acabo de recibir noticias de la Estratosfera. La banda de la Universidad A&M de Florida está en la ciudad para la carrera. Son la banda más importante que representa a las universidades históricamente afroamericanas, y tienen un almuerzo programado para hoy al mediodía en el restaurante giratorio en la cima de la Estratosfera.

Un segundo de silencio irrumpió en actividad. Roberts habló mientras estaba de pie:

—Cerremos la Estratosfera y evacuemos primero los pisos superiores. Vamos a bloquear todas las señales de celular dentro o fuera del área para evitar que detone, y buscaremos cada centímetro cuadrado del lugar.

Todos se levantaron de sus asientos con los teléfonos pegados a los oídos, dando órdenes. El tiempo apremiaba.

• • •

Lana recibió una de esas llamadas, con una actualización de que la policía se estaba movilizando hacia la Estratosfera. Ella recogió sus cosas.

—Me dirijo allí para ver qué puedo encontrar. ¿Vas a venir?

—No, creo que voy a ir al High Roller con Banshee.

—¿Por qué?

—En primer lugar, no hay nada que pueda hacer en la Estratosfera que la policía no esté haciendo ya, pero parece demasiado obvio. No estoy seguro de que el bombardero lo hiciera tan fácil.

—Te das cuenta de que estamos hablando de un psicópata, ¿verdad?

—Es cierto, pero es un psicópata organizado. Hasta ahora ha ido un paso por delante de la policía y no ha cometido ningún error. Creo que lo tiene todo planeado, y si es como otros psicópatas, sus acciones se intensificarán con el tiempo.

Lana me dio un beso rápido en la parte superior de mi cabeza mientras agarraba su bolso.

—Cariño, eres un médico de urgencias, no un psicólogo forense.

—Es cierto, pero un buen médico de urgencias mantiene la mente abierta a todas las posibilidades.

—Buena suerte con eso. Te amo —dijo mientras salía corriendo por la puerta.

Banshee agitó su cola vigorosamente en el suelo mientras me miraba con grandes ojos implorantes. Le rasqué detrás de las orejas.

—Como sea. Aunque me equivoque, sigue siendo un buen día para dar un paseo. ¿Listo para una aventura?

Agitó la cola con más vigor, y saltó cuando alcancé su chaleco táctico. Para estar seguro, empaqué mi botiquín médico en una mochila y me aseguré de que el chaleco de Banshee estuviera completamente cargado. Cinco minutos más tarde, nos dirigíamos a visitar una rueda de la fortuna.

CAPÍTULO 18

Jueves, 11:03 a. m.

En la Estratosfera, el personal de seguridad sacó a las últimas personas de la parte superior de la torre giratoria, mientras Roberts llegaba con su equipo. La evacuación se había llevado a cabo sin problemas, con cuatro elevadores de dos pisos que daban servicio a la torre.

—El equipo uno busca el nivel del restaurante, el dos el nivel del observatorio y el tres el exterior. Estamos bloqueando las señales de los celulares, por lo que no va a poder detonar a distancia, pero para estar seguros, todos van a estar de vuelta en el piso inferior a diez minutos del mediodía, si no hemos encontrado la bomba. Es una hora límite estricta para todos. No necesito ningún héroe caído hoy.

Los tres equipos se dispersaron. Cada equipo incluía un perro detector de bombas entrenado para este mismo escenario. Sus narices eran más de 100,000 veces más sensibles que las de un humano, y con el entrenamiento adecuado, estos perros de trabajo podían detectar el olor de los explosivos comunes con un alto grado de precisión. El Escuadrón Antibombas de Las Vegas incluía un pastor alemán, un pastor belga malinois y un labrador.

Lucy, la labrador dorada, se encargó de buscar en el nivel del restaurante. Su cuidador la dejó sin correa y ella corrió juguetonamente entre las mesas, buscando el aroma que la iba a hacer ganarse un premio. Reconoció cientos de aromas y detectó algunos nuevos que le gustaría explorar, pero ninguno de ellos produciría un premio. Buscó con determinación y en menos de diez minutos identificó su premio. Se sentó y esperó pacientemente su recompensa.

•   •   •

Tuve dificultades para encontrar un lugar de estacionamiento debido al tráfico de la carrera, pero finalmente encontré uno y caminé hacia la rueda de la fortuna gigante con Banshee. Una multitud de fanáticos de las carreras ya había llegado a Las Vegas. En la noria, se había erigido un gran escenario para albergar eventos durante toda la semana. Me adelanté para echar un vistazo al programa de eventos publicado cerca.

Al mediodía, un grupo de escolares de Inglaterra tenía previsto cantar en honor a Sir Lewis Hamilton, un piloto británico que corría ese fin de semana. Hamilton, uno de los mejores pilotos de todos los tiempos, había ganado siete campeonatos mundiales y era el único piloto negro en la F1. Se colocó una foto del coro detrás de Hamilton, y la mayoría de los miembros eran negros.

Llamé a Lana para explicarle que estos chicos encajaban con la pista del bombardero sobre cómo silenciar las voces negras.

•   •   •

De pie, listos para desactivar cualquier bomba descubierta, el equipo de desactivación de explosivos no pudo evitar sonreír a Lucy, quien felizmente crujió su premio mientras su manejador la llevaba a la salida y señalaba la mesa de la bomba.

Doug Henne, el miembro más experimentado del equipo, se acercó con un traje de Desactivación de Artefactos Explosivos. Los trajes DAE combinaban capas de Kevlar y espuma para protegerse contra la metralla y las ondas expansivas, pero eran extremadamente voluminosos y difíciles de trabajar. Doug había entrenado incontables horas en ellos. Los micrófonos le permitieron documentar sus hallazgos y mantener informado al resto del equipo en tiempo real.

Roberts coordinó desde la planta baja:

—Tómatelo con calma y firmeza. Tenemos tiempo de sobra antes de la hora límite prevista.

—El espejo muestra un dispositivo conectado a la parte inferior de la mesa. Mide aproximadamente quince por quince centímetros y siete centímetros de profundidad. Un teléfono celular se conecta con cinta adhesiva y cables desde el teléfono hasta la caja. ¿Estamos seguros de que el servicio celular está bloqueado aquí?

Un técnico confirmó el bloqueo del servicio celular y varios miembros del equipo en la parte superior de la torre volvieron a confirmar que no había servicio disponible. Doug prosiguió.

—No veo nada adherido al mantel, así que voy a levantarlo para una mejor exposición.

Levantó lentamente el mantel y lo colocó encima de la mesa para exponer la parte inferior.

—Voy a dar la vuelta para una vista de 360 grados. Confirma que estás recibiendo imágenes.

—Las imágenes son claras —respondió Roberts.

El traje DAE contenía una cámara de alta definición que permitía a otros miembros del equipo evaluar el dispositivo y también conservaba información en caso de detonación. Se instalaron varios monitores alrededor del centro de comando, y otros expertos examinaron de cerca el video.

Roberts escaneó las imágenes él mismo:

—Esto me parece bastante básico. ¿Alguien ve algo que yo no?

El equipo devolvió un coro de respuestas negativas.

—Doug, no estamos viendo nada del otro mundo.

—Estoy de acuerdo. A menos que tenga una sorpresa dentro, esto parece bastante sencillo. ¿Quieres que corte los cables?

—Negativo. Que entre el robot.

—Robot entrando. Para que conste, estoy feliz de hacer este.

—Me voy a asegurar de que el registro refleje tu valentía. Ahora sal de allí. Tu esposa me mataría si algo saliera mal cuando el robot podría haber hecho tu trabajo.

—Entendido, señor. Huyendo dócilmente para dejar que un robot haga mi trabajo.

. . .

Lana, integrada con otros periodistas tras las barricadas, escuchaba a través de un auricular conectado a su teléfono desechable, que le permitía acceder casi en tiempo real a lo que sucedía en la sala de control. Siguió con ansiedad la llegada del robot cuando sonó su teléfono principal y se lo llevó a la otra oreja.

—Estoy un poco ocupada, Doc. ¿Qué necesitas?

—Me preocupa que todos ustedes puedan estar en el lugar equivocado. Un coro de niños predominantemente negros va a cantar para honrar a un piloto de raza negra al mediodía. Eso está demasiado cerca a lo que dice el poema para estar tranquilo.

—Relájate. Encontraron un dispositivo en el restaurante y ahora lo están desactivando. Este es el lugar correcto.

—Está bien, mantente a salvo y mantenme informado. Te amo.

—Te amo a ti también. Tengo que irme.

. . .

El robot se acercó lentamente, controlado desde abajo por una técnico de aspecto increíblemente joven. En su tiempo libre, competía por dinero en plataformas de videojuegos en transmisiones en vivo. Nadie podía controlar al robot tan bien como ella. Lo avanzó hasta que todo su marco cabía debajo de la mesa para dar a todos una imagen detallada del dispositivo.

Roberts ordenó:

—Mira más de cerca esos cables.

Elise obedeció. Roberts se dirigió a los miembros del equipo reunidos.

—¿Qué les parece?

Después de solo una vista rápida de la imagen de cuatro cables conectando el teléfono al dispositivo, los expertos acordaron unánimemente que, si bien el color de los cables era importante en el cableado comercial, los fabricantes de bombas rara vez seguían algún protocolo. El cable rojo, blanco, negro o amarillo podría ser el responsable de completar el circuito cuando se corta.

—No hay forma de saber qué cable cortar. Creo que tenemos que perforar el dispositivo y mirar dentro. ¿Alguien tiene una mejor idea? —preguntó Roberts. Nadie respondió.

Usando un apéndice con un pequeño taladro, Elise eligió un punto en el lateral del dispositivo, lejos de los cables. El taladro avanzó fácilmente a través de la carcasa del dispositivo. Al perder resistencia, retiró el taladro y avanzó un pequeño endoscopio flexible con una cámara de alta precisión y una luz LED en el extremo.

Un murmullo surgió de la reunión de expertos en bombas. Los cuatro cables entraron en la caja, pero no estaban conectados a nada. La caja estaba vacía, excepto por un objeto metálico que yacía en el fondo. Elise avanzó la cámara y la enfocó en el objeto desde arriba.

—¿Qué chingados es esa cosa? —preguntó Roberts.

—Señor, parece una medalla de plata —respondió Elise.

—Hijo de puta. Estamos en el lugar equivocado.

Roberts miró su reloj, mientras buscaba su radio. Eran las 11:56 a.m.

CAPÍTULO 19

Jueves, 11:50 a. m.

Vi cómo una ceremonia de premiación concluía en el escenario con un locutor que llamaba con entusiasmo a los ganadores.

—¡La medalla de oro del Premio Jóvenes Emprendedores 2023 es para My Courseway de Frisco, Texas! Esha, Casie, Akshaya y Megan, ¡felicidades!

Los impresionantes estudiantes de secundaria se abrazaron, mientras eran sacados del escenario para dar paso al coro.

Los emocionados músicos comenzaron con *God Save the King*. El talentoso coro estaba formado por un centenar de niños de todas las edades. Sus familias y fans se habían reunido frente al escenario. Banshee y yo nos quedamos en el perímetro, disfrutando de la música a la sombra.

Lana llamó y habló antes de que pudiera saludar.

—La bomba de aquí era falsa. La verdadera bomba sigue ahí fuera. Puede estar cerca de ti. Despeja la zona.

Miré a la multitud de al menos mil personas.

—No hay forma de trasladar a todas estas personas de manera segura.

—Tienes que hacer algo. Es casi mediodía.

Miré mi teléfono y vi que los números cambiaban de 11:59 a 12:00, y la bomba explotó. Mi distancia del epicentro y la masa de gente que me separaba de la bomba amortiguaban la fuerza, pero aun así retumbó en mi pecho. Los gritos rompieron un espeluznante momento de silencio y la gente salió en estampida del escenario.

Con Banshee a mi lado, me abrí paso entre la multitud que huía hacia el escenario aún intacto, donde los atónitos niños del coro parecían aterrorizados, pero ilesos. Los adolescentes de My Courseway ayudaron al director del coro a reunirlos y sacarlos del escenario. A medida que la multitud disminuía, conté a siete adultos que se retorcían de dolor en el suelo alrededor de un agujero de un metros de ancho y profundidad en la parte delantera del escenario que evidenciaba el poder de la explosión.

—Banshee, BUSCA —ordené.

Olfateó diligentemente el área en arcos cada vez más amplios, mientras yo dirigía mi atención a los heridos. Me arrodillé junto a la víctima más cercana, una joven que sostenía sus manos sobre una herida sangrienta en el muslo.

—Soy médico. Permítanme echar un vistazo a eso. ¿Cómo te llamas?

—Mallory —respondió ella, luchando por contener las lágrimas.

La herida profunda, de unos cinco centímetros de largo, no ponía en peligro su vida. Abrí mi mochila y saqué una gasa.

—No te preocupes, Mallory. Se ve mal, pero no golpeó ninguna arteria. Vas a estar bien.

Metí suavemente la gasa en la herida y la envolví alrededor de su pierna. Sangraba y necesitaba que alguien lo presionara. Levanté la vista y vi a un joven que llevaba una mochila. Una brisa agitaba su cabello rojo mientras miraba. Lo más importante es que estaba tranquilo.

—¿Eres médico? —pregunté.

—No. Soy escritor, pero ¿cómo puedo ayudar?

—Necesito a alguien que mantenga la presión sobre este vendaje hasta que lleguen los paramédicos.

Se quitó la mochila y se arrodilló junto a la paciente, y yo coloqué su mano en la posición correcta sobre su pierna.

—Gracias por ayudar. ¿Cómo te llamas? —pregunté.

—Chris.

—Chris, el escritor, me gustaría que conocieras a Mallory. ¿Por qué no le hablas de tu libro para distraerla?

Chris comenzó una animada conversación con ella, mientras yo pasaba al siguiente paciente. Más personas habían llegado para ayudar a los heridos, pero una mujer lloró sola.

—¡Mi hijo! ¿Cómo está mi bebé? Él estaba en el escenario.

Le puse una mano tranquilizadora en el hombro.

—El personal bajó a los niños del escenario, y no parecía que nadie estuviera herido allí. Mi nombre es Doc. Soy médico de urgencias. Echemos un vistazo a estas lesiones.

La explosión había volado pedazos de madera del escenario, enviando astillas en todas direcciones. Múltiples cortes sangraron por sus piernas, pero afortunadamente, sin evidencia de sangrado arterial. Saqué algunas vendas de mi mochila y vendé la herida más grande.

—Quédate aquí. La ayuda está en camino.

Apareció el primer oficial de policía y le conté lo que sucedió.

—Parece que la bomba estaba debajo del escenario. Tenemos siete heridos, todas las lesiones en las piernas, ninguna crítica. Vamos a necesitar siete ambulancias y llamaremos al Sunrise para avisarles que se dirigen hacia allá.

Con un gesto de agradecimiento, el policía se puso en su radio para reportar la información.

Me sentí bien con la situación de solo siete heridos, ninguno de gravedad. Podría haber sido mucho peor, pensé, cuando Banshee emitió un solo ladrido potente. Me volví y lo encontré sentado junto a un bote de basura. Hicimos contacto visual y volvió a ladrar con un movimiento de cabeza hacia el bote de basura. Las cosas estaban a punto de empeorar.

• • •

—Maldito sea este tráfico. ¿Cuánto tiempo para llegar? —preguntó Roberts.

—Unos ocho minutos, señor —respondió el conductor.

—No puedo creer que hayamos caído en esa mierda. Fuimos a por el objetivo obvio y perdimos el tiempo en una bomba falsa, mientras que la real hizo estallar a la gente. La prensa nos va a comer vivos.

El conductor sabiamente guardó silencio. Roberts habló por la radio.

—Escuchen, equipo. Es demasiado tarde para detenerlo, así que centrémonos en la recopilación de pruebas. Hagámoslo bien.

. . .

Corrí hacia Banshee, que agitaba la cola mientras permanecía sentado junto al bote de basura. Lo llevé a una corta distancia del bote de basura y lo hice sentar. Me miró con emoción.

—ENCUENTRA LA BOMBA.

Entrenado para olfatear explosivos comunes, entre sus muchos otros talentos, puso su nariz en el suelo y se dirigió directamente al bote de basura. Una vez más se sentó a su lado y emitió un solo ladrido.

Un centenar de personas permanecían en la zona, y llegaban más. Una segunda explosión sería catastrófica. Corrí hacia el policía y lo aparté a un lado.

—Mi perro es un perro policía entrenado y fue alertado de una bomba en ese bote de basura. Necesitamos evacuar a todos de inmediato.

Se volvió hacia la multitud.

—¡Escuchen! Existe la posibilidad de que haya otra bomba cerca. Necesito que todos se alejen del escenario en esa dirección. Ayuden a los heridos si pueden. ¡Vamos a mover a la gente!.

La multitud respondió rápidamente. Levanté a una mujer en mis brazos, mientras el oficial levantaba a otra. Chris y algunos otros ayudaron a los heridos a ponerse de pie y alejarse cojeando. Un aparente soldado en pantalones cortos y una playera negra con la palabra «A La Chingada El Cancer» estampada en su pecho, arrojó al último hombre sobre su hombro y se alejó corriendo. Silbé a Banshee, que saltó a mi lado. Una vez despejada la zona, acosté a la mujer herida con la mayor delicadeza que pude, mientras llegaban las primeras ambulancias con el policía dirigiéndolas. Habían llegado más policías y los paramédicos se hicieron cargo de la atención de los pacientes.

Le di a Banshee un vigoroso rascado en el cuello mientras le decía lo increíble que era como buen chico, y el Escuadrón Antibombas llegó en su camión. Un hombre bajito saltó antes de que se detuviera por completo y gritó órdenes mientras avanzaba hacia nosotros.

—¿Quién carajos movió a toda esta gente? —preguntó mientras observaba a los paramédicos que atendían a los heridos.

—Fui yo.

Di un paso adelante.

—Pinche Doc, otra vez. ¿Quién te crees que eres para estar dañando aún más a estas personas al moverlas? —preguntó mientras entraba en mi espacio personal.

Con calma, pero con severidad, me enfrenté al hombre enojado:

—Llevé a todos hacia atrás porque puede haber un segundo dispositivo en ese bote de basura de allí.

—¿Cómo es posible que lo sepas?

—Mi perro es un ex perro policía y ha pasado por el entrenamiento de detección de bombas. Alertó sobre ese bote de basura.

Lo señalé.

—¿Qué tan seguro estás?

—Al cien por ciento.

Roberts se giró para gritar a su equipo.

—Asegúrense de que tengamos un perímetro seguro y envíen al robot a revisar ese bote de basura. La recolección de pruebas deberá esperar hasta que la escena sea segura. Mientras tanto, comience a recolectar videos de cualquier persona que esté grabando. Revisa las redes sociales. Es probable que algunos videos ya estén subidos.

Elise hizo rodar el robot hacia el bote de basura, mientras una multitud paralizada observaba ansiosa desde doscientos metros de distancia. El bote de basura estalló abruptamente, impulsando metralla mortal en todas direcciones. La segunda explosión fue mucho más grande que la primera, y habría herido a cualquiera en un radio de treinta metros. Afortunadamente, el área estaba vacía excepto por el robot maltratado, que cayó de lado. Elise bajó el control remoto.

—Necesitamos un nuevo robot.

Rasqué las orejas de Banshee.

—Buen chico. Lo hiciste bien hoy.

CAPÍTULO 20

Jueves, 1:32 p. m.

Tim Roberts, todavía furioso por haber sido engañado, escudriñó el campo de escombros.

—¿Qué tenemos hasta ahora?

Le respondió Bertrand.

—El primer dispositivo era relativamente pequeño y tenía la forma de explotar hacia afuera en lugar de hacia arriba. No parece que los niños en el escenario fueran atacados, y no parece que estuviera destinado a matar a nadie. Sin embargo, envió algunos escombros de madera hacia la multitud.

Se giró para señalar el lugar de la segunda explosión.

—Más preocupante es el segundo dispositivo, mucho más grande, diseñado para matar. La fuerza de la explosión se inclinó hacia el escenario donde habrían estado los rescatistas si el área no hubiera sido evacuada. La metralla del bote de basura habría destrozado a los rescatistas. Resulta que la única víctima fue el robot.

Todos se giraron al unísono para mirar la masa de metal destrozada que quedaba.

—¿Cómo fueron detonados?

—Esta vez estaban en cronometradores. No había teléfonos, pero encontramos evidencia de pequeños relojes en cada uno. Parece que uno estaba programado para el mediodía y el otro para veinte minutos después.

—Dime que tenemos algo en cámara.

El sargento Krug habló.

—Cinco cámaras de seguridad cubren la zona. Desafortunadamente, ayer todas quedaron inutilizadas, como si alguien les disparara láseres de alta potencia y quemara los lentes. No hay video que muestre la ubicación de los dispositivos.

—Es un hijo de puta inteligente —comentó Roberts, mientras se mordía el labio inferior—. Nos llevó al sitio equivocado y luego nos tendió una trampa perfecta. ¿Tenemos algo con lo que trabajar?

Un coro de silencio y ojos mirando al suelo respondieron a su pregunta.

—Esto es inaceptable. Este cabrón está dos pasos delante de nosotros, y todavía tenemos la carrera este fin de semana. Tenemos que adelantarnos a este tipo. Terminamos aquí, vayan y encuentren algunas respuestas.

· · ·

A Stillman y Roland no les fue mejor. El lugar no tenía seguridad, confiando solo en las cámaras inteligentemente desactivadas. Los guardias de seguridad itinerantes no habían notado nada inusual, lo que no era sorprendente dado que miles de personas pasaban por la zona cada hora.

Roland tiró sus notas.

—No tengo nada. El Jefe se va a enfadar.

—Junto con el alcalde, los senadores, el director de la carrera y algunos multimillonarios. Tenemos que resolver esto pronto, pero no podemos hacer que aparezcan pruebas inexistentes. Tenemos suerte de que el perro estuviera allí hoy, o hubiera sido mucho peor —dijo Stillman.

—No fue suerte. Está saliendo con la reportera con la que hablé, y ella le dio información casi en tiempo real. Tiene mejores fuentes en la fuerza policial que nosotros.

—Tenemos que terminar de entrevistar a las víctimas, pero eso no nos va a llevar a ninguna parte. Podemos hacer una petición al público para que cualquiera que haya visto algo inusual en la zona anoche se ponga en contacto con nosotros, pero dado que casi todo el mundo está borracho o drogado y buscando pelear con los seguidores de otros equipos de carreras, no espero nada. Tenemos que salir a la calle y presionar a la gente a que nos hablen. Esto se está haciendo grande y alguien tiene que saber algo.

—Quiero saber dónde estaban todos los miembros del Escuadrón Antibombas anoche y ver quién no tiene una coartada. Voy a pedirle al Jefe que vigile a estos tipos para ver si alguien se está comportando de manera extraña. Necesitamos encontrar una pista.

Roland se desplazó a través de sus contactos en busca de la fuente más prometedora para contactar primero.

·   ·   ·

Banshee y yo nos dirigimos a urgencias después de una entrevista con la policía. No tenía mucho que decir más allá de lo obvio. Lana me avisó de que este era el segundo lugar más probable, y Banshee encontró el segundo dispositivo. Tenían mi información de contacto.

—Jen, ¿cómo están las víctimas de la bomba? —pregunté.

—Muy bien. Cuatro huesos rotos y un montón de laceraciones. Los residentes los va a estar cosiendo durante las próximas horas.

Rick se unió a la conversación.

—Eso fue una estupidez para darnos más trabajo en nuestro día libre.

—En realidad, te ahorramos algo de trabajo. Banshee encontró un segundo artefacto, para que pudiéramos evacuar el área antes de que explotara. Sin él, habrías tenido una sala de traumatología completa y algunas muertes.

—No sabía que ese perro podía detectar bombas —señaló Rick.

—Para ser justos, no es exactamente una habilidad que pueda mostrar regularmente.

—Maldita sea, creo que Banshee es más inteligente que yo.

—Corrección, Rick. Todos los perros son más inteligentes que tú —bromeó Jen.

Les di la espalda mientras Rick y Jen discutían sobre si Rick era más inteligente que la mayoría de los perros. Lana se acercó con una gran sonrisa.

—Ahí está mi héroe —dijo con los brazos abiertos.

Di un paso adelante para abrazarla, y ella pasó a mi lado para agacharse y saludar a Banshee.

—Qué buen chico fuiste hoy —dijo ella, asfixiándolo de amor.

Me quedé impotente con los brazos extendidos esperando a que ella terminara de prodigar elogios a Banshee. Finalmente, me reconoció.

—Quiero una exclusiva. Hablas con otro reportero y vas a ser un paciente más aquí.

—Sí, señora. ¿Ya encontraste algo?

—Parece que es el mismo tipo, pero el dispositivo secundario los tiene a todos asustados. Esa es una jugada terrorista clásica y aumenta el peligro. El director de la carrera y los pilotos están muy preocupados por un bombardero suelto durante un fin de semana de carreras. Están reforzando la seguridad, pero con 300,000 espectadores y otro millón deambulando por la Avenida Strip, no hay forma de que puedan vigilar a todo el mundo.

La aparté a un lado y bajé la voz.

—¿Y esos policías? ¿Alguna pista más sobre ellos?

—Krug sigue siendo el más probable. Están tratando de descifrar coartadas para todos sin alertarlos. Debería saber si descubren algo.

—Algún día vas a tener que explicarme de donde sacas tantas fuentes.

—Es porque soy encantadora y muy buena en mi trabajo, y la mayoría de los hombres se vuelven estúpidos por una dama bonita. Un poco de atención y un gracias me dan la mayor parte de lo que necesito.

—¿De verdad somos tan sencillos?

Lana hizo un gesto hacia Rick, que estaba tratando de hacer malabarismos con tres recipientes de orina vacíos.

—Sí, lo son.

—No hay mucho que discutir allí. Vamos, vamos a ver a la Dra. Williams y su bebé.

Dejé al Pequeño Mac a cargo de Banshee. Se había corrido la voz de sus hazañas, y el Pequeño Mac disfrutaba de ser el centro de atención mientras desfilaba con orgullo con Banshee por urgencias.

Arriba, en la UCI, encontramos al Sr. Williams junto a la cama de su esposa. Llamé suavemente a la puerta abierta.

—¿Te importa si entramos y saludamos? Esta es mi novia, Lana. Ella me está ayudando a buscar al tipo que hizo esto.

Lana extendió su mano y sonrió radiante.

—Lamento mucho que esto haya sucedido. ¿Cómo está?

Miré sus monitores con ojo clínico. Sus signos vitales eran buenos y su color era mucho mejor.

—Un poco mejor cada día. Sacaron ese tubo de respiración esta mañana. Le duele hablar, pero dijo unas palabras antes. Todavía bastante somnolienta por todos los analgésicos.

—Es una gran noticia. ¿Cómo está el bebé?

Antes de que pudiera responder, la Dra. Williams abrió los ojos y le hizo un gesto para que le diera su bebida. Su marido le acercó el popote a los labios y ella bebió lentamente. Se recostó en la cama y trató de concentrarse en la habitación. Una pequeña sonrisa apareció en las comisuras de su boca.

—Ese se ve como Doc.

—El único. Te ves bien.

—Estoy bastante segura de que parezco una mierda.

—Te ves mucho mejor que hace unos días. De hecho, nos tuviste preocupados por un tiempo.

Me tendió la mano.

—Gracias por salvar a mi bebé.

Le apreté la mano.

—Fue un esfuerzo de equipo. Lamento que no hayan podido salvarte la pierna.

Levantó las manos.

—No te preocupes por la pierna. Todavía tengo estas dos manos, y eso es todo lo que necesito para sostener a mi bebé.

La Dra. Williams cerró los ojos y volvió a dormirse. Me volví hacia su marido y le hablé en voz baja.

—¿Tu hijo está bien?

—Está muy bien, se alimenta bien y aumenta de peso. —Se puso serio—. Escuché que había otra bomba esta mañana. ¿Alguien herido?

—En realidad fueron dos bombas, pero tuvimos suerte y no hubo lesiones graves esta vez.

—Alguien tiene que detener a ese tipo.

Le respondió Lana.

—La policía está dando todo lo que tiene y estamos haciendo lo que podemos para ayudar. Solo enfócate en cuidar de tu familia.

—Lo voy a hacer. Gracias.

Lana y yo nos fuimos en silencio.

—Voy a buscar a Banshee y me voy a casa, si es que el Pequeño Mac me lo presta.

—Está muy apegado a ese perro, ¿no?

—Es la persona más leal y amable que he conocido. ¿Qué vas a hacer?

Levantó su teléfono.

—Voy a llamar a algunas personas y ver si puedo resolver el caso, y necesito presentar mi historia a tiempo para los noticieros de la noche.

Me dio un beso rápido en la mejilla antes de alejarse.

—Buena suerte con eso.

CAPÍTULO 21

Jueves, 7:28 p. m.

El Detective Chambers golpeó un pedazo de papel sobre el escritorio frente a Roland y Stillman.

—Tenemos la orden de arresto. Vigilancia electrónica en los cuatro y vigilancia las 24 horas del día en Krug. Si hace algo sospechoso, podemos detenerlo. Voy a necesitar que algunas personas me ayuden. ¿En quién confías para mantener esto entre nosotros?

Los tres detectives idearon un horario para vigilar a Krug constantemente. La vigilancia electrónica estaría a cargo de un equipo separado, pero se les notificaría de inmediato cualquier cosa inusual.

·   ·   ·

El bombardero se enfureció mientras paseaba por su sala de estar. Su plan había sido impecable. La policía fue al lugar equivocado y encontró el dispositivo falso como estaba planeado. La segunda escena estaba perfectamente sincronizada para causar el máximo daño a los socorristas, pero todo había sido arruinado por ese desagradable médico y su perro. Peor aún, había oído que él y la reportera que le pisaba los talones estaban saliendo.

Preparó espaguetis y albóndigas para la cena mientras se calmaba y pensaba en el problema. Todo había ido muy bien hasta ahora. Estaba muy cerca de la línea de meta. La interferencia en el bombardeo de hoy fue inesperada, pero no catastrófica.

No se podían tolerar más interferencias. Pasó otra hora planeando meticulosamente sus próximos pasos. No actuaría hasta que su plan fuera analizado desde todos los ángulos para eliminar más sorpresas.

Finalmente, sacó de su empaque un nuevo teléfono celular desechable. Descubrir el número de teléfono celular de Lana Hearns fue fácil. Como reportera de investigación, lo publicó y alentó a las personas a enviar pistas, fotos y videos. El bombardero envió su primer mensaje de texto.

Tengo información sobre el bombardeo. ¿Te interesa?

El teléfono de Lana sonó mientras se ponía su pijama suave favorito. Leyó el mensaje con falta de entusiasmo. Todo tipo de charlatanes le enviaban mensajes de texto con pendejadas, pero ella siempre respondía.

¿Qué sabes?

Sé que estás buscando a un policía.

Lana se incorporó, ahora fascinada. La posibilidad de la participación de un policía no había sido reportada públicamente. Quería más.

¿Sabes quién es el bombardero?

Tengo una idea. Pero nadie puede saber que fui yo quien habló. Este tipo no se anda con mamadas.

No revelaré tu identidad a nadie. Reunémonos.

Bien. No en la ciudad. Tiene demasiados amigos.

¿Dónde?

Una larga pausa preocupó a Lana de que hubiera cambiado de opinión, pero finalmente respondió.

Mañana. Presa Hoover. Realiza el recorrido guiado de las 10 a. m. y sigue mis instrucciones por mensaje de texto. Ven sola.

Allí voy a estar.

Lana alzó las manos al aire e hizo un breve baile de alegría. Las historias eran hechas por contactos como este, pero de ninguna manera iba a ir sola.

.   .   .

El bombardero apagó el teléfono desechable y sacó uno nuevo con acceso a internet. Pensó que Asuntos Internos ya tenía vigilancia electrónica sobre él, pero solo podían vigilar lo que sabían. Después de múltiples protocolos de seguridad, volvió a su página de asesinos a sueldo de confianza en la Dark Web. Tecleó furiosamente, esperando una respuesta inmediata, que obtuvo.

«Tengo otro problema. Urgente»

«¿Detalles?»

«Lana Hearns. Reportera. Ella va a estar en el recorrido guiado de las 10 a. m. de la presa Hoover mañana».

«¿Va a estar sola?».

«Probablemente».

«Manda $7,500 a este link».

«Ella estará esperando instrucciones por mensaje de texto en el número a continuación».

«Programado».

El bombardero se desconectó y envió los Bitcoin. Al otro lado de la transacción, se acusó recibo y se envió un mensaje de texto a su asesino elegido:

—¿Es hora de charlar?

Cinco minutos después, en un sitio seguro, el sicario acordó un precio de $3,500 dólares por el trabajo. El mediador volvió a su película, $4,000 dólares más rico por solo unos minutos de trabajo.

.   .   .

El Sr. Zhang y su séquito se prepararon para otra noche en la ciudad. Juró tomárselo con calma y estar de vuelta a medianoche. Quería estar bien descansado para la carrera. Su ayudante había preparado seis atuendos para elegir, y seleccionó una camisa blanca con un saco de satén negro. Su ayudante había preparado su colección de relojes para que la revisara, y de los treinta y siete que había traído, el multimillonario eligió un modelo de titanio de Patek Philippe que había encargado el año pasado. Era una pieza única que le había costado más de seis millones de dólares, no era su reloj más caro, pero sentía que complementaba mejor su atuendo.

Sus cuatro compañeras en otra habitación, ocupadas eligiendo joyas y atuendos también, se rieron mientras se probaban varios collares, aretes y pulseras. Después de que el Sr. Zhang y sus compañeras se fueron, los valet devolvieron las joyas a estuches cerrados con llave y la seguridad las devolvió a la bóveda del hotel.

CAPÍTULO 22

Viernes 20 de octubre
8:26 a. m.

—Dime otra vez cuál es el plan —dije, mientras conducía hacia el este hasta la presa Hoover, a unos cuarenta y cinco minutos en carro desde la Avenida Strip y fácilmente accesible desde la Interestatal 11.

—Voy a hacer el recorrido guiado de las 10 a. m. y luego espero que este tipo se comunique conmigo. Vas a ser mi refuerzo.

—¿Así que se supone que debo unirme al recorrido guiado y mantener los ojos abiertos por si hay problemas?

—Sí, finge que no me conoces, pero mantente atento. No espero problemas, pero nunca se sabe.

—¿Es normal que un contacto quiera encontrarse en medio de la nada?

—No es el medio de la nada. Es una de las presas más grandes del mundo, y estos tipos suelen ser lo suficientemente paranoicos como para elegir lugares exóticos. Les hace pensar que su información es más importante que si la compartieran en un Starbucks.

—¿Y si su información no sirve?

—Entonces puedes tachar una trampa para turistas de tu lista de lugares interesantes para visitar.

Tuve que admitir que estaba interesado en la presa Hoover. Construida en la década de 1930 durante el apogeo de la Gran Depresión, la presa se extiende por más de 360 metros a través del Cañón Negro del río Colorado. Embalsa el lago Mead, el embalse más grande de los Estados Unidos. Años de sequía habían bajado el nivel del agua, pero la presa seguía siendo una maravilla de la ingeniería, que proporcionaba agua y energía para Las Vegas, Phoenix y gran parte del sur de California.

—¿Sabías que más de cien hombres murieron construyéndola? —pregunté.

—¿Entonces dices que está embrujado?

—No. Lo que digo es que es peligroso. No quiero que te agreguen al recuento de cadáveres.

—No te preocupes por mí. Banshee me cubre las espaldas, ¿no es así?

Banshee agitó su cola y le dio un beso al oír su nombre. Vestido con su equipo táctico completo y un parche para perros de servicio para la excursión del día, Banshee estaba listo para cualquier cosa. Desarmado, aparte de las cámaras y un micrófono conectado a su chaleco, todavía me sentía preparado para los problemas.

El personal de seguridad hizo señas a nuestro carro para que pasara sin registrarlo, y nos dirigimos por última vez al estaciona-miento. El puente conmemorativo Mike O'Callaghan – Pat Tillman dominó mi vista inicial de la zona. El largo puente, de 609 metros, se elevaba 274 metros sobre el río Colorado que fluía por debajo y permitía que el tráfico cruzara el río mientras evitaba la presa en sí.

Doblamos la esquina para tener nuestra primera vista completa de la presa y el lago Mead. Con solo 14 metros de ancho en la parte superior, la presa se desplomó más de 213 metros hasta la base del valle, donde se ensanchó hasta los 182 metros de espesor. El enorme muro de hormigón retuvo millones de litros de agua dulce.

—Es todo un proyecto —dije.

—Así es. Lo sorprendente es que lo completaron todo en solo cinco años.

—Rara vez me impresiona la eficiencia gubernamental, pero hoy en día se necesitaría veinte años para construirla.

—Y lo hicieron por debajo del presupuesto.

—Definitivamente construido por extraterrestres. Vamos a echarle un ojo.

—Está bien. Recuerda, a partir de este momento, mantenemos las líneas telefónicas abiertas, pero procedemos por separado.

—Disfruta del recorrido guiado. Banshee y yo te cubrimos las espaldas.

Esperamos unos minutos a que Lana despejara el área, luego bajamos por la escalera eléctrica hasta el centro de visitantes. Después de otro control de seguridad, entramos en el vestíbulo con pantallas sobre la construcción de la presa. Nos mezclamos con una multitud cada vez mayor, mientras yo buscaba a nuestro informante, una tarea inútil, ya que no tenía idea de cómo se veía un informante, pero no vi a nadie que diera miedo o prestara atención a Lana.

Subí las escaleras hasta la plataforma de observación, que ofrecía una vista impresionante de la presa y del valle de abajo. El médico de urgencias que había en mí estaba horrorizado por el muro que apenas llegaba a la cintura y que impedía una caída de 182 metros al fondo del cañón. Vidrio de seguridad para evitar caídas por parte de los usuarios de las redes sociales tentados a sentarse en la pared para obtener la imagen perfecta fue definitivamente contraindicado.

Nuestro recorrido guiado se realizó a tiempo, y el guía nos dio las reglas, incluido el cumplimiento del recorrido guiado en todo momento, antes de llevarnos a los elevadores para descender 150 metros dentro de la presa.

Salimos a un túnel arqueado que se perdía en la distancia. La luz fluorescente iluminaba las baldosas mientras caminábamos, nuestras voces resonaban por el amplio pasillo. Todo el sentido de la orientación se perdió cuando nuestro guía turístico explicó cómo se construyó la presa y cómo producía energía. La central eléctrica albergaba quince enormes generadores que funcionaban con la presión del agua para producir electricidad. Me quedé atrapado en el recorrido guiado y tuve que volver a concentrarme en ver Lana. Hasta ahora no había visto a nadie sospechoso.

Lana recibió un mensaje de texto a los quince minutos de comenzar el recorrido guiado y asintió con la cabeza. En la siguiente coyuntura del túnel, se detuvo para amarrarse los zapatos, lo que permitió que el grupo diera la vuelta a la esquina. Hizo un gesto hacia una puerta marcada «Solo Para Empleados» con un teclado en el costado y marcó un número. La cerradura hizo clic y ella entró, manteniendo la puerta abierta para Banshee y para mí.

—Se supone que me voy a reunir con él en la habitación NV 428, al final del pasillo.

—Vamos a estar justo detrás de ti.

Lana sonrió y avanzó por el pasillo, mientras nosotros la seguíamos en silencio. Le dije a Banshee que estuviera alerta, y sus oídos se alzaron mientras exploraba el área.

Lana entró en la habitación 428, y Banshee y yo nos arrastramos hasta la puerta y nos asomamos dentro. Parecía ser una especie de gran sala de almacenamiento llena de herramientas y piezas utilizadas para mantener la presa. Lana avanzó más adentro de la habitación.

Un hombre salió de las sombras.

—¿Eres Lana Hearns?

—Sí. ¿Quién eres tú?

—¿Viniste sola?

—Sí. ¿Tienes información sobre el bombardero?

Se metió la mano en el bolsillo y sacó un cuchillo de 15 centímetros.

—No sé nada de ningún bombardero, pero sí sé que alguien te quiere muerta. Puedo hacer esto rápido e indoloro, pero si intentas gritar o pelear, me voy a tomar mi tiempo.

CAPÍTULO 23

Jueves, 10:37 a. m.

Entré en la habitación en silencio, mientras el hombre avanzaba lentamente hacia Lana. Retrocedió con el miedo irradiando de sus ojos, levantando las manos frente a ella. Le imploró al hombre que se detuviera, pero él continuó su avance.

Entré en la habitación detrás del hombre, que ahora se alejaba de mí. Di un paso adelante para cerrar la brecha, luego me lancé los dos últimos escalones para darle un puñetazo redondo en la sien. Fue un golpe sólido y el hombre se desplomó en el suelo, dejando caer su cuchillo. Nos dimos la vuelta para salir y vimos a otro hombre al otro lado de la habitación apuntándonos con una pistola. Disparó, y el silenciador enmascaró el sonido del disparo, pero no el sonido de la bala golpeando algo metálico cerca de mi cabeza. Instintivamente nos agachamos y nos adentramos más en la presa con Banshee.

—¿Hacia dónde vamos? —preguntó Lana mientras corríamos.

—Ni idea. Sigamos moviéndonos y busquemos un lugar para escondernos hasta que podamos encontrar una salida.

Dimos giros aleatorios en los túneles y pronto nos perdimos por completo. El laberinto de hormigón sofocaba cualquier sentido de la orientación. Lana aminoró la marcha cuando entramos en una gran sala de equipos, jadeando con las manos en las rodillas. No iba a aguantar mucho.

—Ve a esconderte allí mientras yo los llevo lejos y busco ayuda. Te dejo a Banshee para que te proteja.

—No. Seguimos juntos.

—Estás sin aliento y necesitas descansar. Dirígete allí y acomódate. Voy a buscar ayuda.

Dirigí mi atención a Banshee y le ordené:

—GUARDIA, ALERTA.

Banshee estaba de pie a su lado, con las orejas levantadas y los ojos escudriñando la habitación en busca de amenazas. Lana estaba en buenas manos. Salí de la habitación a través de una puerta, asegurándome de cerrarla de golpe. Probablemente se podía oír la puerta metálica a través de toda la presa. Es hora de encontrar una salida.

· · ·

Tommy Casper, descontento por haber sido golpeado, dirigió su ira a George Sinclair, quien se sintió igualmente furioso por haber fallado el tiro. George corrió al lado de Tommy y lo ayudó a levantarse.

—¿Nos vamos o vamos tras ellos?

—Vamos a por ellos. Necesito el dinero, y él tiene que pagar por ese tiro desperdiciado.

—El contrato es solo para la chica.

—El wey es personal. Lo hacemos gratis. El perro puede vivir. Vamos.

George y Tommy corrieron detrás de la reportera y su defensor. El sonido resonaba y viajaba bien en los túneles, pero era difícil de localizar. Podían oír a sus objetivos corriendo delante de ellos, pero no podían averiguar su dirección. Pronto, ellos también se perdieron.

—Vamos a separarnos —sugirió Tommy.

—Solo tenemos una pistola.

—Puedo encargarme de ellos con esto —blandió Tommy el cuchillo.

—No más de quince minutos aquí abajo, luego nos separamos. Si escuchas a la poli, deshazte de las armas y actúa con miedo. Buena suerte en la cacería.

.   .   .

Lana y Banshee se sentaron detrás de una gran pieza de maquinaria metálica de uso desconocido. Lana cerró los ojos y ralentizó su respiración, mientras Banshee observaba la habitación. Lana no podía creer que esto estuviera sucediendo. Sería una gran historia si sobreviviera. A lo lejos, escuchó a Doc huir y dar portazos. Esperaba que estuviera bien.

Banshee se tensó y emitió un gruñido bajo. Lana le puso una mano en la espalda para calmarlo y sintió que se le erizaron los pelos de punta. Miró a la vuelta de la esquina de la maquinaria. Se escondían entre sombras profundas y serían casi imposibles de ver. Ella jadeó, mientras observaba a uno de los hombres entrar en la habitación, con su pistola con silenciador por delante. Hizo una pausa para registrar visualmente la habitación, ya que este era uno de los pocos lugares para esconderse que había encontrado.

Rodeó la habitación, escudriñando las sombras.

A medida que se acercaba, Banshee se tensó, bajó su centro de gravedad y se preparó para lanzar. Banshee reconoció el arma como una amenaza y se concentró en ella.

George no tuvo oportunidad de reaccionar. En un momento dio vueltas alrededor de la habitación, y al siguiente, una sombra oscura se precipitó hacia él con un gruñido feroz. La pistola salió volando de su mano, mientras los dientes se aferraban a su muñeca y sus salvajes ojos blancos se clavaban en él. George gritó y cayó con fuerza al suelo, mientras Banshee soltaba su brazo y se paraba sobre el hombre acobardado.

Lana recogió el arma y llamó a Banshee a su lado. Se sentó obedientemente a su lado, con los ojos fijos en George. Lana apuntó con el arma.

—No te muevas.

George se quedó quieto, sosteniendo su brazo herido y mirando a Banshee, mucho más aterrador que la mujer con la pistola.

•   •   •

Escuché el grito lejano de miedo y dolor del hombre y sonreí. Banshee había abatido al menos a uno de los malos. Solo Banshee podía hacer que un hombre gritara así. Bajé la velocidad para considerar si regresar con Lana o avanzar en busca de ayuda, cuando la decisión estaba tomada por mí.

El segundo asaltante, al que yo había golpeado antes, dobló la esquina con el cuchillo en la mano. Una sonrisa cruel se dibujó en su rostro, mientras bloqueaba el pasillo, dejándome sin ningún lugar a donde huir.

—Te voy a matar por ese puñetazo.

Más o menos de mi estatura, pero probablemente 13 kilos más pesado, su cuerpo bien musculoso mostraba su comodidad con su arma, que, junto con su nariz torcida, demostraba su habilidad en la lucha. Avanzó lentamente con el cuchillo flotando delante de él. Me acomodé con la pierna izquierda hacia adelante y el peso sobre el pie trasero. Continuó su lento avance, moviendo el cuchillo erráticamente frente a él.

Se abalanzó sobre mi pecho, luego cambió rápidamente de dirección y me tocó el cuero cabelludo. Increíblemente rápido, la sangre corrió por mi cara antes de darme cuenta de que me había cortado. Dio un paso atrás y se echó a reír, mientras yo procesaba el ardiente dolor que me quemaba la frente. Levanté la mano para encontrar un corte que supuraba constantemente en la línea del cabello y que ya afectaba mi visión.

Retomé mi postura y me preparé para su próximo ataque. Tuve que acercarme a él. Si me encontraba frente a frente, él me cortaría una y otra vez sin sufrir daño él mismo. Me lancé hacia él. Mi movimiento ofensivo lo tomó por sorpresa, y pude poner mi mano izquierda en su muñeca antes de que pudiera poner el cuchillo en juego. Seguí adelante y le llevé el codo derecho a la sien.

Se giró en el último momento y agarró mi codo en su mandíbula. El golpe, aunque lo suficientemente poderoso como para aturdirlo, no logró noquearlo. Él tropezó hacia atrás y yo aproveché mi ventaja. Le tiré de las piernas, agarrándole el tobillo derecho, y cayó al suelo. Lo empujé contra el duro suelo, mientras aterrizamos, sin soltar mi agarre de su muñeca. Su aliento explotó en su pecho cuando aterricé sobre él.

Levanté mi brazo derecho para clavarle el antebrazo en la sien, pero él no estaba fuera de la pelea. Me lanzó un rápido golpe de izquierda. El puñetazo no tuvo mucha potencia, pero fue suficiente para interrumpir mi golpe a su cabeza. Solo le di un golpe en el cráneo, mientras respiraba hondo y levantaba las caderas para despistarme. Desequilibrado debido a mi agarre en su muñeca con el cuchillo, caí hacia un lado. Apoyó una pierna en la pared y continuó rodando hasta que cambiamos de lugar con él ahora encima de mí.

Su rabia y su corpulencia superior le dieron la ventaja, y lentamente giró la punta del cuchillo hacia mi pecho. Me sujetó el brazo derecho y se echó a reír, mientras empujaba metódicamente el cuchillo hacia mi pecho. Su fuerza y apalancamiento eran mayores que los míos, y no podía soltar la muñeca que sostenía el cuchillo. Era solo cuestión de tiempo antes de que su fuerza ganara, y el cuchillo se hundiera en mi pecho.

Grité:

—¡BANSHEE!

CAPÍTULO 24

Jueves, 10:44 a. m.

De vuelta en la habitación, George se empujó contra la maquinaria, vigilando a Banshee en todo momento. Acunó su muñeca lesionada mientras se sentaba en el suelo.

—¿Quién eres y por qué estás tratando de matarme? —preguntó Lana.

—Vete a la verga, perra.

—¿Te gustaría ver qué más puede hacer este perro? Tal vez después de que te use como un juguete para masticar, cambies de opinión.

George reconsideró su posición.

—Señora, es un trabajo. Nada personal. Alguien te quiere muerta.

—¿Quién?

—¿Cómo diablos voy a saberlo? Todo es anónimo en línea. ¿Cuánta gente te quiere muerta, de todos modos? ¿Tantos que no puedes contarlos?

Se puso de pie contra la máquina.

Lana dio un paso atrás y le apuntó con el arma.

—No te muevas, carajo. O te juro que te pego un tiro.

—Relájate. No voy a ir a ninguna parte, y no me vas a disparar. No eres una asesina. Simplemente no quiero sentarme junto a ese lobo.

Lana aflojó el agarre de la pistola, pero la mantuvo apuntando en su dirección.

—¿No te molesta matar gente?

George se encogió de hombros.

—Es un trabajo que paga bien.

Permanecieron en silencio por un momento hasta que los sonidos de una pelea los alcanzaron.

—Parece que mi pareja se puso al día con tu novio. Dudo que esto termine bien para él. Tommy estaba encabronado por ese puñetazo y es hábil con un cuchillo.

Lana se mordió el labio inferior mientras se preocupaba por qué hacer en medio del ruido de la escalada de la pelea. Su decisión fue tomada cuando Doc gritó por Banshee. Se alejó como un cohete al oír la llamada de su afligido dueño. George se enderezó y sonrió ante la partida del perro.

—Ambos sabemos que no me vas a disparar, así que ¿por qué no dejas el arma y te vas?

Se acercó arrastrando los pies mientras hablaba.

—Quédate atrás. Voy a disparar si te acercas.

—No, no lo vas a hacer.

Se acercó un poco más.

Lana mantuvo la pistola apuntándole, retrocediendo lentamente hasta que estuvo contra la pared.

—No hay ningún lugar a donde ir. Deberías haberme disparado cuando tuviste la oportunidad.

George corrió hacia ella y Lana apretó el gatillo dos veces antes de que él llegara a ella.

· · ·

Con el cuchillo a solo unos centímetros de mi pecho, el matón sonrió, mientras presionaba más fuerte, su aliento fétido tóxico en mi cara.

—No te preocupes. Todo va a terminar pronto.

Escuché el repiqueteo de las uñas en el suelo mientras Banshee corría por el pasillo. Con la punta del cuchillo tocando mi camisa, grité una orden que nunca antes había pronunciado.

—¡CUELLO!

Banshee no dudó cuando su entrenamiento comenzó a funcionar. Lanzó desde un metro y medio de distancia e ignoró el cuchillo, concentrándose en el cuello del hombre que agredía a su dueño. El hombre no lo vio hasta el último segundo. Banshee abrió la mandíbula de par en par y la clavó en la parte más baja del cuello, perforando la tráquea y hundiéndose en los principales vasos sanguíneos del cuello. El hombre blandió su cuchillo contra Banshee, pero la hoja rebotó inofensivamente en su chaleco. Las heridas eran potencialmente superables, pero Banshee sacudió su cabeza vigorosamente de lado a lado, convirtiendo las perforaciones en desgarros.

Un chorro de sangre me cubrió, mientras el hombre era arrojado a un lado. Dejó caer el cuchillo para levantar las manos y tratar de alejar a Banshee. Llamé a Banshee, y él se soltó para sentarse a mi lado con la sangre empapando su pelaje. El hombre yacía en el suelo, asfixiándose con la sangre que entraba en sus vías respiratorias, mientras más sangre se acumulaba a su alrededor en el suelo. Sus manos intentaron inútilmente frenar el flujo de sangre. Sostuve su mano mientras moría en el suelo del túnel.

Me recosté contra la pared y acaricie a Banshee.

—Gracias amigo. Lamento que hayas tenido que hacer eso.

Banshee agitó su cola por la atención. Vamos a ver cómo está Lana. Me puse de pie, mientras dos disparos y un grito reverberaban a través de los túneles.

Le ordené a Banshee:

—ENCUENTRA A LANA.

Lideró el camino, seguro en cada giro. Entré tambaleándome en la habitación esperando lo peor y encontré a Lana de pie junto al otro hombre, sangrando en el suelo y maldiciéndole. Sus ojos se abrieron de par en par al ver a Banshee, pero no tanto como los ojos de Lana cuando me vio.

—Ay, Dios. ¿Qué te pasó?

Miré mis brazos y mi camisa manchados de sangre.

—No te preocupes. La mayoría no es mía.

—¿Dónde está Tommy? —preguntó el agresor en el suelo.

—Si te refieres a tu amigo, lo siento, pero ha fallecido. Me atacó con un cuchillo y perdió.

El agresor recostó la cabeza en el suelo y cerró los ojos.

—¿Qué pasó aquí? —pregunté.

—Se coló aquí y Banshee lo desarmó antes de que se diera cuenta de lo que estaba pasando. La estaba apuntando hacia él y le dije que no se moviera. Cuando Banshee se fue, se abalanzó sobre mí y le disparé dos veces.

Volví mi atención al hombre que estaba en el suelo.

—¿Dónde te disparó?

—Mi puta pierna y cadera. Ese maldito lobo me mordió la muñeca y me duele un chingo.

Me incliné para examinar las heridas. La de la cadera era solo un roce que alcanzaba el hueso. Dolía muchísimo, pero no era grave. El otro disparo entró por el muslo. La sangre se filtró, pero parecía ser una hemorragia venosa, no arterial, lo que ya lo habría matado. Me quité el cinturón y lo coloqué sobre la herida.

—Necesito ponerte un torniquete para ralentizar el sangrado. No es horrible, pero va a llevar un tiempo sacarte de aquí, y tenemos que hacerlo. ¿De acuerdo?

El hombre asintió y me ajusté el cinturón hasta que la hemorragia se redujo a un goteo. Le ordené a Banshee que lo vigilara y luego abracé a Lana.

—Nunca dispares a la pierna. Deberías haber apuntado al pecho. Tuviste suerte de detenerlo.

Me abrazó con fuerza mientras me susurraba al oído.

—Estaba apuntando al pecho. La maldita pistola es demasiado pesada con el silenciador, y disparé bajo. Echemos un ojo a esa herida en la cabeza.

Me había olvidado de la laceración del cuero cabelludo con toda la emoción, pero la adrenalina estaba desapareciendo y el dolor volvía. La sangre se había ralentizado, pero aún goteaba por mi frente.

Lana se quitó el calcetín y lo usó para limpiar parte de la sangre, y me tomó una foto de la herida con su teléfono. Tenía unos siete centímetros de largo y un corte limpio en la línea del cabello, a través del cuero cabelludo hasta el hueso.

—¿Es malo? —preguntó.

—La verdad es que no. Lo más preocupante es la infección por el uso de un calcetín como vendaje —dije mientras sostenía el calcetín sobre la herida para frenar el sangrado.

—¿Importa si tengo los pies extremadamente limpios?

—No tan limpios. Nada de que algunos antibióticos no puedan arreglar. Ahora tenemos que averiguar dónde estamos y cómo conseguir ayuda.

Lana señaló la pared del fondo.

—¿Qué tal si vemos si ese teléfono funciona?

Me tambaleé hasta el teléfono que me dio la bienvenida con un tono de marcado. Me sentí aún más aliviado al ver un botón etiquetado como «Emergencia». Contestó una voz aburrida.

—Seguridad, Oficial Hopkins. ¿En qué puedo ayudarte?

—Buenos días, Oficial Hopkins. Soy turista, y mi compañera y yo nos separamos de nuestro grupo y fuimos agredidos por dos hombres. Necesitamos ayuda médica, y me temo que no sabemos dónde estamos.

—Tengo tu ubicación desde el teléfono. ¿Cuáles son las lesiones?

—Tengo una laceración en el cuero cabelludo por una herida de cuchillo. El sangrado está bajo control. Un segundo hombre recibió disparos en el muslo y la cadera con una pistola 9 mm. El sangrado también está bajo control. Un tercer caballero está en un pasillo cerca de aquí. Ha fallecido a causa de heridas en el cuello.

—Por favor, repite eso. ¿Tienes una herida de arma blanca, una víctima de bala y un tipo muerto ahí abajo?

—Eso es correcto. Uno de los malos está fallecido y el otro está en el suelo con las heridas de bala. La escena es segura, y he descargado la pistola.

—Mantente en la línea. La ayuda está en camino.

Me hundí en el suelo con el teléfono en la mano. Banshee y Lana se sentaron a mi lado, con Banshee observando implacablemente al hombre al otro lado de la habitación.

CAPÍTULO 25

Viernes, 10:53 a. m.

El Oficial Hopkins cambió a la radio para transmitir a las fuerzas alrededor de la presa.

—Atención a todas las unidades. Tenemos un código rojo. Repito, código rojo. Dos turistas informan que él y su novia fueron agredidos por dos hombres. Un hombre fallecido y un segundo hombre herido con disparos en la pierna. Un turista informa de una herida de arma blanca en el cuero cabelludo. La ubicación es Ingeniería NV 481. Repito, la ubicación es Ingeniería NV 481. Fuerza de Respuesta de Seguridad para responder.

La presa Hoover es una pesadilla jurisdiccional. La mitad de la presa se encuentra en Arizona y la otra mitad en Nevada. Guardias de seguridad contratados patrullan las zonas turísticas. Desarmados, responden a problemas menores, como caídas, comportamiento indisciplinado y control del tráfico. En su mayoría, responden preguntas a los turistas.

La policía de la presa Hoover son en realidad guardias de seguridad de la Oficina de Reclamación. Aunque están desarmados, tienen el poder de arrestar a personas y controlar el acceso a áreas críticas de la instalación.

La Fuerza de Respuesta de Seguridad de la Oficina de Reclamación, el nivel más alto de aplicación de la ley para la presa, consta de oficiales altamente capacitados y fuertemente armados que patrullan constantemente contra amenazas terroristas. Se entrenan para muchos escenarios, incluida una posible situación de rehenes en la presa con perpetradores armados.

La Fuerza de Respuesta de Seguridad respondió de inmediato a la llamada de alerta roja. Las fuerzas dentro de la presa convergieron en la habitación donde se originó la llamada y tomaron posiciones estratégicas en el pasillo para bloquear el área, pero esperaron para avanzar. A medida que llamaban en sus ubicaciones, el comandante marcaba las posiciones en un mapa y dirigía a algunos oficiales a nuevas posiciones. La presa era un laberinto por dentro, pero los oficiales podían encontrar el camino a cualquier lugar rápidamente. En dos minutos, un perímetro de seguridad aisló el área de la presa donde se originó la llamada.

En la superficie, todos los agentes se apresuraron a dirigirse a los dos elevadores más cercanos a las zonas afectadas. El equipo A utilizó los elevadores de Nevada y el equipo B los elevadores de Arizona. En el momento en que se estableció el perímetro dentro de la presa, los dos equipos de ocho oficiales descendieron a la presa.

En un movimiento bien ensayado, los oficiales avanzaron rápidamente hacia la habitación. Los oficiales principales se despegaron en cada intersección para cubrir los pasillos que se cruzaban hasta que el equipo pasó y luego se unió a la parte trasera de la fila. Cinco minutos después de la alerta inicial, ambos equipos se pararon en el perímetro listos para asaltar. El comandante confirmó las posiciones de todos y dio la orden de partir.

El equipo B lideró el asalto a la habitación, entrando con los rifles en alto, apuntando de frente a la izquierda y al frente de la derecha, gritando por las manos levantadas. Los oficiales que estaban detrás se despegaron al entrar, cada uno tomando un sector de la habitación. En cuestión de segundos, ocho agentes cubrieron toda la habitación. Se encontraron con un hombre tendido en el suelo en un charco de sangre con las manos sobre la cabeza, y al otro lado de la habitación, un hombre y una mujer cubiertos de sangre sentados contra una pared con las manos en alto. Lo más extraño de todo era un perro parado sobre sus patas traseras con las patas delanteras en el aire.

Los gritos de «despejado» resonaron de cada oficial, y llegó la orden de bajar las armas.

· · ·

Los médicos vendaron mi herida, reemplazando el calcetín de Lana con gasa estéril, y se ocuparon de las heridas de bala, mientras esperábamos que llegara el comandante. Señalé el arma que habíamos dejado en una mesa al otro lado de la habitación, y señalé a los oficiales el rastro de sangre que conducía al cuerpo en el pasillo.

Los oficiales aseguraron ambas áreas, luego continuaron un barrido de toda la presa en busca de otras víctimas.

El Comandante Toomey llegó unos minutos después. A sus cincuenta años, tenía el físico de un hombre en su mejor momento. Sus ojos recorrieron lentamente la habitación antes de posarse en mí.

—¿Ustedes dos pueden caminar?

—Sí, señor.

—Síganme.

Abrió el camino con confianza con un paso mesurado a través de una serie de pasillos y luego nos invitó a través de una puerta abierta a una sala de descanso.

—Siéntanse a la mesa. ¿Puedo traerles algo de beber?

—Agua, por favor —dije.

—Vodka —contestó Lana.

El comandante esbozó una breve sonrisa.

—Dos aguas, pues.

Nos sentamos a la mesa mientras él nos evaluaba.

—¿Puede hablar? Parece que perdió mucha sangre.

—Afortunadamente, la mayor parte no es mía.

—Me gustaría que me digan ¿cómo se ha convertido hoy mi presa en una zona de guerra?

—Todo comenzó con el bombardeo en el hospital hace unos días.

Lana resumió lo que sabíamos sobre todo lo que había conducido a la reunión de hoy. Escuchó sin interrupción mientras otro oficial nos grababa y tomaba notas.

—Esa es toda una historia. ¿Y cree que estos dos hombres fueron enviados aquí para matarla? —le preguntó el comandante a Lana.

—Sí, señor. El hombre al que le disparé admitió que lo contrataron para matarme, pero dijo que no tenía idea de quién lo contrató. Era bastante casual cuando hablaba de ello, como si fuera solo un trabajo para él.

Me agarró la mano y me la apretó mientras repetía la conversación.

—Esta historia mejora con cada detalle, especialmente con un perro que desarmó a un hombre y mató a otro. Los forenses tienen que confirmarlo todo, pero por el momento le creo.

—¿Y ahora qué?

—Déjenme hacer algunas llamadas y vuelvo enseguida.

Lana se inclinó para darme un abrazo.

—¿Cómo estás? —pregunté.

—Un poco traumatizada, pero está bien. Nunca le había disparado a nadie antes.

—No te dio otra opción. Si no hubieras disparado, hubieras estado acostada debajo de una sábana en lugar de estar sentada en esta hermosa habitación.

—Y tú, ¿cómo estás?

—No sé qué pensar ni qué hacer. El tipo estaba a punto de apuñalarme en el pecho con un cuchillo, y pedirle a Banshee que fuera a por su cuello fue una movida desesperada de mi parte. Nunca pensé que iba a dar esa orden. Se siente como si yo mismo hubiera matado al tipo.

—La misma historia. Sin el comando, tú mismo hubieras estado debajo de una sábana. Hiciste lo correcto. ¿Cómo crees que está Banshee?

Lo miramos acostado plácidamente a nuestros pies.

—Está bien. Hasta donde él sabe, siguió una orden como cualquier otra orden. Probablemente esté decepcionado de no haber recibido un premio por obedecer.

—Ojalá fuera así de fácil para nosotros procesar la muerte.

—A menudo desearía tener su vida. Qué consentido es.

Nos sentamos en silencio con nuestros propios pensamientos hasta que regresó el Comandante.

—Esto ocurrió en el lado de Nevada, afortunadamente, por lo que la jurisdicción es federal o local. Normalmente, los federales querrían el caso, pero esto realmente no tiene nada que ver con la presa y todo que ver con los bombardeos en Las Vegas, por lo que están felices de diferir la jurisdicción. Señora, uno de mis oficiales la va a acompañar a la sede de la policía, donde puede dar una declaración formal. Señor, usted va al hospital con uno de mis oficiales como escolta. Lo van a entregar a la policía de Las Vegas para que le tomen declaración después de que le atiendan.

—¿Puede venir mi perro conmigo?

El comandante sonrió.

—Hijo, ese perro puede ir a donde quiera, y siempre es bienvenido en mi presa.

CAPÍTULO 26

Viernes, 12:11 p. m.

Me quedé dormido mientras volvíamos a la ciudad en la parte trasera de una camioneta de la policía. La combinación de la pérdida de sangre y la caída en picada de los niveles de adrenalina parecía sacudirme hasta quedarme dormido. Las sirenas me despertaron, mientras el oficial se abría paso entre el tráfico de la carrera.

Llegamos a la sala de urgencias de Sunrise, y rechacé cortésmente una silla de ruedas y entré con Banshee. El Pequeño Mac nos recibió en la puerta y alegremente tomó la correa de Banshee.

—Por favor, asegúrense de que consiga algo de comida y agua. Ha tenido una mañana muy ajetreada.

Pequeño Mac hizo un gesto de reconocimiento mientras se alejaba, hablando con Banshee sobre su día.

—Oh, mira, es nuestro héroe que nos trae más trabajo. Te ves como la mierda —dijo Jen, señalando mi cuero cabelludo ensangrentado y mi camisa manchada de carmesí.

—Deberías ver al otro tipo. ¿Dónde me quieres?

—En otro hospital, pero ya que estás aquí, vayamos a la habitación seis y echemos un ojo a esa herida.

Me acomodé en la camilla y el equipo se puso a trabajar.

—Todo el mundo tiene que calmarse —le dije a Jen—. Es una laceración del cuero cabelludo, no un traumatismo importante.

Jen sacó a la mayoría del personal de la habitación y desenvolvió suavemente la gasa. Una nueva ronda de sangrado comenzó mientras quitaba los últimos vendajes. Dio un silbido bajo.

—Impresionante. ¿Cómo está el otro tipo?

—Va directamente a la morgue.

—¿En serio?

—Desafortunadamente, sí. A Banshee no le gustaba que intentara clavarme un cuchillo en el pecho y le destrozó el cuello.

—Recuérdame que no debo molestar a ese perro. Tuviste suerte. Cortó algo de piel, grasa y músculo, pero nada importante. Podemos cerrarlo aquí y evitar el quirófano. Te voy a dar algunos antibióticos intravenosos mientras lo hacemos.

—¡Mierda! Eso es increíble. Déjame coser eso y te dejo una gran cicatriz —exclamó Rick, luciendo su uniforme de Spider-Man, al entrar.

Jen me miró en busca de una opinión y yo asentí. Rick era un tonto pero un excelente clínico, y su energía hacía que el tiempo pasara más fácilmente. Jen se fue murmurando sobre los peligros de una sobreabundancia de testosterona.

Rick preparó su equipo, mientras la enfermera colocaba una vía intravenosa para los antibióticos. Por el momento, me negué a tomar analgésicos por vía intravenosa, pero me reservé el derecho de cambiar de opinión.

Rick ahora tenía a un estudiante de medicina observándolo y le dio un información continuamente, señalando la anatomía visible antes de abordar el cierre.

—Esta cosa mide aproximadamente siete centímetros de largo y profundidad, por lo que necesitamos hacer algunos puntos subcutáneos para unir los tejidos profundos. Usaremos un vicryl 3.0 para eso. El cierre de la piel va a estar bajo mucha presión, por lo que no podemos hacer un simple punto corrido, probablemente reventaría. Vamos a hacer unos puntos prolene 5.0, y una vez que tengamos la tensión bajo control, una capa de pegamento para la piel. Eso debería minimizar la cicatriz, pero está en la línea del cabello, y Doc es tan feo de todos modos que nadie lo va a notar. Primero, tenemos que adormecerlo e irrigarlo. La infección es la complicación más probable, y Doc probablemente me va a demandar si se infecta.

Rick era un profesor clínico tan entretenido que imaginé que sus pupilos recordarían casi todo, y que tendrían la voz humorística de Rick resonando en sus mentes a lo largo de sus carreras.

Me desconecté y relajé en la camilla, sabiendo que esta reparación iba a tomar al menos una hora. Momentáneamente incómodo, la inyección de lidocaína bloqueó el dolor y me quedé dormido. Una mano sacudió suavemente mi hombro y me desperté para ver la intensa mirada del Detective Stillman.

—¿Puedes hablar un momento?

Rick respondió por mí.

—Él puede hablar. Quiero escuchar esta historia. Voy a escribir una orden médica para que hable si eso ayuda.

—Probablemente no sea necesario, pero te lo hago saber. Doc, cuéntame qué pasó.

Encendió una grabadora digital y preparó un cuaderno y una pluma.

Inhalé profundamente mientras organizaba mis pensamientos, luego repasé la serie de eventos. Comencé con el mensaje de texto que Lana había recibido la noche anterior para explicar nuestro viaje a la presa Hoover, el recorrido guiado al que nos unimos, el mensaje de texto para separarnos del recorrido guiado, los ataques y, finalmente, el sometimiento de los dos perpetradores y la llamada de ayuda. El detective Stillman escuchó atentamente sin interrupción.

La ira y la emoción bailaban en los ojos atónitos de Rick.

—¡Eso es jodidamente malo!

El detective Stillman sonrió y señaló la grabadora.

—Todavía estamos grabando.

Rick volvió a concentrarse en sus suturas, mientras Stillman hacía algunas preguntas menores para aclarar.

—Entonces, ¿quiénes eran esos tipos? —pregunté, cuando por fin terminó.

—Un par de don nadie conocidos en el sistema policíaco de Las Vegas como huéspedes ocasionales en nuestras instalaciones, principalmente por cosas no tan graves, como asalto y extorsión. No tienen ninguna asociación conocida con supremacistas blancos, pero lo vamos a comprobar. La mejor suposición es que es cierto que fueron contratados para el ataque a través de una página web anónima.

—Supongo que te refieres a matar a Lana.

—Parece que sí, y sin duda lo hubieran logrado, si no fuera por ti y Banshee.

—Este es un episodio de Scooby de la vida real —exclamó Rick—. ¡Se habrían salido con la suya, si no fuera por ustedes, niños metiches y ese perro!

Nos reímos, agradecidos por la liberación de tensión.

—¿Este es el mejor médico que pudieron encontrar para ti? —preguntó Stillman.

—Soy el mejor médico que cualquiera podría encontrar —proclamó Rick.

—Si tu nivel de habilidad es tan alto como tu confianza, eso puede ser cierto.

Rick me guiñó un ojo, mientras yo volvía la conversación a los asuntos que me ocupaban.

—Detective, ¿por qué crees que la perseguían? Parece un paso drástico.

—Lo es, y nos hace pensar que está cerca del bombardero y sabe algo importante.

—¿Qué sabe ella?

—Eso es lo que estamos tratando de averiguar.

· · ·

Lana se reclinó en una cómoda silla del despacho de la Detective Roland y bebió un sorbo de una botella que guardaba en su escritorio para tales ocasiones. Roland inclinó su vaso.

—Salud y felicidades por no recibir un disparo.

Lana bebió un trago del vaso.

—¿Qué pasa con los tipos que intentan matarme?

Roland dejó el vaso y se puso seria.

—Dos pedazos de mierda de bajo nivel fueron contratados para el trabajo. Presionaremos al superviviente, pero no espero que sepa mucho. Además, a los soplones de su mundo les pasan cosas malas.

—Están pasando cosas malas en mi mundo. ¿Crees que es el bombardero que viene a por mí?

—A menos que tengas otra gran historia entre manos, estoy segura de que es nuestro amigo el bombardero. Ya demostró su voluntad de asesinar y parece haber ordenado el asesinato de Milly. Debe de pensar que sabes algo importante.

Lana miró en silencio a Roland, mientras escaneaba mental-mente la información que había recopilado.

—En el periodismo, tenemos conversaciones extraoficiales con garantías de que nadie va a ir tras el informante. ¿Qué tiene la policía que se parezca?

Roland se inclinó hacia delante.

—Te voy a seguir el juego. Estamos desesperados y el tiempo no está de nuestro lado. Tenemos un bombardero loco con un millón de aficionados a las carreras que se abalanzaron sobre nosotros este fin de semana. Por lo tanto, esta conversación es extraoficial. Dime lo que sabes.

—Creo que Krug puede ser el bombardero. Investigué un poco después de hablar con Milly y no pude encontrar nada malo en los registros financieros de los otros tres oficiales que lo arrestaron, pero Krug tiene una deuda seria de $300,000 con los casinos y probablemente más con corredores de apuestas privados. Está muy comprometido y se enfrenta a una bancarrota inminente.

—Pero este es un bombardeo basado en la ideología, no en la ganancia financiera.

—No lo creo. Creo que la supremacía blanca es una pista falsa. Nadie ha oído hablar de este grupo; no se habla de ellos; y los grupos establecidos están molestos por la creciente atención de las autoridades. Los blancos han sido afroamericanos, pero sin declaraciones contundentes. Es un talentoso constructor de bombas, pero aún no las ha usado para matar a nadie. Todo esto apesta a comportamiento de búsqueda de atención, no a una campaña real basada en el odio.

—¿Por qué crees que se trata de dinero?

—Porque la gente comete crímenes por dinero, pasión o venganza, y yo no estoy sintiendo la pasión o la venganza.

—¿Cómo se relaciona el dinero con esto?

—Ni idea, pero uno de los tipos que tuvo la oportunidad de robar los explosivos y tiene el conocimiento para construir bombas, está al borde de la bancarrota, y eso es una gran coincidencia.

—¿Cómo crees que monetiza esto?

Lana alzó las manos exasperada.

—Es Las Vegas con dinero literalmente en cada esquina. Hay un millón de posibilidades.

Roland se puso de pie.

—Gracias por compartir conmigo. Necesito obtener tu declaración oficial grabada, pero prefiero que omitas la información sobre Krug. Apégate a los datos sobre la investigación y el viaje a la presa Hoover.

Tardó una hora en concluir su entrevista oficial.

—No creo que sea seguro que estés en tu casa hasta que esto se resuelva. Podemos alojarte en un hotel.

—Me encanta la idea, pero no creo que quede un espacio en Las Vegas con la carrera en la ciudad.

—Siempre hay una habitación reservada para nosotros. ¿Qué hotel quieres?

—Eso es fácil, Bellagio.

—Buena elección. Dame un minuto.

Lana revisó su teléfono en busca de mensajes, mientras esperaba que Roland regresara. Diez minutos después, estaba de vuelta con un pedazo de papel.

—Ya está todo listo. Esto te da acceso al estacionamiento VIP. Toma el elevador hasta la sala VIP donde te van a registrar. Es una suite junior, pero te están cobrando la tarifa regular de la habitación. El nombre para registro es Linda Carter.

—¿En serio? ¿La Mujer Maravilla?

Lana se echó a reír y Roland esbozó una sonrisa.

—Sal de aquí, Mujer Maravilla. Nosotros, los simples mortales, tenemos trabajo que hacer.

Lana se fue a Sunrise para ver cómo estaba Doc, mientras Stillman regresaba para comparar notas con Roland.

Traición en la Ciudad del Pecado

Lana se echó a reír y Roland esbozó una sonrisa.

—Sal de aquí, Mujer Maravilla. Nosotros, los simples mortales, tenemos trabajo que hacer.

Lana se fue a Sunrise para ver cómo estaba Doc, mientras Stillman regresaba para comparar notas con Roland.

CAPÍTULO 27

Viernes, 3:49 p. m.

Lana entró en mi habitación mientras Rick daba los últimos toques a mi vendaje.

—¿Qué te parece? —preguntó. Rick mostró con orgullo una venda rosa con una calcomanía de Barney en mi frente.

—Saca a relucir al niño que llevas dentro, muy al estilo de Rick. ¿Todavía funciona algo dentro de esa cabeza?

Fruncí la frente, haciendo que Barney se arrugara.

—Increíble, es como una fiesta de baile de Barney —bromeó Rick—. Espera aquí las instrucciones de alta.

—Con el debido respeto a tu riqueza de conocimientos, creo que soy bueno con las instrucciones para el cuidado de las heridas, pero necesito a mi perro. ¿Alguien puede localizar al Pequeño Mac por mí?

Lana se inclinó para darme un abrazo y un beso en la mejilla.

—Lo siento, casi te matan hoy.

—No tenía idea de que ser reportero era tan peligroso. ¿Estás bien? Disparar a alguien puede ser una carga.

Lana me hizo señas para que me callara.

—Solo era una herida en la pierna, y él estaba intentando matarme, así que no me siento tan mal.

—Deberías haber apuntado al centro —dijo Rick.

Lana se echó a reír.

—Lo hice. Tenía la mira en su pecho, pero al parecer el cañón del arma se hundió con el peso del silenciador en el extremo. La Detective Roland dijo que es bastante común disparar bajo sin tener entrenamiento con un silenciador.

El Pequeño Mac llegó con Banshee, que saltó sobre la cama para darme un beso. Su nariz se dirigió directamente hacia el vendaje, mientras olfateaba minuciosamente la herida. Revisé su chaleco donde lo había alcanzado el cuchillo y apenas encontré un rasguño.

—Amigo, le debes un gran agradecimiento a Stephanie Kwolek.

—¿Quién es esa? —preguntó Lana.

—Una científica de DuPont que inventó el Kevlar en los sesenta. Su creación salvó la vida de Banshee hoy.

Lo abracé antes de sentarme en la cama.

—Vámonos de aquí.

Lana me entregó una playera limpia para reemplazar mi camisa ensangrentada que rápidamente tiró a la basura.

—Vamos, tenemos que empacar algunas cosas.

—¿Tenemos unas vacaciones que yo no sabía?

—La policía no quiere que estemos en nuestra casa hasta que atrapen al bombardero, así que tú y yo vamos a pasar un rato en un hotel. Me dieron a elegir, así que me fui con el Bellagio.

—Gran sorpresa.

—Es posible que tenga que recuperarme en su spa, seguido de una cena en Michael Mina.

—Odio ser el portador de malas noticias, pero es fin de semana de carreras. De ninguna manera vamos a poder conseguir una habitación.

—Ya lo arreglé. Aparentemente, los policías siempre tienen una habitación reservada, y la conseguimos bajo un alias a tarifas regulares para nosotros, y saben que tienes un perro de servicio, así que empaquemos para unos días y registrémonos.

—¿Qué dices, Banshee? ¿Te animas a tomar unas vacaciones en el Bellagio?

Banshee agitó su cola.

. . .

Stillman y Roland se reunieron en el cuartel general para comparar notas.

—Parece que las historias de Doc y Lana se confirman. Tuvieron suerte hoy —señaló Stillman.

—Diría que estaban preparados, no tuvieron suerte. Traer a ese perro fue la mejor elección que hicieron hoy. ¿Qué tenemos de los tiradores?

Stillman tomó dos archivos y los deslizó por el escritorio.

—George Sinclair y Tommy Casper, recientemente fallecido, han sido buenos ciudadanos de Las Vegas durante los últimos veinte años más o menos, cuando no están en High Desert para pasar una estancia. Ambos han tenido múltiples arrestos por posesión y agresión y son sospechosos de un par de robos.

—Déjame adivinar. Los testigos sufrieron pérdida de memoria.

—Algo así. Yo digo que le ofrecemos a George inmunidad total, si entrega quién los contrató, y lo amenazamos con cargos federales, si no quiere hablar. Debería estar aquí pronto. Un médico de urgencias le limpió las heridas, lo cosió y le dio algunos antibióticos y analgésicos.

Mary bebió un poco de café y entró en la sala de interrogatorios para encontrar a George Sinclair encadenado a la mesa por las esposas. Su pierna izquierda entablillada se estiró a su lado. Él la miró desafiante mientras ella se sentaba, colocaba su humeante taza de café en la mesa y hojeaba el archivo. Finalmente, alzó la vista.

—Soy la Detective Roland, y te leyeron tus derechos Miranda, ¿verdad?

Él asintió.

—¿Y sabes que esta sesión está siendo grabada?

Miró a la cámara y asintió.

—Entonces esto va a ser breve y conciso, Sr. Sinclair. Tienes muchos problemas con cargos de intento de asesinato y armas. Inmunidad total si me dices quién los contrató.

George se inclinó hacia delante en su silla.

—Yo no hice nada. Estaba en un recorrido guiado y esa perra loca me disparó en la pierna. Deberías arrestarla y matar a ese maldito perro que mató a mi amigo.

Mary se inclinó hacia delante para igualar su pose.

—Sr. Sinclair, tenemos tus huellas en la pistola y en tus balas. Tenemos balas a juego con tus huellas encontradas en tu carro, que está registrado a tu nombre y estacionado en la presa. Y no olvidemos que ese perro al que atacaste, tenía un sistema de cámara que lo capturó todo en video, lo que va a convencer a un jurado para que te condenen en unos sesenta segundos. Se acabaron las tonterías. Dame un nombre y obtienes inmunidad total. De lo contrario, caes por esto y te entregamos a los federales.

La preocupación revoloteó por el rostro de Sinclair por primera vez.

—¿Por qué están involucrados los federales?

—Es posible que te hayas perdido la clase en la prepa que explica que la presa Hoover es propiedad del gobierno federal. Los delitos cometidos en su propiedad pueden ser perseguidos por ellos, o por nosotros, si no están interesados, pero van a estar interesados en esto. Te van a condenar, y en lugar de pasar tiempo en High Desert con tus amigos, vas a estar en una cárcel federal sin amigos. Una última vez. ¿Quieres inmunidad o encarcelamiento federal? Dame un nombre, o adiós a Las Vegas durante quince o veinte años.

Sinclair luchó con todas sus fuerzas, y Mary esperaba diera su brazo a torcer, pero él sacudió la cabeza y se desplomó en la silla.

—No puedo hacerlo.

—¿Estás dispuesto a tirar tu vida por la borda para proteger a este tipo?

—Si lo delato, no voy a durar vivo ni veinticuatro horas.

—Podemos protegerte.

—No de él. Me arriesgo con la cárcel. No hay acuerdo. Quiero un abogado, por favor.

· · ·

—Quienquiera que los haya contratado debe ser un hijo de puta aterrador —dijo Stillman.

—Es cierto, pero mi mejor conjetura es que fueron contratados por un intermediario. Probablemente no sabe quién es el cliente real. Lo delataría en un segundo, si supiera quien es.

—Podría darnos el intermediario, pero esa persona tiene otros sicarios a su disposición. No sabe mucho, y lo que sí sabe no nos va a llevar hasta el bombardero y lo va a matar.

—No puedo entender por qué fue tras ella. Es un gran paso.

—¿Más grande que volar Las Vegas? Ella y su novio interfirieron con el segundo bombardeo, y ella llegó a Milly. Debe estar cerca de descubrir su identidad.

—¿Sigues pensando que es Krug?

—Sí. Tenemos que reforzar la vigilancia sobre él. ¿Mantenemos la vigilancia de los demás?

—Por el momento, sí, pero asegurémonos de que los mejores equipos estén en Krug.

· · ·

Lana y yo entramos en la sala VIP del Bellagio a través de un elevador privado desde el estacionamiento, constantemente vigil-ado por la seguridad. Emití un silbido bajo cuando entramos.

—Esto es agradable, aunque extraño registrarme detrás de un centenar de turistas que no pueden encontrar sus números de confirmación de registro.

Lana me ignoró y se acercó a una mujer que sonreía cálidamente en el mostrador de registro.

—Buenas tardes y bienvenidos al Bellagio. ¿Se van a registrar hoy?

—Sí, gracias.

—¿A nombre de quien está la reserva?

Lana me miró nerviosa antes de responder.

—Linda Carter.

—Un momento, Srta. Carter.

Le susurré al oído:

—¿Linda Carter? ¿Estás bromeando?

Clavó suavemente su talón en mi pie, mientras me ignoraba cuidadosamente. La empleada le entregó dos llaves de la habitación.

—El número de su habitación está en el sobre. Es una suite muy bonita con vistas a la fuente y al hipódromo. Se puede acceder a ella a través de los elevadores que hay a su izquierda. Nuestro personal está disponible las 24 horas del día para ayudarlos con cualquier reserva que necesiten para restaurantes, el spa, espectáculos o cualquier otro servicio. Si necesitan algo, no duden en llamar.

Un botones nos guió a nuestra habitación, señalando todas las comodidades. Banshee se subió a una silla con vistas a la Avenida Strip y se acomodó para una siesta. Cuando el botones se fue, me volví hacia Lana.

—Sabes, nunca he tenido la oportunidad de acostarme con un superhéroe de la vida real.

Lana se desnudó lentamente mientras se dirigía al baño.

—Mejor báñate entonces. La Mujer Maravilla no se acuesta con vagos.

CAPÍTULO 28

Viernes, 6:28 p. m.

—¿Por qué no descansas como una persona normal? —preguntó Lana.

—Porque la F1 corre en Las Vegas solo una vez al año, y tuve que hacer algunos favores importantes con un tipo de Mercedes para obtener estos pases —respondí.

—¿De verdad es para tanto?

La detuve y la sujeté por los hombros.

—La F1 es el evento deportivo más grande del mundo además de la Copa del Mundo. Mercedes es el equipo más dominante en la F1 moderna, y Lewis Hamilton es simplemente el mejor piloto en la historia de la F1, y tengo pases que nos permiten entrar en las áreas del paddock y el pit lane, donde podemos ver los carros de cerca y tal vez conocer a un piloto. Sí, es para tanto.

—A lo mejor puedes conseguir que te firme esa bonita venda rosa.

—¡Gran idea! Vamos.

Pasamos por el control de seguridad y entramos en el abarrotado pit lane. Con una correa corta, Banshee usó su protección auditiva con cancelación de ruido, pero se deleitó con la atención y los nuevos aromas. Caminamos cortésmente a través de la multitud emocionada hasta el pit lane de Mercedes, donde el equipo preparaba el carro para la próxima práctica. Señalé a Lewis Hamilton hablando con Toto Wolff y Bono, su ingeniero de carrera, pero Lana parecía más interesada en la multitud que en los pilotos.

Estaba hablando con uno de los mecánicos cuando Lana me dio un codazo.

—Parece que alguien tiene un pase VIP mejor que el tuyo.

Seguí su sutil gesto para darme cuenta de que un hombre con un traje impecablemente bien confeccionado era conducido más allá de las cuerdas, al pit lane para reunirse con el equipo.

—¿Quién es ese? —pregunté.

—Algún multimillonario de China está aquí para la carrera. Aparentemente, es un gran fanático y fue fundamental para llevar la F1 a China.

—Vaya séquito lleva consigo —señalé con la cabeza a los cuatro guardaespaldas y a las cinco hermosas mujeres que esperaban pacientemente a que terminara en el pit lane—. Debe estar haciendo algo bien para tener a esos cinco colgados de su brazo.

Lana me dio un puñetazo en el brazo.

—A esas chicas les vale madre ese tipo. Están aquí para hacer que se vea viril entre todos los machos alfa, y aparentemente está funcionando.

—Estoy perfectamente feliz contigo, Mujer Maravilla —me recuperé, abrazándola—. Además, no creo que pudiera permitirme los cinco.

—Cariño, no podías permitirte a una de ellas. Echa un vistazo a sus joyas.

Emití un silbido bajo mientras observaba los collares, brazaletes y aretes que adornaban a las mujeres.

—Tal vez todo sea falso.

—Es real y está fuera de tu alcance.

—Voy a tener que pedirle un aumento a mi Jefe. Vamos, ya van a empezar las vueltas rápidas.

—Todavía no entiendo el gran atractivo de esto.

—¿En serio? Un piloto profesional en un Mercedes GT Black Series me va a llevar por la pista al límite. No es tan rápido como un F1, pero vamos a recorrer la Avenida Strip a 280 km/h con 720 CV rugiendo en nuestros oídos, una experiencia única.

—Disfruta. Banshee y yo vamos a pasar el rato con todos los demás que no tienen inseguridades.

Le di un beso en la mejilla y me apresuré a la registro. Después de una rápida prueba del casco, un asistente de Mercedes increíblemente joven me llevó a la zona de boxes y me presentó a mi piloto. Le tendí la mano.

—AJ Docker. Encantado de conocerte y emocionado de ver lo que esta bestia puede hacer.

El conductor sonrió cálidamente y señaló su placa con su nombre.

—Maldita sea, me alegro de conocerte. Mi nombre también es AJ, y esto va a ser épico. Dos AJ en un GT. Vamos a hacer esto. ¿Qué pasa con la venda rosa?

—¿Me crees si te digo que fue una pelea con cuchillos?

—¿Cómo quedó el otro?

—Descansando en la morgue.

—Me encanta Las Vegas. Vamos a prepararte.

Me subí y me puse un arnés de cinco puntos que reemplazó al cinturón de seguridad tradicional. AJ ajustó afanosamente la configuración en el tablero y finalmente levantó el pulgar para ingresar a la pista.

—¿Vamos rápido o estúpidamente rápido hoy? —preguntó.

—Quiero romper el récord de vuelta en este carro.

—¡A huevo! Hay que hacerlo.

Pisó el acelerador y el motor rugió, mientras las ruedas giraban para acelerar de inmediato a 64 km/h, el límite de velocidad en boxes. AJ aferró el volante con firmeza mientras comentaba en directo.

—El pit lane nos deja fuera en la primera curva, un giro de 180 grados a la izquierda que va a ser una pelea importante el día de la carrera.

Se abrazó a la línea de carrera interior y aceleró suavemente al salir de la curva.

—La curva dos es un pequeño pliegue a la izquierda que los pilotos ni siquiera van a notar.

Lo sentí, mientras aceleramos con fuerza en la curva, y me empujaron hacia atrás en mi asiento.

—La tres y la cuatro son curvas de alta velocidad que desembocan en la primera recta. Una buena salida es importante para llevar la velocidad hasta el final de la recta.

AJ aceleró y se movió a través de las marchas, a medida que redondeábamos la curva, alcanzando un máximo de 1.5 G de fuerza lateral.

—Los chicos de la F1 van a soportar al menos 4 G en esta curva.

El breve respiro de la recta permitió una rápida aceleración, superando los 265 km/h.

—Aguanta —advirtió AJ al acercarnos al final de la recta.

Pisó a fondo el pedal del freno y las pastillas cerámicas de freno gritaron para frenar el carro, mientras que la computadora impedía que los frenos se bloquearan. La brusca desaceleración redujo el carro de 265 km/h a solo 74 km/h en menos de cien metros.

AJ sonrió, mientras balanceaba suavemente el auto en un giro de 90 grados a la derecha, golpeando el vértice de la curva, antes de derrapar hacia los bordes exteriores de la pista.

—La siguiente serie de giros es divertida y te lleva directamente al verdadero premio, la Avenida Strip de Las Vegas.

AJ salió de la curva doce cerca del Hotel Wynn y entró en la Avenida Strip con el acelerador bien abierto.

—Esta recta tiene más de un kilómetro y medio de longitud, y deberíamos alcanzar cerca de 280 km/h.

Pasamos zumbando entre los curiosos detrás de las vallas frente a los majestuosos hoteles borrosos, mientras aumentamos la velocidad. El veneciano de la izquierda cedió casi instantáneamente el paso a los césares de la derecha. El Bellagio, desnudo sin sus fuentes, presentaba en su lugar tribunas ya medio llenas de gente. Nuestra velocidad alcanzó los 286 km/h.

—Espera. Tenemos una izquierda dura por delante.

Con una frenada aún más salvaje esta vez, sangró más de 225 km/h de velocidad del carro, sincronizándolo perfectamente para girar a la izquierda suavemente en un pequeño recodo antes de la recta corta final, disminuyendo la velocidad del carro, cuando entramos en el pit lane

—¿Qué te parece? —preguntó AJ.

—Creo que necesito uno de estos carros y tu trabajo.

—Tenemos que aguantar un montón de tonterías de los VIP, pero vale la pena por el tiempo en la pista. Espero que hayas disfrutado de tu viaje de 6.11 kilómetros por Las Vegas. Te van a mandar un video del viaje.

Le desabroché el cinturón y le estreché la mano.

—Gracias, hombre. Mantente a salvo ahí fuera.

AJ me dio un pulgar hacia arriba, mientras salía del carro, y la siguiente persona se abrochaba el cinturón. Devolví mi casco y me estiré, mientras encontraba a Lana rodeada por una pequeña multitud. Lana me hizo un gesto con la mano.

—Doc, ven aquí. Banshee hizo un amigo. Conoce a Roscoe.

Serpenteé suavemente a través de la pequeña multitud hasta el lado de Lana para ver a Banshee y un bulldog olfateándose con la cola moviéndose.

—Doc, te presento Lewis. Trabaja con Mercedes.

El hombre me tendió la mano.

—Encantado de conocerte Doc. Hermoso perro el que tienes. Necesito conseguirle a Roscoe un chaleco como ese.

Con incredulidad le agarré la mano.

—Encantado de conocerlo, Sir Lewis. Buena suerte en la carrera de mañana.

—Solo es Lewis aquí fuera, amigo. Tenemos un buen equipo y esperamos terminar de primero. ¡Saludos, amigo! ¡Me tengo que ir! ¡Disfruta la carrera!

Me tomé una selfie rápida con él antes de que se subiera a su scooter y se fuera con Roscoe trotando felizmente a su lado.

Me volví hacia Lana.

—¿Te das cuenta de que era Sir Lewis Hamilton, siete veces campeón del mundo y el mejor piloto de F1 de todos los tiempos?

—¿En serio? Eso explica tu reacción de fanático. ¿Cómo fue tu viaje en el carro?

—Realmente no te importa una mierda esto de las carreras, ¿verdad?

—No, pero te hace feliz, así que estoy contenta de poder ser parte de esto. Sin embargo, estoy lista para regresar al hotel ahora para disfrutar del spa.

—Lidera el camino. Un masaje parece ser la manera perfecta de completar este día increíble.

CAPÍTULO 29

Viernes, 8:02 p. m.

Los detectives Stillman y Roland se sentaron a la mesa, acompañados por el Detective Roberts, del Escuadrón Antibombas, y el Detective Chambers, de Asuntos Internos. Roberts miró a Chambers, irritado por la presencia de Asuntos Internos. Todos se pusieron de pie cuando entró el Jefe.

—Por favor, siéntense. ¿Qué novedades me tienen?

—Nada nuevo, señor —respondió Roland—. Los análisis foren-ses aún están pendientes, pero sabemos que todas las partes son genéricas y no se han encontrado huellas. Las cámaras de las inmediaciones fueron inhabilitadas por láseres. Las cámaras circundantes muestran literalmente a miles de personas, la mitad de ellas con bolsas que podrían haber contenido la bomba. Interroga-mos a los testigos y nadie notó nada inusual. El dispositivo de distracción en la Estratosfera tampoco nos dio nada. El restaurante no usa cámaras, y entrevistamos al personal, y nadie recuerda quién pudo haber tenido acceso a esa mesa. Una pequeña cantidad de C4 debajo de la medalla de plata alertó al perro, pero definitivamente no tenía detonador.

—¿Y los chicos del ataque de la presa?

—Nada, señor. El agresor superviviente contrató un abogado y rechazó el trato.

El Jefe se reclinó en su silla.

—Detective Chambers, creo que es hora de que comparta su investigación con el equipo.

Stillman interrumpió:

—¿Está seguro de que es una buena idea, Jefe? Es riesgoso.

—En este momento, hay un bombardero loco que lastima a la gente y nos hace parecer tontos. Ya es hora de tomar algunos riesgos. Proceda Chambers.

—Asuntos Internos fue notificado el martes de la posibilidad de la participación de un oficial del Escuadrón Antibombas en los atentados sobre la base del testimonio de un recluso.

Indignado, Roberts se puso de pie y golpeó la mesa.

—¡Esto es una puta mierda!

Con calma, el Jefe ordenó:

—Siéntese, Detective, y escuche.

Roberts volvió a sentarse, su mirada implacable no se suavizó, mientras Chambers explicaba.

—Como todos ustedes saben, los explosivos coinciden con los confiscados en un arresto hace meses. El informante afirmó que tenía más de la cantidad que supuestamente confiscamos y sugirió que un policía tenía que haberlo robado y vendido o lo está usando ahora. Además, las bombas muestran una sofisticación más allá de lo que un video de YouTube podría enseñar a un aficionado. Está claro que nuestro bombardero tiene formación en explosivos.

Roberts se enfureció mientras Chambers continuaba.

—Cuatro oficiales que lo arrestaron tuvieron la oportunidad de llevarse algunos de los explosivos. Hemos investigado cuidadosa-mente cada uno de ellos. Armond, Bertrand y el Detective Roberts tienen registros financieros claros y no se les considera sospecho-sos.

—Esa es una buena noticia —dijo Roberts.

—El Sargento Krug, sin embargo, tiene un problema significa-tivo con las apuestas y con deudas crecientes que no tiene esperan-zas de cubrir. ¿Lo sabía usted, Detective Roberts?

Roberts se calmó a pesar de que todas las miradas estaban puestas en él.

—No, no lo sabía hasta que me lo dijiste ayer.

—¿Has notado algún cambio en el comportamiento de Krug?

—No. Siempre ha sido un solitario como el único soltero en nuestro grupo. Tiene su propio grupo de amigos fuera de nuestro equipo, así que no sé mucho sobre su vida personal. Él se presenta y hace su trabajo.

—¿Y esta semana? ¿Ha parecido más estresado?

—Todos hemos estado estresados. ¿De verdad crees que él es el bombardero?

—¿Y tú?

—No lo veo. Es un buen chico y policía. Por supuesto, no sabía de los problemas de dinero. Eso puede llevar a la gente a tomar decisiones locas.

—¿Tiene la habilidad técnica para construir esas bombas?

—Todos mis muchachos tienen las habilidades para construir esas bombas. Cualquier persona con formación formal podría hacerlo. Tenemos que saber construirlas para desactivarlos.

El Jefe habló.

—¿Tenemos suficiente para detenerlo?

Chambers respondió:

—No, señor. Podemos ubicarlo en el lugar donde se pueden haber robado algunos de los explosivos, pero el único que puede corroborar la discrepancia es el recluso que fue asesinado. Él tiene la habilidad, pero los demás también. Tiene problemas financieros, que serán un problema para él incluso si no es el bombardero, pero nada lo vincula con las explosiones.

—¿Y cuál es el plan?

—Continuamos con nuestra vigilancia. También podemos intentar obtener una orden judicial para hackear la computadora de su casa, pero no podemos estar seguros de que un juez la otorgue en este momento. No hay forma de que podamos obtener una orden de registro para su casa, y es poco probable que tenga los explosivos allí, de todos modos. Probablemente tenga una segunda ubicación para almacenar los materiales y construir las bombas. Podemos rastrearlo desde aquí sin una orden judicial. Si logramos olfatear su participación, entonces podemos traerlo.

—Eso es lo mejor que podemos hacer. Vayan por la orden y continúen con la vigilancia. La quiero rigurosa. Sin meteduras de pata. Roberts, quiero que el Escuadrón Antibombas actúe con normalidad. No dejes que nadie más sepa lo que está sucediendo y ni siquiera pienses en jugar al héroe. Si ves u oyes algo inusual, infórmalo a Chambers, ¿entendido?

—Sí, señor.

—No tengo que recordarle a todo el mundo que tenemos una carrera mañana con medio mundo viéndola en vivo por televisión. Este hijo de puta no va a lastimar a nuestra gente ni avergonzar a este departamento. Retírense.

Se pusieron de pie, mientras el Jefe recogía sus papeles y se iba. Roberts frunció el ceño a los tres detectives restantes.

—Si es culpable, con gusto lo voy a clavar contra la pared, pero si es inocente, más vale que se disculpen y lo compensen.

Roberts se dio la vuelta y salió de la habitación.

—¿Crees que va a cooperar? —preguntó Roland.

—Sí. A nadie le gusta cuando investigamos a alguien de su equipo, pero no se refleja bien en él si el bombardero estuvo operando justo debajo de sus narices todo el tiempo. Puede ser un héroe si ayuda a atrapar al tipo, y puede estar lleno de justa indignación si nos equivocamos. De cualquier manera, está bien.

—¿Qué posibilidades crees que hay de que Krug sea nuestro hombre? —preguntó Stillman.

—Probablemente, pero no entiendo el ángulo racial. Alguien puede estar pagándole para que lo haga, pero luego veríamos desaparecer sus deudas. Sigue quebrado. Voy a revisar la vigilancia y tratar de obtener una orden judicial.

· · ·

Lana y yo nos acurrucamos en el sofá con las batas del Bellagio para ver la sesión de clasificación nocturna. Cientos de miles de personas abarrotaron la avenida y ocupaban todos los espacios disponibles.

—Sabes, podríamos haber estado allí para la clasificación esta noche —dije.

Lana se acurrucó conmigo.

—La Avenida Strip parece el lugar más miserable del mundo en este momento. Prefiero esta suite con aire acondicionado.

—Definitivamente es más cómodo aquí arriba, y ha sido un día un poco estresante.

Lana resopló.

—Veamos. Fuimos perseguidos por dos asesinos; fuiste apuñalado; y tuve que dispararle a alguien. Te dieron puntos de sutura y corriste por la pista con tu nuevo amigo, y tuve que presentar una historia explicando el desastre en la presa antes de la fecha límite. Creo que eso es suficiente estrés por un día.

—No olvides que hoy te ascendieron a superhéroe.

—Estoy segura de que nunca me vas a dejar olvidarlo. Me voy a dormir.

—Voy en un rato. Quiero ver el final de la clasificación.

Los carros recorrieron la pista a 355 km/h, mientras los comentaristas de televisión actualizaban sus tiempos. Hipnotizado, no podía imaginar una mejor manera de ver la F1.

Veinte minutos después, la Q3 terminó con Mercedes en primer y segundo lugar. Al día siguiente, la primera fila sería solo para Mercedes al comenzar la carrera. Lana ya roncaba suavemente cuando me metí en la cama y Banshee se acostó en el suelo a mi lado. Los tres dormimos profundamente.

CAPÍTULO 30

Sábado, 21 de octubre
8:11 a. m.

Los Sargentos Armond y Bertrand esperaban impacientes en el despacho.

—Podría haber jurado que Roberts dijo que nos reuniríamos a las ocho hoy. ¿Dónde demonios está? —preguntó Armond.

—Tal vez salió hasta tarde anoche, bailando con todos los VIP de la carrera.

—Poco probable. A lo mejor el Jefe lo atrapó.

—¿Y Krug?

—Probablemente salió hasta tarde anoche, pero no con los VIP. El tipo está empezando a desmoronarse.

—Te entiendo. Llámalo. Le voy a escribir a Roberts.

Armond llamó a Krug solo para llegar a su buzón de voz después de cuatro timbres.

—Oye, idiota, estamos trabajando hoy. ¿Dónde demonios estás?

Colgó y también le envió un mensaje de texto.

¿Dónde estás?

Bertrand le envió un mensaje de texto a Roberts:

Estamos en la oficina. Avísanos si necesitamos encontrarnos en otro lugar.

Armond y Bertrand discutieron las mejores apuestas para la carrera, mientras esperaban que sus compañeros de equipo se pusieran en contacto con ellos.

. . .

En Asuntos Internos, los mensajes telefónicos y los mensajes de texto a Krug fueron monitoreados en tiempo real, y Chambers recibió una llamada instantánea.

—¿Dónde se encuentra ahora su teléfono? —preguntó al equipo de vigilancia.

—Todavía en su casa. No se ha movido en toda la noche.

—Avísame de cualquier otra actividad.

Colgó y llamó a los oficiales que vigilaban la casa de Krug.

—¿Alguna actividad esta mañana?

—No, señor. Las luces se apagaron anoche alrededor de las 10:15 p. m. y no hemos visto ninguna actividad desde entonces.

—Por favor, llámame de inmediato si ves algo.

—Sí, señor. Tenemos ojos en la puerta principal, las ventanas y la cochera. Te avisamos si se va.

Chambers se colgó y llamó a Roberts, pero fue enviado al buzón de voz.

—Tenemos que hablar, ahora.

A continuación, envió un mensaje de texto:

«Llama a Chambers 911».

Un detective del Escuadrón Antibombas no iba a ignorar un mensaje de texto del 911, incluso si estuviera en una reunión con el alcalde.

Después de dos largos minutos de silencio, maldijo y llamó a Stillman.

—Es posible que tengamos un problema. El equipo de Krug lo está buscando, y él no responde, y Roberts está fuera de la red. No responde a mi mensaje de texto de 911.

—Eso no es bueno. Envíame la dirección de Roberts y que un agente en blanco y negro me encuentre allí. Primero lo localizamos y luego nos preocupamos por Krug. Tengo un mal presentimiento.

—Yo también. Llámame cuando sepas algo.

Stillman agarró su arma y llamó a Roland cuando salía por la puerta para ponerla al día.

—¿Me necesitas allí? —preguntó.

—Espera por ahora. Estoy más cerca y veo primero lo que tenemos y armo un plan a partir de ahí.

Miró su mapa para ver doce minutos hasta la casa de Roberts. Con luces y sirenas, podía estar allí en menos de diez.

Al llegar a la casa, se encontró con una patrulla estacionada frente a ella.

—Soy el Detective Stillman. Esta es la casa de un detective, y esto puede no ser nada, o puede estar en problemas. Estén alerta, pero no hagan fuego amigo.

Stillman abrió el camino hacia la puerta principal, flanqueado por los dos oficiales. Golpeó la puerta y llamó a gritos a Roberts, pero solo escuchó silencio. Golpeó la puerta con una porra de patrullero, haciendo suficiente ruido como para despertar a los muertos, pero la casa permaneció en silencio.

—Control perimetral. Tú vas por ese camino, y yo iré por este camino. Te quedas al frente.

Stillman se acercó sigilosamente a la casa, mirando por las ventanas, pero no vio nada sospechoso. El patrullero fue en dirección contraria y miró por cada ventana. Rodearon la casa hacia el patio trasero al mismo tiempo y avanzaron hacia la puerta trasera. Un vistazo rápido reveló que habían forzado la entrada.

Stillman sacó su arma y le hizo señas al patrullero para que se pusiera detrás de él. Tomó la radio del patrullero y llamó al oficial de enfrente.

—La puerta de atrás ha sido forzada. Vamos a entrar. Quédate afuera y llama. Un oficial que necesita asistencia. Hay amigos adentro.

El otro oficial reconoció y se comunicó con el despacho. Pronto llegaría un pequeño ejército, pero Stillman no iba a esperar. Bajó el volumen de la radio y le hizo señas al oficial para que lo siguiera adentro.

Entraron en la cocina con Stillman barriendo a la derecha y el oficial barriendo a la izquierda, asegurándose de no caminar en las filas del otro. Nada parecía estar mal, y avanzaron hacia un comedor, también sin nada especial. Stillman avanzó lentamente por una esquina hacia una sala de estar. A medida que su vista de la habitación se expandía, levantó la mano para detenerse. Un cuerpo yacía en el suelo.

·   ·   ·

En el primer turno en el servicio de urgencias, me esforcé por hacer todo el trabajo que pude antes de que comenzara la carrera. Un niño de cinco años coloreó un dibujo en mi venda, mientras yo hablaba con su madre.

—¿Está seguro de que está bien que coloree eso, doctor?

—No se preocupes. Todos mis pacientes pediátricos lo han estado firmando. Lo hace especial. Ahora, ¿qué otras preguntas tiene?

—¿Está seguro de que la fiebre no le va a hacer daño?

—Es común que tenga fiebre de hasta 40 grados con estreptococos y no hay de qué preocuparse. Puede que se sienta fatal, pero no le va a hacer daño. Anotamos las dosis correctas de su medicamento en sus papeles de alta. Solo siga esas instrucciones y se recuperará por completo enseguida.

Centré mi atención en el dibujo.

—¿Qué estás dibujando en mi cabeza?

—Es un conejito jugando al hockey en el espacio. ¿Te gusta? —respondió el niño.

—Creo que es el mejor dibujo de toda mi cabeza. Gracias por hacerlo. ¿Qué tal si te conseguimos una calcomanía y puedes irte a casa?

—Está bien, ¿podemos llevar al perro con nosotros?

—Lo siento, amigo. El perro tiene que quedarse aquí para proteger la sala de urgencias. Vamos a ponerte en camino.

.   .   .

Stillman le hizo señas al oficial para que avanzara desde el otro lado de la sala de estar y, a la orden de Stillman, se acercaron lentamente sin amenazas visibles. Rodearon el sofá hasta que Stillman tuvo una visión completa de todo el cuerpo del Detective Roberts, que yacía inconsciente en un charco de sangre que rodeaba su cabeza.

—¡Oficial caído! ¡Oficial caído!

Llamó por la radio, mientras corría hacia su amigo.

—Abre la puerta principal y deja entrar a tu compañero. Despeja el resto del primer piso y coloca a alguien en las escaleras. No subas. No toques nada que no sea necesario. Toda esta casa es una escena del crimen.

Temiendo lo peor, se arrodilló junto a Roberts y le palpó el pulso en el cuello, sorprendentemente fuerte, y extendió la mano para comprobar su muñeca. Las bridas mantenían sus manos atadas a la mesa de metal. Stillman las cortó con su cuchillo, tratando de no tocarlos para preservar la evidencia. Los dedos eran de color rosa con un fuerte pulso en las muñecas.

Sacudió suavemente su hombro.

—¿Me oyes? Es Stillman.

Roberts lo recompensó con un gemido y un pequeño movimiento en sus brazos.

—Relájate. La ayuda está en camino. Quédate quieto.

Sabía que no debía moverlo antes de que llegaran los paramédicos. Se acercaba una cacofonía de sirenas.

Abrió uno de los párpados de Roberts para revisar las pupilas, y Roberts parpadeó frenéticamente y luchó brevemente contra él. La mayor parte del sangrado parecía provenir de un corte desagradable en su frente. Stillman palpó suavemente a su alrededor y no encontró otras lesiones. Suspiró aliviado. Tenía un aspecto horrible, pero las heridas en la cabeza podían sangrar mucho.

Stillman le tomó la mano y murmuró palabras tranquilizadoras mientras llegaban los demás. Stillman ladró órdenes.

—Necesito un equipo para despejar el piso de arriba, pero no toquen nada. Quiero que todo el perímetro de esta casa esté asegurado, sin nadie dentro, excepto los paramédicos y el equipo de pruebas. Que algunos agentes toquen todas las puertas en un radio de 150 metros a la redonda, para ver si alguien vio o escuchó algo inusual anoche. ¡Rápido, y traigan a esos paramédicos!

Los paramédicos llegaron rápidamente y Stillman resumió:

—Es el Detective Roberts. Lo encontré así, con las manos atadas a la mesa. Tiempo de inactividad desconocido. Tiene la desagradable herida en la cabeza, pero no otras lesiones obvias. Buen pulso.

—¿Lo moviste? —preguntó el paramédico.

—No, pero se ha estado retorciendo.

Los paramédicos evaluaron sus vías respiratorias, respiración y circulación y los encontraron satisfactorios. Le colocaron un collarín para inmovilizar la columna cervical y un vendaje sobre la herida en la cabeza. Un paramédico se inclinó y presionó los nudillos contra el esternón de Roberts, moviéndolos hacia adelante y hacia atrás mientras gritaba su nombre.

—¡Detective Roberts, abre los ojos!

Roberts se sacudió y sus ojos se abrieron de par en par.

—Muy bien, Detective. Ahora aprieta mi mano.

El paramédico lo tomó de la mano, pero Roberts no respondió. Presionó firmemente la base de la uña de Roberts y repitió la orden. Roberts le apretó la mano.

—Es una señal positiva. Responde a estímulos profundos y puede mover las extremidades. Vamos a cargarlo.

—Necesito hacerle una pregunta. ¿Puedes despertarlo el tiempo suficiente para una pregunta? —preguntó Stillman.

—Puedo intentarlo. Las lesiones en la cabeza son impredecibles.

El paramédico abrió una ampolla de amonio.

—Listo cuando tú lo estés.

Stillman se inclinó.

—Roberts, ¿quién te hizo esto?

No hubo respuesta. El paramédico agitó el amonio debajo de su nariz, y Roberts se puso rígido y abrió los ojos.

—¡Dime quién te hizo esto! —suplicó Stillman.

Los ojos del detective Roberts se enfocaron en él brevemente, y susurró una palabra antes de volver a cerrarlos:

—Krug.

CAPÍTULO 31

Sábado, 8:53 a. m.

—Atención, Doc. Hay un policía en camino —me informó la enfermera a cargo, mientras completaba otro historial clínico de una fila interminable.

—Por favor, dime que no le dispararon.

—No. Parece que recibió un buen golpe en la cabeza, pero está estable y lleva cinco minutos fuera.

—Está bien, ponlo en Trauma Uno, y yo voy para allá.

La ambulancia se detuvo y los paramédicos llevaron al paciente a Trauma Uno con su informe sucinto:

—Hombre de cuarenta y cinco años golpeado en la cabeza. Tiene un corte desagradable en la frente, pero no tiene otras lesiones obvias. Pérdida del conocimiento durante un período de tiempo desconocido, pero comienza a despertar y responder preguntas de manera adecuada. Mueve todas las extremidades. Es un detective.

Lo trasladaron a la cama de examen y el equipo conectó sus monitores y líquidos intravenosos. Me incliné hacia él y le di una suave sacudida.

—Detective, ¿puede abrir los ojos?

Abrió los ojos y se enfocó en mí.

—Eso es bueno. ¿Puedes apretarme la mano?

Él respondió con un fuerte apretón.

—Muy bien. Ahora mueve esos dedos de los pies por mí.

Movió los dedos de ambos pies.

—Lo estás haciendo muy bien. ¿Sabes qué día es?

—El día de la carrera —murmuró.

—Claro que sí. La pregunta más importante, ¿quién va a ganar la carrera?

Esbozó una breve sonrisa.

—Hamilton.

—Creo que nuestro paciente está completamente orientado y casi listo para el alta. Detective, necesitamos unas radiografías de tu cuello. Si salen bien, podemos quitarte la férula y bajarte de la camilla. Necesitamos una tomografía computarizada de la cabeza para descartar una hemorragia intracraneal y vamos a suturar la herida.

Le hice un examen detallado, incluyendo su espalda. Las heridas sangrantes en la cabeza requieren atención, pero pueden distraer la atención de otras lesiones menos obvias. Siempre es vergonzoso concentrarse en suturar una herida en la cabeza solo para descubrir que su paciente también recibió un disparo o una puñalada en la espalda.

Salí y me encontré con una multitud cada vez mayor de policías en la sala de urgencias. La Detective Roland se acercó a mí.

—¿Cómo está?

—Detective, sabes que no puedo dar información sobre un paciente sin su permiso.

—Ve a buscarlo. Necesito hacerle algunas preguntas.

—¿Es importante?

—Creemos que pudo haber sido atacado por el bombardero. Es el Detective Roberts, Jefe del Escuadrón Antibombas.

—No me digas. No lo reconocí con la sangre en la cara. Esperen, por favor.

Regresé a la habitación y le sacudí suavemente el hombro.

—La Detective Roland tiene algunas preguntas. ¿La dejo pasar?

—Sí.

Le pedí a un asistente médico que la trajera, mientras limpiaba la herida en la cabeza.

La Detective Roland tomó su mano.

—Tim, ¿está bien si grabo esto?

Él asintió y ella comenzó la grabación con su nombre, hora y lugar.

—Detective Roberts, ¿puede decirme qué le pasó anoche?

Hablaba despacio y con confianza.

—Estaba dormido en la cama y me desperté con una pistola en la cara y una mano sobre la boca. Krug se inclinó sobre mí y me dijo que me callara. Me llevó a la sala de estar y me sentó en el sofá con su pistola apuntándome. Dijo que notó que los policías lo seguían y reconoció a uno de Asuntos Internos. Quería saber por qué.

—¿Qué le dijiste?

—La verdad. Estaban mirando a todos los que tenían las habilidades para hacer las bombas, y él estaba recibiendo atención adicional debido a sus deudas de juego. Krug se puso nervioso y dijo que solo necesitaba un día más para terminar.

—¿Para terminar qué?

—No dijo, pero claramente, estaba hablando de los bombardeos. Le pregunté por qué lo había hecho y me dijo que no lo entendería.

—¿Así que no negó ser el bombardero?

—No lo admitió, pero no lo negó. Estaba bastante claro que él era el responsable y que todo terminaba hoy.

—¿Alguna idea de lo que ha planeado?

—Ni idea.

—¿Y entonces qué pasó?

—Me presionó para que le diera más información, pero no tenía nada más que contarle. Se estaba poniendo cada vez más agitado. Pareció tomar una decisión y me dijo que lamentaba que tuviera que terminar de esta manera. Pensé que me iba a matar. Se acercó con la pistola en la mano izquierda y, mientras yo estaba concentrada en ella, me golpeó en la cabeza con mi propio bate de béisbol que guardo junto a la puerta trasera. Lo siguiente que supe fue que estaba en el suelo, amordazado y atado a la mesa con el peor dolor de cabeza de mi vida.

—¿Alguna idea de qué hora era?

—No. Estaba completamente dormido cuando me despertó, y estaba oscuro afuera cuando entré en la sala de estar. Ni siquiera sé qué hora es ahora.

—Son poco más de las nueve. Descansa un poco y hazte las pruebas. Va a haber un agente afuera. Si se te ocurre algo más, díselo y él se va a poner en contacto conmigo.

Se volvió hacia mí.

—Cuídalo, Doc, y hazme saber los resultados de sus exámenes.

—Con gusto, siempre y cuando el paciente me dé permiso para compartir los resultados con usted.

Roberts esbozó una pequeña sonrisa.

—Puedes decírselo, Doc, o probablemente te va a pegar en la cabeza con mi bate.

Roland tenía a Stillman en su teléfono antes de que ella saliera de la habitación.

—Él confirmó todo. Nos vemos en casa de Krug.

·   ·   ·

Un perímetro de seguridad rodeaba la oscura y silenciosa casa de Krug, y las residencias en un radio de 150 metros habían sido evacuadas. Un líder del equipo SWAT explicó su plan.

—Normalmente diría que entremos a toda velocidad, pero puede que ese cabrón haya puesto una trampa. Lo primero es ver si hay alguien dentro. Vamos a poner micrófonos y cámaras en cada ventana. Son sensibles, y si está ahí, deberíamos oírlo. Los sensores térmicos no han detectado nada, pero se pueden engañar. Veamos qué revelan los micrófonos.

Quince minutos después, los micrófonos y las cámaras solo revelaban silencio sin movimiento. El equipo SWAT estuvo de acuerdo en que la casa estaba vacía.

—Es urgente que entremos allí y busquemos en el lugar —dijo Stillman.

—No voy a enviar a mis muchachos a través de ninguna puerta o ventana de la casa de un bombardero. Sugiero que cortemos un agujero en el techo. Podemos entrar a la casa desde arriba y asegurarnos de que esté vacía, luego tus chicos pueden limpiarla en busca de trampas explosivas.

Seis oficiales SWAT subieron al techo. En una maniobra bien ensayada, dos oficiales encendieron motosierras y cortaron hábilmente un agujero de un metro cuadrado en el techo. Se dejaron caer en el desván.

—Impresionante —notó Stillman.

—Viven para esta mierda —respondió Roland.

—¿Qué crees que van a encontrar?

—Si tenemos suerte, se quitó la vida y está sentado en el sofá con un agujero en la cabeza.

—Tal vez encontremos un mapa con una gran X que muestre su próximo objetivo.

—Lo vamos a saber muy pronto.

La búsqueda no duró mucho. La casa de una sola planta tenía solo unos 180 metros cuadrados y tres habitaciones. Los miembros del SWAT salieron por la puerta trasera.

—La vivienda es segura. No hay nadie en casa, pero hay un dispositivo en la puerta principal. Tomamos una foto, pero no tocamos nada.

Armond y Bertrand, los restantes miembros del Escuadrón Antibombas, miraron la foto y recogieron su equipo. Bertrand entró primero con su perro detector de bombas. Lenta y metódicamente, se abrieron paso por la casa. El perro alertó en la mesa de la cocina, donde se dejaron algunos suministros y escombros, y en la puerta principal, donde se colocó un dispositivo obvio. No se encontraron otros dispositivos, y Armond salió por la puerta trasera.

—La bomba parece rudimentaria, como si tuviera prisa. El resto de la casa está despejada con algunas pruebas en la mesa de la cocina donde debe haber ensamblado el dispositivo. Vamos a desarmar la de la puerta de entrada y la casa es tuya.

Con su traje antibombas, Armond regresó por la parte de atrás al interior de la puerta principal con su cámara y micrófono transmitiendo a Bertrand.

—¿Estás viendo esto? Parece sencillo.

Bertrand estuvo de acuerdo. Una pequeña cantidad de C4 estaba fijada al marco de la puerta, conectada a un cable que la sujetaba. Si la puerta se abría, el cable abría un circuito, permitiendo que una carga activara el detonador, lo que causaría la explosión del C4.

—¿Me estoy perdiendo algo, o es realmente así de fácil? —preguntó Armond.

—Debe haber tenido prisa. Vamos a repasarlo una vez más.

Volvieron a hablar de todo, siguiendo cada cable desde el origen hasta la inserción.

—Estoy de acuerdo. Corta el cable del detonador —aconsejó Bertrand.

—Todo es más simple cuando eres el que está afuera. Está bien, voy a cortar el cable que conduce al detonador. Deséame suerte.

—Recuerda nuestro lema.

—Lo sé. «Escuadrón Antibombas. Solo la cagamos una vez».

Armond cortó rápidamente el cable y sacó el detonador del C4, desactivando el dispositivo.

—Todo despejado.

Stillman y Roland se relajaron.

—Un poco decepcionante después de todo ese drama —señaló Roland.

—Acepto lo decepcionante, pero de todas formas estaría muerto antes de darme cuenta de que cometí un error —dijo Armond.

—Ustedes están hechos de otro molde.

—Se necesita un cierto tipo de persona para sobresalir. La casa es tuya. Vamos a analizar las muestras para confirmar que coinciden con las demás, mientras ustedes recopila el resto de las pruebas.

Stillman se dirigió al equipo de recopilación de pruebas.

—Destrocen este lugar. Quiero saber dónde está Krug, y necesitamos saber si hay otros dispositivos por ahí.

CAPÍTULO 32

Sábado, 10:27 a. m.

El Detective Roberts terminó su último sorbo de una caja de jugo, mientras yo volvía a su habitación.

—Te ves mejor —dije.

—Puede que me vea mejor, pero tengo un dolor de cabeza infernal.

—Es comprensible. Recibiste un golpe bastante duro. La buena noticia es que la tomografía computarizada es normal, sin evidencia de fractura o hemorragia cerebral. La parte frontal del cráneo es la parte más gruesa y un arco es una de las estructuras más fuertes de la naturaleza. De hecho, es un buen lugar para que te golpeen.

—Se lo voy a recomendar a todos mis amigos. ¿Y ahora qué?

—Ahora que sabemos que no se te van a salir los sesos, podemos cerrar esa herida. Este es el Pequeño Mac. Él va a lavar esa herida y preparar todo el equipo, luego vuelvo para coserte.

—No te preocupes. Doc va a hacer que se vea bonito. Solo relájate y déjame limpiar esto —dijo El Pequeño Mac.

—Gracias. Llámame cuando estés listo.

· · ·

Roland se encontró con Stillman en la casa de Krug y compartió sus notas.

—Definitivamente es nuestro tipo. ¿Descubriste algo aquí que nos ayude a encontrarlo?

—Todavía no. Estamos revisando sus archivos, pero nada ha saltado a la vista. Su carro está en la cochera, por lo que tiene un medio de transporte alternativo que desconocemos. Acabo de hablar con el Jefe, quien está convocando una conferencia de prensa para anunciar a Krug como sospechoso y ofrecer una recompensa por su arresto.

—Mierda. Todos los drogadictos de Las Vegas van a dar una pista, con la esperanza de cobrar la recompensa.

—Su pasaporte está marcado, por lo que no puede volar. Tiene que estar en un carro. La pregunta es si ya se fue de la ciudad o si tiene asuntos pendientes aquí. ¿Cómo está Roberts?

—Un golpe desagradable en la cabeza, pero debe estar bien en unos días. Tuvo suerte, a fin de cuentas. A Krug le hubiera ido mejor matándolo.

—Una cosa es hacer estallar a un extraño, pero matar a un compañero de trabajo en persona puede ser un paso demasiado lejos incluso para él.

—Todavía no entiendo su jugada. Nunca ha parecido racista, simplemente está en bancarrota. ¿Por qué demonios iba a hacer estallar a la gente y fingir ser racista? Eso no lo va a sacar de la deuda.

—Quizás con el tiempo tenga sentido. ¡Vamos! Nos van a avisar si encuentran algo útil. Necesitamos coordinar la búsqueda y filtrar las pistas que están a punto de llegar.

· · ·

—Ahí lo tienes. Esa es la última puntada. La número diecinueve, si conté correctamente, y se ve bastante bien. Pequeño Mac te va a vendar.

—Gracias, Doc. ¿Puedo irme a casa ahora?

—¿Cómo te sientes?

—Todavía tengo un dolor de cabeza, pero mi cerebro está empezando a funcionar de nuevo.

—Eso es común con una conmoción cerebral. Tienes una tomografía computarizada negativa y tu estado mental mejora después de cuatro horas, por lo que me siento cómodo con tu regreso a casa. Sin embargo, tienes una conmoción cerebral importante y debes tomártelo con calma, lo que significa un descanso estricto en la casa, nada estresante, sin esfuerzo y absolutamente sin trabajo.

—Krug todavía está por ahí.

—Y alrededor de un millón de personas lo están buscando. Estás en reposo estricto y quiero que veas a neurología el lunes para un examen de seguimiento en su clínica de conmociones cerebrales. Hasta entonces, estás fuera del trabajo. Escribí algunos analgésicos en caso de que los necesites, ibuprofeno para el dolor leve y Vicodin para el dolor severo, simplemente no lo mezcles con alcohol. ¿Preguntas?

—¿Puedo ver la carrera esta noche?

—Claro. Espérame. Conseguí un pase para el pit lane antes de la carrera.

—¿Cómo lo hiciste?

—Fácil. Le das todo tu dinero extra a Mercedes durante diez años y te van a dar un pase. Descansa un poco. Me voy a asegurar de que uno de los agentes te lleve a casa.

—Gracias, Doc.

Unos minutos más tarde, el Pequeño Mac lo empujó en una silla de ruedas hasta un carro de policía que lo esperaba. Me concentré en terminar mis historiales clínicos. La hora de la carrera se acercaba rápidamente.

·   ·   ·

Con su uniforme de gala cubierto con toda una vida de cintas y medallas, el Jefe se dirigió a los medios de comunicación, incluidas figuras nacionales e internacionales en la ciudad para la carrera, la conferencia de prensa más grande en la historia de Las Vegas.

—Temprano esta mañana, nuestros detectives descubrieron información vital que condujo a la identificación de un sospechoso en el caso de los atentados. Su casa fue registrada, pero el sospechoso está prófugo. Pedimos la ayuda del público para localizar a Edwin Krug. El Sargento Krug es un miembro de la fuerza policial de Las Vegas y debe ser considerado armado y peligroso. Por favor, no se acerquen ni intenten detenerlo, pero notifiquen a la policía si lo ven.

Todos los miembros de los medios de comunicación gritaron preguntas, y el Jefe llamó a un periodista local para la primera.

—Jefe, ¿hay alguna preocupación de que otros miembros de la fuerza policial estén involucrados en estos atentados?

—Creemos que el Sargento Krug está actuando solo.

—¿Es racista el departamento de policía de Las Vegas? —preguntó el siguiente periodista.

El Jefe evitó hábilmente las respuestas sustantivas, ya que las preguntas continuaron durante unos minutos. Finalmente, el Jefe dio por concluida la conferencia de prensa.

—Repito, se le considera armado y extremadamente peligroso. No intente acercarse a él ni detenerlo. Se ha establecido una recompensa de $100,000 por información que conduzca directamente a su arresto. El número al que llamar está en la pantalla. Proporcionaremos actualizaciones a medida que estén disponibles.

El Jefe abandonó el podio en medio de nuevas preguntas lanzadas a su espalda. Cuando estuvo fuera de la vista y del alcance del oído, se volvió hacia sus ayudantes.

—¡Encuentren a ese hijo de puta, ahora! Quiero que su culo esté en una celda o en la morgue antes de que empiece la carrera.

Se marchó furioso, mientras los Agentes daban órdenes a sus equipos. Todos los oficiales habían sido llamados para ayudar con la cacería.

· · ·

Lana tenía el servicio de habitaciones listo cuando llegué de mi turno. Ella optó por el salmón y yo por mi habitual sándwich de queso a la parrilla y papas fritas. Banshee devoró una pechuga de pollo con entusiasmo.

—¿Qué tal tu día? —pregunté.

—Frustrante. Entre la carrera y la cacería, todas mis fuentes están demasiado ocupadas para responder a mis llamadas. Supongo que oíste que Krug golpeó a Roberts anoche.

—De hecho, lo cosí en urgencias esta mañana.

—Supongo que no has oído nada interesante.

La envolví fuertemente en mis brazos.

—Él contó toda la historia mientras yo estaba en la habitación.

Me apartó.

—Más te vale no ocultarme nada.

La acerqué de nuevo.

—Relájate. No escuché nada que no se mencionara ya en la conferencia de prensa del Jefe. Además, sabes que no puedo compartir la información de los pacientes.

—No estoy pidiendo información del paciente. Te pregunto por el caso.

—Esa es una línea muy delgada que no quiero cruzar. Lamento que tu día haya sido tan frustrante.

—No todo fue malo. Como mis fuentes se agotaron, me regalé un masaje en el spa, seguido de una manicura.

Levantó los dedos en busca de aprobación.

—¿Alguna razón por la que elegiste el plateado y el negro?

Me besó.

—Porque mi hombre puede ser supersticioso y podría pensar que Mercedes va a ganar esta noche porque tengo los colores de su equipo en mis uñas.

—Sabía que había tomado una excelente decisión al pasar tiempo contigo. Hay que prepararnos.

• • •

En el extremo sur de la Avenida Strip, el Sr. Zhang vestía su traje más conservador, ya que iba a representar a su país en la carrera. Añadió un Rolex, patrocinador oficial de la F1. Después, iba a regresar a su habitación para ponerse su traje de etiqueta y disfrutar de una larga noche de celebración. Sus acompañantes no lo iban a ir con él a la carrera, pero iban a estar listas para ir a las fiestas más tarde. Las celebraciones durarían hasta el amanecer, ganara quien ganara.

CAPÍTULO 33

Sábado, 7:11 p. m.

Me acerqué a su oído para que me oyeran por encima de la ruidosa multitud.

—¿Qué te parece?

En respuesta, Lana casi gritó para ser escuchada.

—Pensé que estos pases al pit lane eran exclusivos. Parece que todo el mundo en Las Vegas tiene uno.

El pit lane estaba muy concurrido. Atletas profesionales y celebridades VIP estaban por todas partes, acompañados de sus séquitos. Amigos y familiares de los conductores hablaban entre sí, mientras las celebridades trataban de parecer importantes. Los miembros de los medios compitieron por entrevistas con los actores más famosos, mientras que los actores no tan famosos lucharon por llamar la atención.

—¿Qué se supone que debemos hacer? —preguntó Lana.

—Absorbe la atmósfera. Aprecia esas increíbles máquinas y a los conductores que se concentran en medio de todo este caos. Es uno de los más grandes espectáculos de carreras de todos los tiempos.

—Definitivamente es un espectáculo —admitió Lana, claramen-te un poco impresionada—. Necesitas algunos guardaespaldas como el señor Zhang allí.

Noté que la multitud se alejaba, mientras el multimillonario se abría paso por el pit lane con cuatro grandes guardaespaldas que mantenían a la gente a una distancia respetable.

—Pagó más que yo por su pase al pit lane. Vamos, subamos a la suite y nos acomodamos antes de la carrera.

—Genial, estoy deseando llegar al aire acondicionado.

.   .   .

La llamada al 911 llegó a las 7:30 y una voz muy modulada dio un mensaje conciso.

—Soltaría alguna porquería racista, pero sabes que son tonterías. Sabes quién soy. Sabes que hablo en serio. Hay tres dispositivos escondidos en el centro, que van a detonar al final de la carrera. Si eres competente, los vas a encontrar. Si no, ¡bum!

La llamada fue transmitida por la cadena de mando a los ansiosos Detectives Stillman y Roland.

—Maldita sea. Sabía que iba a hacer algo durante la carrera. ¿Cuáles son nuestras opciones? —preguntó Stillman.

—Nada bueno. Debe haber unas 300,000 personas en el centro ahora mismo, y nuestras fuerzas están dispersas por la carrera y la búsqueda de Krug. Recomiendo que llevemos a todos los que podamos al centro para empezar la búsqueda. Si no encontramos nada rápido, tenemos que empezar a evacuar la zona.

—Esto es una puta pesadilla. Hay que centrarnos primero en la calle Fremont. Es la más concurrida y la que tiene el perfil más alto.

—¿Cuándo avisamos a los dueños de los casinos?

—Creo que tenemos que decírselos de inmediato. Pueden ayudar con la búsqueda y pueden tomar sus propias decisiones sobre cuándo evacuar.

—Habla con el Jefe. Yo voy a hacer que todos se muevan.

Hace años se había diseñado un sistema para alertar a los casinos de posibles amenazas. La primera comunicación sobre la amenaza de bomba se envió catorce minutos después de su recepción. Cada casino tenía una política para hacer frente a las amenazas. Todos estaban en alerta máxima con la carrera, pero los centros turísticos del centro de la ciudad entraron en su nivel de alerta más alto. Los casinos de la Avenida Strip también elevaron sus estados de alerta.

. . .

—Se apagan las luces y vamos a por el Gran Premio de Las Vegas. Los de Mercedes se escapan maravillosamente y lideran en la curva uno, seguidos de cerca por LeClerc y Norris. Redbull bajó dos puestos y está en quinto lugar —anunció el locutor.

No escuché mucho de eso debido al aullido de veinte autos de carrera acelerando al mismo tiempo. La increíble vista desde la suite sobre el paddock protagonizó la primera curva de la carrera. Las pantallas de gran tamaño mostraban la progresión por la pista. El ambiente se elevó en la suite, ya que Mercedes se asentó sólidamente en los dos primeros lugares.

Noventa segundos después, los carros de cabeza llegaron a la recta de salida/meta con Mercedes cómodamente a la cabeza. Solo quedan 49 vueltas para el final.

. . .

En el centro de la ciudad, a un cuarto de la carrera, el Escuadrón Antibombas no tuvo suerte en identificar ningún artefacto. Aumentados por los recursos federales, cinco equipos de perros separados seguían buscando frenéticamente una bomba en los lugares más concurridos.

—¿Qué posibilidades hay de que encontremos pronto los tres dispositivos? —preguntó Stillman.

—No muchas. Hemos cubierto menos del cinco por ciento del área total aquí. Nos llevaría al menos un día entero cubrir esta zona —respondió Armond.

Stillman puso al Jefe en línea y compartió la actualización.

—¿Qué le parece, Jefe? ¿Evacuamos?

Un Jefe frustrado esperó para responder.

—Despejen las áreas públicas. Alerta a los casinos y deja que tomen sus propias decisiones. Tratemos de evitar el pánico, pero alejemos a la gente del centro de la ciudad lo más rápido posible. Quiero que se despeje la calle Fremont.

Enviaron la actualización de emergencia a todos los casinos, informando de la recomendación de evacuar todas las áreas públicas. El personal superior de cada casino debatió las opciones.

Los carros de policía se movían por la calle Fremont y hacían sonar sus sirenas mientras anunciaban por sus altavoces:

—Atención, esta área ahora está cerrada. Por favor, despeje el área de inmediato.

Una multitud confundida se alejó de las calles, muchos dirigiéndose al casino más cercano. Binions y el Golden Nugget optaron por permanecer abiertos, mientras que Four Queens, Circa y el Hotel Fremont decidieron cerrar sus puertas. La gente que ya estaba en los casinos no estaba al tanto de los cierres en el exterior. La confusión creció a medida que la gente luchaba por salir y entrar a los casinos al mismo tiempo. Combinado con una gran cantidad de alcohol y una cantidad significativa de drogas, las tensiones aumentaron rápidamente. Dos fanáticos borrachos de la carrera afuera del Golden Nugget lanzaron los primeros golpes. El caos y el pánico se extendieron rápidamente.

• • •

Lana monitoreó el caos en tiempo real en su teléfono. Me dio un golpecito en el hombro.

—Algo extraño está pasando en el centro. Están empezando a evacuar.

—Siempre pasa algo extraño en el centro. Disfruta de la carrera, solo quedan veinte vueltas —aconsejé, fascinado por la acción.

Lana me ignoró y se dirigió a la parte trasera de la suite para hacer algunas llamadas. Pronto, sacó su cuaderno, garabateando notas apresuradamente, mientras alternaba entre llamadas y revisaba su teléfono en busca de mensajes.

CAPÍTULO 34

Sábado 9:24 p.m.

Un camión, pintado de negro con la palabra «Escuadrón de Bombas de Las Vegas» en el costado, transportaba a siete hombres vestidos con equipo táctico completo, incluidos cascos con visera y chalecos que los identificaban como miembros del Escuadrón Antibombas.

El camión se acercó al Mandalay Bay en el extremo sur de la Avenida Strip y entró en la rampa del nivel inferior que otorgaba acceso privado VIP al casino. En un discreto recorrido camuflado por las plantas, el camión giró a la derecha y se detuvo frente a una puerta metálica. El conductor ingresó un código de seguridad de seis dígitos y la puerta se levantó para darles la bienvenida a un estacionamiento subterráneo lleno de carros de seguridad y los privados de los ejecutivos del casino. En un espacio utilitario raramente visto por el público, se acercaron a una puerta sin marcar y sin manija en el exterior.

Un pasajero se acercó a la puerta y pulsó el intercomunicador.

—Escuadrón Antibombas. Acabamos de recibir una pista y necesitamos hablar con su Jefe de seguridad de inmediato.

—¿Código de autorización? —el intercomunicador respondió.

—Delta. Tango. Cinco. Charlie. Tres. Siete.

—Confirmado. Un momento.

La puerta zumbó, abierta por un guardia de seguridad armado. Los siete miembros del equipo entraron con todo el equipo, siguiendo al guardia por un pasillo hasta la sala de control de seguridad. Un segundo hombre armado vigilaba la puerta y abría la pesada puerta de metal mientras se acercaban.

El equipo entró, recibido por un hombre calvo con un impecable traje azul.

—Soy Anthony Rigetti, Jefe de Seguridad del Mandalay Bay. ¿De qué se trata todo esto? ¿Hay una amenaza de bomba para el hotel?

El oficial principal se quitó el casco y apuntó con una pistola a la cabeza de Anthony.

—Justo el hombre que estamos buscando. La buena noticia es que no hay amenaza de bomba. La mala noticia es que te van a robar.

El Jefe de seguridad observó con incredulidad, mientras sus hombres eran rápidamente desarmados y retenidos por los miembros restantes del Escuadrón Antibombas.

—Espera un minuto. Eres ese tipo que ha salido en la televisión.

El bombardero sonrió.

—Ese soy yo. Tim Roberts, Jefe del Escuadrón Antibombas. Ahora, hablemos de esa bóveda.

CAPÍTULO 35

Viernes 20 de octubre
5:38 p. m. (28 horas antes)

—Vamos a dar por terminado el día. Mantengan esos teléfonos encendidos en caso de que suceda algo y tómenlo con calma esta noche. Quiero que todos descansen para mañana. Tuvimos un gran día con la carrera. Es una oportunidad perfecta para que este tipo cause algo de caos. Todos deben estar de vuelta mañana a las 8 a. m. en punto —dijo Roberts.

Un coro de «sí, señor» resonó alrededor del grupo mientras empacaban su equipo.

Roberts le hizo un gesto sutil a Krug para que esperara detrás de los demás. Después de que el último hombre se fue, Roberts le hizo señas para que tomara asiento.

—Tenemos un problema. Asuntos Internos nos está vigilando.

—¿Por qué chingados nos vigilan esos tipos? —preguntó Krug.

—Parece que debido a la sofisticación de las bombas, piensan que uno de nosotros puede ser el bombardero.

—Eso es una mierda, hombre.

—Lo sé. A mí tampoco me gusta. Desafortunadamente, mientras nos vigilan, también revisan nuestras finanzas y surgieron algunos asuntos preocupantes relacionados contigo.

Krug se puso de pie y caminó.

—¡Ay, mierda, hombre! Es solo una racha de mala suerte. El hecho de que haya perdido algunas apuestas no significa que yo sea el bombardero.

—Estoy de acuerdo, pero para demostrar tu inocencia, necesitamos encontrar al verdadero bombardero.

—¿Cómo se supone que vamos a hacer eso?

—Tengo un plan, pero necesito tu ayuda. Uno de mis informantes dice que tiene una pista sólida, incluyendo una muestra del C4. Quiere reunirse esta noche, pero no se va a acercar al cuartel general. Me voy a encontrar con él a las once, pero quiero que alguien me cuide las espaldas por si trae amigos. ¿Te apuntas?

—¡Mierda, sí! Dime dónde encontrarte.

—Es un poco más complicado. Asuntos Internos te está siguiendo y tiene tu teléfono intervenido.

—A la chingada con esos cabrones.

—Lo sé, pero podemos evitarlo. Solo tienen una unidad vigilando tu puerta y cochera esta noche. Puedes escabullirte fácilmente por atrás. Actúa con normalidad, como si te fueras a dormir, y apaga las luces sobre las 10:15. Vístete con ropa oscura, deja el teléfono, sal por atrás y nos vemos en Ridge Park con Independence. Trae tu arma por si se pone feo. Ojalá este tipo tenga la información y podamos resolver esto mañana.

—Está bien. Puedo hacer eso.

—Nada de bromas. No andes mirando por encima del hombro buscando seguidores.

—Lo entiendo, pero cuando esto se haga, algunas personas me van a deber una disculpa.

—Eso sí que es verdad.

•   •   •

Roberts esperó ansiosamente en su carro y suspiró aliviado, cuando Krug dobló la esquina justo a tiempo. Parecía casual, mientras caminaba por la calle, abrió rápidamente la puerta y entró.

—¿Algún problema? —preguntó Roberts.

—No. No vieron nada. ¿Con quién nos vamos a encontrar esta noche?

—El tipo se hace llamar Ardilla, lo cual es apropiado dada su ocupación. Es ladrón y estafador, y se mueve en muchos círculos. Intercambia información por tarjetas perdonalotodo.

—¿Es violento?

—No, pero es inteligente en la calle. Probablemente va a tener a alguien que le cuide la espalda, por eso necesito que tú cuides la mía.

—¿Dónde es la reunión?

—Allá afuera, cerca de Whitney. Es una vieja gasolinera abandonada que ahora es un depósito de chatarra y una casa de crack.

—Suena agradable.

—No va a haber problemas. Entramos y salimos muy rápido. Ardilla no quiere que lo vean conmigo más de lo que yo quiero estar cerca de él.

Manejaron en silencio el resto del camino, los vecindarios se volvían más oscuros y sucios a medida que avanzaban, revelando un lado de Las Vegas que los equipos de turismo nunca compartieron con el público. Llegaron a la gasolinera y se detuvieron. Una valla en ruinas que se negaba a someterse a la gravedad proporcionaba cierta medida de privacidad de las calles. Montones de escombros desechados bordeaban el perímetro.

Salieron del carro e inspeccionaron la zona.

—¿Dónde me quiere, Jefe?

Roberts señaló el rincón más oscuro.

—Vamos a prepararte allí. Está lo suficientemente oscuro como para que nadie te vea, pero debes tener buena línea de visión de toda la zona.

Krug lo guió hacia la esquina trasera. Nunca sintió la bala de Roberts que le entró en el cerebro. La bala del calibre 22 tenía suficiente potencia para penetrar la base del cráneo, pero no para atravesarle la cara. La bala rebotó dentro de su cráneo, destruyendo todas sus estructuras vitales. Aunque catastrófica, la herida mortal mostró sorprendentemente poca evidencia externa. Un pequeño orificio en la base del cráneo derramó una mínima cantidad de sangre, y a pesar de su muerte instantánea, parecía como si simplemente hubiera dormido.

Roberts sintió sorprendentemente poca emoción. Adicto al juego, Krug se había metido en un hoyo demasiado profundo para salir. Con el tiempo, le debería dinero a la gente equivocada o recurriría a actividades ilegales para pagar su adicción. Aunque espantosa, la muerte rápida que le proporcionó la bala en la base del cráneo fue probablemente el final menos estresante que Krug podía esperar.

Roberts escudriñó el área en busca de alguien que pudiera haber alertado sobre el sonido del disparo, reprimido, pero no en silencio. Contaba con que la ráfaga baja y rápida sería desestimada por cualquiera que la escuchara. Después de sesenta segundos de silencio, se sintió seguro de que su presencia pasaba desapercibida. Ninguna huella en el arma, el silenciador o las balas ofrecería evidencia en su contra. Lo había manejado solo con guantes. Las partes imposibles de rastrear habían sido incautadas de la escena del crimen dos años antes.

El número de serie confirmaría que el arma fue robada anteriormente. Sin forma de rastrearlo, colocó el arma en la espalda de Krug.

Roberts corrió hacia el carro, se cambió los guantes y sacó una pequeña bomba de la cajuela. La acercó al cadáver y pasó las manos de Krug por encima para transferir sus huellas. Lo selló cuidadosamente en una bolsa y lo dejó a un lado. Encontró las llaves de Krug en su bolsillo y las colocó en el suyo. Dejó su cartera en su lugar.

Levantó el capó de un carro para revelar un pequeño espacio que había despejado a principios de semana. Gruñó mientras luchaba por forzar el cuerpo de Krug hacia el espacio, arrojando el arma caída encima de él. Después de volver a colocar el capó del carro sobre la tosca tumba de Krug, barrió el suelo con el pie para borrar la evidencia de haber arrastrado el cuerpo. Roberts echó un vistazo a su reloj y notó que había tardado menos de siete minutos en matar a Krug y deshacerse temporalmente de su cuerpo. Tenía mucho que hacer esta noche, pero estaba a tiempo.

Conducía con normalidad y se dirigía a su almacén en el sur de Las Vegas. Había rentado el edificio de 1,800 metros cuadrados hace dos meses con una identificación falsa y un disfraz. El propietario había estado feliz de hacer un trato en efectivo fuera de los libros por un contrato de renta de un año, y no existía documentación sobre el contrato. Lo más importante es que ninguna cámara de seguridad apuntaba al edificio ni a ninguna de las calles circundantes. Roberts abrió la puerta del almacén y entró.

El interior consistía en un gran espacio abierto con un solo baño y una oficina en la esquina trasera. Roberts se puso un par de guantes nuevos. Nunca había estado en el edificio sin guantes. Encendió las luces y reevaluó los ocho carros que llenaban el espacio, un camión de caja pintado como una réplica del camión del Escuadrón Antibombas y siete taxis amarillos que habían visto días mejores. Los había comprado en los últimos meses con dinero en efectivo y vestido con un disfraz, y ninguno de los carros estaba registrado. Placas de matrícula robadas adornaban sus parachoques abollados.

Se quitó con cuidado toda su ropa actual y la puso en una bolsa. Aunque la herida de Krug había sido bastante limpia, el rocío microscópico podría haber aterrizado en su ropa. Roberts se vistió con ropa limpia y colocó la bolsa en el camión para su posterior eliminación. Volvió a comprobar que estaba listo para el día siguiente. Satisfecho, cerró y se fue.

Manejó hasta una cuadra de la casa de Krug y estacionó su carro en un área oscura cerca de una casa en venta. Salió del carro vestido con su ropa oscura y con una mochila colgada al hombro. Caminó casualmente hacia el callejón detrás de la casa de Krug y entró rápidamente usando la llave de Krug. Abrió la mochila y usó sus lentes de visión nocturna para evitar encender las luces. Colocó la bomba sobre la mesa junto con las herramientas y suministros utilizados para ensamblarla, luego caminó con la bomba hasta la puerta principal, donde colocó el dispositivo. Se fue en silencio, cerrando la puerta tras de sí. Dejó caer las llaves y los guantes en desagües separados de camino a su carro.

Se sentó en el asiento del conductor y anotó mentalmente las tareas que había planeado cuidadosamente para esa noche. Satisfecho de haber completado todo, se dirigió a casa para una última tarea.

.   .   .

Bebió un largo trago de whisky mientras se preparaba para su último acto de la noche. Al igual que muchos policías, tenía un bate de béisbol junto a la puerta trasera por seguridad. Normalmente, le encantaba la sensación del bate en su mano. Había sido dueño de este durante más de treinta años, desde sus días en la secundaria. Tenía un valor sentimental y, hoy en día, jugaría un papel importante en su engaño. El primer paso fue hacer que pareciera un robo. Salió por la parte de atrás, cerró la puerta con llave y luego la empujó con el hombro. Fueron necesarios tres golpes progresivos y violentos antes de que la cerradura cediera y la puerta se abriera. La dejó entreabierta, una entrada forzada evidente.

Se puso los bóxers y la playera que normalmente usaba para ir a la cama y se aseguró de que todo estuviera guardado. Se sentó en el suelo de la sala con el bate a su lado. Respiró hondo y se ató una mordaza alrededor de la boca. Tomó las bridas de alta resistencia y aseguró una alrededor de su muñeca izquierda. La otra la dejó colgando por el momento.

Temía esta parte necesaria de su plan, y la había practicado mentalmente durante horas. El golpe tenía que ser lo suficientemente fuerte como para ser convincente, pero no lo suficientemente fuerte como para causar un daño real. Finalmente decidió la estrategia de vendarse los ojos primero y luego mover la cabeza hacia adelante mientras llevaba el bate hacia su cabeza. Respiró hondo unas cuantas veces y practicó algunos movimientos. Finalmente, con un rugido ahogado, lanzó la cabeza hacia adelante y el bate hacia atrás al mismo tiempo.

Su rugido se convirtió rápidamente en un grito cuando el bate impactó en su cráneo. El dolor estalló y destellos en sus ojos a pesar de la venda. La sangre manaba de su cabeza y empapaba la venda, mientras el mareo lo hacía caer de lado. A ciegas, buscó la pesada mesa de centro y deslizó las manos en la pesada abertura metálica de una de las patas, buscó a tientas la brida y logró asegurar su mano derecha en la brida restante. Se desplomó en el suelo y se desmayó, preguntándose si se había golpeado la cabeza demasiado fuerte.

.   .   .

Se despertó un tiempo desconocido después, el dolor en su cabeza superaba el creciente dolor en su cuerpo por su posición incómoda en el suelo. Aliviado de estar vivo, esperaba que lo encontraran pronto. Necesitaba cumplir con el cronograma. La niebla en su mente se disipó lentamente y revisó todo lo que tenía que suceder para que su plan funcionara.

Finalmente, escuchó que llamaban a la puerta y que la gente lo llamaba por su nombre. Se relajó en la quietud y fingió estar desmayado. Al no obtener respuesta, oyó voces apagadas en la puerta, y luego silencio. Supuso que estaban revisando el perímetro, verificado, cuando oyó a la gente entrar por la puerta trasera rota. Mortalmente quieto, esperó.

Reconoció la voz de Stillman y lo siguió mientras despejaban la casa. Finalmente, Stillman se acercó a su lado, le quitó la mordaza y la venda de los ojos y trató de despertarlo. Roberts interpretó a la víctima indefensa, pero dio un pequeño y genuino grito cuando sus ojos quedaron expuestos a la luz después de haber estado con los ojos vendados durante tanto tiempo. Stillman lo sacudió suavemente e hizo la pregunta que Roberts sabía que vendría.

—¿Quién te hizo esto?

Roberts contuvo una sonrisa mientras murmuraba:

—Krug.

Roberts se animó progresivamente durante su breve estadía en el hospital y se sintió aliviado al descubrir que no se había dañado gravemente con el bate de béisbol. Realmente le dolía, y tuvo una conmoción cerebral, pero era funcional. Al ser dado de alta, se sintió lo suficientemente bien como para irse a casa, pero lo suficientemente dolorido como para requerir un descanso prolongado. Con los analgésicos, se esperaba que durmiera toda la noche. Su coartada perfecta se solidificó.

.   .   .

Roberts le aseguró al oficial que lo llevó a su casa que estaba bien y entró. La escena del crimen había terminado su recopilación de pruebas. Una gran mancha de sangre permanecía en la alfombra de la sala de estar, pero alguien ya había reparado su puerta trasera. Siempre puedes contar con los policías para que se ocupen de los suyos. Roberts se rió para sí mismo, mientras imaginaba lo que pensarían si realmente lo supieran todo.

Roberts se miró en el espejo mientras su baño se calentaba. El trabajo de puntada era bueno, pero le dejaría una fea cicatriz en la frente, para recordarle a todos que él era una víctima de todo esto. Los moretones eran significativos y al menos un ojo morado estaba en su futuro. En definitiva, la lesión perfecta.

Se bañó, se metió en las sábanas y puso el despertador para dos horas después.

.   .   .

Se despertó a las cinco y recalentó unos espaguetis. Tiró dos de sus Vicodin por la basura. No creía que nadie lo comprobara, pero quería ser minucioso. Dejó su teléfono en casa, pero tenía el reenvío de mensajes configurado en un desechable en su bolsillo. El GPS de su teléfono principal lo mostraría en casa toda la noche, pero sabría si alguien intentaba comunicarse con él.

Se puso una cachucha de béisbol y cerró su casa, saliendo por la puerta trasera. Caminando casualmente, recorrió dos cuadras hasta un área de estacionamiento residencial para motocicletas. Cualquiera era libre de dejar una motocicleta en los espacios, y la mayoría siempre estaban ocupados. Su moto de diez años de antigüedad no llamó la atención, sin usar durante una semana, después de ser comprada por *dinero en efectivo en Craigslist. Esta era solo la segunda vez que usaba la moto.*

Manejó hasta el almacén y saludó con la cabeza a su equipo. Al igual que él, habían llegado en motocicletas imposibles de rastrear que pronto iban a ser abandonadas. Una emoción palpable electrizaba el aire mientras se preparaban para la velada. El plan llevaba meses gestándose y estaba a punto de dar sus frutos.

Timmy Lemkins, un líder sociópata de los seis hombres y un expolicía caído en desgracia, había sido expulsado de la fuerza policial de Las Vegas después de múltiples cargos de uso excesivo de la fuerza. Tenía hábitos caros de drogas y apuestas, y no tenía reparos en cómo ganaba dinero para mantener esos hábitos. Su mente y cuerpo infundidos con esteroides lo convirtieron en el peón perfecto en el juego de Roberts.

—¿Qué chingados te pasó en la cara? —preguntó Timmy.

—No te preocupes. Todo es parte del plan.

—Siento que no conozco todo el plan.

Roberts lo enfrentó:

—Todo lo que necesitan saber es que si tú y tus hombres siguen el plan, cada uno de ustedes va a tener alrededor de tres millones de dólares en la próxima hora. ¿Estamos bien?

—Estamos bien, por ahora, pero si nos jodes, te voy a enterrar yo mismo.

—No tengo ninguna duda. Carga. Tengo una cosa más que hacer.

Roberts sacó otro teléfono desechable de su bolsillo e hizo la llamada al 911 sobre las tres bombas en el centro de la ciudad.

El equipo cargó su equipo y revisó el plan y las contingencias una vez más, mientras Roberts monitoreaba el escáner de la policía. Cuando se emitió la llamada para evacuar el centro de la ciudad, ordenó a su equipo que se preparara para el viaje de doce minutos hasta el Mandalay Bay. Para cuando llegaron al centro de seguridad, el caos y el embotellamiento abrumaron el centro de la ciudad.

CAPÍTULO 36

Sábado, 9:37 p. m.

Roberts puso su brazo alrededor de los hombros de Rigetti, mientras sus hombres ataban y amordazaban rápidamente a los otros trabajadores.

—Sr. Rigetti, queremos entrar en esa bóveda, y eres una de las tres personas que pueden acceder a ella. Tenemos un horario apretado y queremos que abras esa bóveda sin hacer saltar ninguna alarma. ¿Puedes hacer eso por mí?

—¡Vete a la mierda!

—Tal vez esto te haga cambiar de opinión. —Roberts levantó un iPad y le mostró la pantalla—. Es posible que reconozcas a estas personas. Parece que tu esposa está leyendo cuentos nocturnos a tus dos hijos. Creo que la niña tiene cinco años y el niño tres, ¿verdad? Debes saber que al lado de esa cámara hay un bloque de C4 lo suficientemente fuerte como para hacer estallar a tu familia en pequeños pedazos. Así que, a menos que quieras que sus ataúdes estén llenos de bolsas de plástico, te sugiero que cooperes. Ahora, ¿estás listo para abrir la bóveda?

Rigetti, visiblemente conmocionado, asintió.

—Muy bien. Antes de irnos, necesito que inicies sesión en la computadora aquí, para que mi asociado pueda actualizar el sistema de seguridad.

Rigetti se sentó en la silla, ingresó su contraseña y confirmó el inicio de sesión con un escáner de retina. Uno de los matones de Roberts se sentó a su lado y se apoderó del teclado para subir un programa para borrar las imágenes grabadas de los últimos minutos. Otro miembro del equipo custodiaba a los empleados inmovilizados. El resto de los ladrones se reunieron detrás de Rigetti y Roberts.

—Recuerda, nada drama, o la familia explota. Camina tranquilamente hasta la bóveda, y nos habremos ido en diez minutos. Relájate, no es tu dinero.

Rigetti y los falsos miembros del Escuadrón Antibombas salieron de la sala de control y giraron a la derecha por un pasillo. En el elevador, Rigetti tecleó un código y volvió a escanear su ojo. El equipo entró en el elevador y se dirigió al piso inferior, saliendo a un vestíbulo que contenía la puerta de la bóveda y dos guardias armados.

Roberts avanzó hacia la bóveda.

—Escuadrón Antibombas. Creemos que puede haber un artefacto explosivo en la bóveda, y el Sr. Rigetti está aquí para abrirlo.

Ninguno de los guardias se percató de las pistolas eléctricas que los aturdieron. Se dejaron caer y rápidamente fueron atados y amordazados.

Roberts le entregó el iPad a Rigetti.

—Tienes treinta segundos para abrir esta puerta, o tu familia va a terminar dispersa por el césped.

Pulsó un botón y comenzó una cuenta atrás de treinta segundos. Rigetti se acercó a la puerta y colocó la palma de la mano sobre el lector y el ojo frente al escáner. Cuando ambos hicieron clic en verde, ingresó cuidadosamente doce dígitos en el teclado, que también se volvió verde. Las cerraduras se desengancharon con un estrépito.

Roberts detuvo la cuenta regresiva.

—Impresionante, todavía te quedaban seis segundos de sobra.

Roberts giró la rueda y tiró de la enorme puerta de acero con placas de titanio en su interior, abriéndola con facilidad y sin hacer ruido. Roberts y su equipo avanzaron y observaron la bóveda abierta.

. . .

En el centro de la ciudad, el área de diez cuadras que rodeaba la calle Fremont había degenerado en un caos total. La noticia de posibles bombas había provocado pánico, ya que la multitud se movía sin sentido en todas direcciones para evitar una amenaza no identificada. Los casinos de toda la ciudad trasladaron al personal de seguridad a los pisos principales para proteger sus activos.

Algunos alborotadores, impulsados por el alcohol, aprovech-aron la oportunidad para causar más caos. Estallaron peleas entre extraños que se empujaban entre sí, y otros extraños se unieron solo para probar la violencia. A los quince minutos de los primeros esfuerzos por despejar la zona, una velada ordenada y provechosa para los casinos se había convertido en una pesadilla de seguridad.

La policía se vio inundada con llamadas al 911, y las unidades a la vista trabajaron para separar a los combatientes. Las radios internas de la policía se vieron desbordadas con llamadas de auxilio. A regañadientes, el Jefe ordenó a todo el personal restante del centro de la ciudad con equipo antidisturbios que restaurara el orden y desviara el tráfico que se acercaba al centro. La carrera estaba terminando pronto, y nadie necesitaba cientos de miles de personas más en el centro.

. . .

A cinco vueltas del final, Hamilton tenía una cómoda ventaja de seis segundos sobre su compañero de equipo en Mercedes, George Russell, quien luchó por el segundo lugar con Charles LeClerc. Separados por menos de un segundo, intercambiaron posiciones en casi cada vuelta, a medida que la carrera se acercaba al final. Estaba completamente hipnotizado.

Lana, absorta también, pero con el drama que estaba desarrollándose en el centro de la ciudad, usaba su aplicación de escáner de la policía, mientras escaneaba las redes sociales en busca de los últimos detalles. Todos los medios de comunicación estaban en la carrera, y la única información que salía del centro era por las redes sociales. Videos y reportes de violencia inundaron Twitter, Instagram y Facebook. Lana documentó todo lo que pudo encontrar para su historia en desarrollo.

•   •   •

Estantes altos, robustos y de acero se alineaban en el perímetro de la bóveda cuadrada de diez metros con un techo de dos pisos. La pared izquierda contenía fichas de diferentes denominaciones, desde un dólar hasta $250,000 dólares. La parte trasera y la pared derecha organizaban el dinero en efectivo y las monedas, cuidadosamente empaquetadas en una envoltura retráctil.

—¿Dónde están los cientos? —preguntó Roberts.

Rigetti señaló la pared del fondo, y tres de los miembros del equipo avanzaron por la pared, abriendo sus bolsas de lona. El cuarto miembro ató a Rigetti y luego arrastró a los dos guardias a la bóveda. Roberts paseó por la bóveda, examinando su contenido.

El equipo transfirió fajos de billetes de cien a sus bolsas. Los billetes, envueltos en grupos de $10,000 dólares, contenían cien billetes nuevos cada uno. Un millón de dólares consistía en un fajo de $10,000 billetes de cien dólares, pesaba unos 10 kilos y medía 110 centímetros de alto. Apilados cuidadosamente, cada bolsa podía contener unos 3.5 millones de dólares en efectivo, y habían traído ocho bolsas con la esperanza de sacar al menos 25 millones de dólares de la bóveda.

Mientras los hombres llenaban las bolsas y bromeaban entre ellos, Roberts buscó hasta que finalmente encontró cuatro maletines de cuero bordados con el sello de China en un estante inferior del lado izquierdo.

No tenían cerraduras, ya que nadie se atrevería a tocar las joyas que pertenecían a un importante representante del gobierno chino.

Roberts abrió la primera caja para ver collares de diamantes, esmeraldas y otras joyas bellamente exhibidos. Vació las joyas en su mochila y abrió la siguiente caja, que contenía anillos, pulseras y pendientes. También los metió con avidez en su bolso. La siguiente caja contenía relojes, treinta y siete añadidos a su creciente alijo.

La última caja contenía pequeñas bolsas de terciopelo, cada una con un peso aproximado de medio kilo. Abrió uno, deslumbrado por el brillo de los diamantes. Se rumoreaba que Zhang, conocido por sus compras impulsivas de artículos caros como joyas y automóviles, viajaba con diamantes que usaba como pago para evitar el papeleo y los impuestos. Roberts sonrió, mientras imaginaba la cantidad de riqueza en este caso.

Diez bolsitas fueron a parar a su mochila. Se puso de pie e instó a los hombres a terminar. Ninguno se dio cuenta de que había cargado su propia mochila.

Cuando la última bolsa estuvo llena de dinero, uno de los hombres alargó la mano para tomar las fichas de $100,000 dólares. Roberts la apartó.

—Esas cosas tienen microchips. Pueden rastrearlos. Tomamos solo el efectivo y nos vamos. ¿Están listos?

Cada hombre, lleno de adrenalina, levantó dos bolsas de 34 kilos cada una y las llevó al vestíbulo de la bóveda. Roberts miró con pesar todo el dinero que dejaban atrás, pero era demasiado pesado y voluminoso para llevarlo.

Rigetti y los guardias lo evaluaron ansiosamente, mientras se dirigía a la puerta de la bóveda. Roberts se encogió de hombros y dijo con naturalidad:

—Lo siento, así es como tiene que ser. Por si sirve de algo, tu familia está a salvo.

Entonces quitó el seguro de tres granadas, las arrojó a la bóveda y cerró la puerta. Tras tres ráfagas silenciosas, Roberts olvidó por completo el aspecto que tenía ahora el interior de la bóveda mientras subían al elevador.

En la sala de control, su hacker confirmó que había desactivado las cámaras y borrado todas las imágenes hasta el momento de su llegada, incluidas las imágenes de la nube. No existían imágenes de su llegada o partida. Roberts asintió con la cabeza a Lemkins, y sus ojos se iluminaron mientras sacaba su pistola, colocaba el silenciador y avanzaba hacia los diez empleados asustados. Metódicamente disparó a cada uno tres veces, dos en el pecho y una en la cabeza. Cuando uno de ellos trató de darse la vuelta, lo hizo rodar tranquilamente sobre su espalda y le disparó en el pecho. Volvió a cargar tranquilamente su Glock después del decimoquinto disparo. Roberts se estremeció al ver la ola de asesinatos del psicópata. Cuando terminó, arrojó casualmente el arma en la parte superior de la pila.

Los hombres se pusieron los cascos y marcharon hacia su camión. Cargaron las ocho bolsas en la parte trasera y se alejaron rápidamente. Llevaban un total de dieciséis minutos en el hotel.

·   ·   ·

—Lewis Hamilton toma la bandera a cuadros por 110ª vez en su carrera. La batalla por el segundo puesto se reducirá a la última curva, pero es Russell superando a LeClerc por las dos últimas posiciones del podio. ¡Qué carrera! ¡Gracias, Las Vegas por una noche inolvidable! —dijo el locutor.

Me puse de pie y aplaudí junto con los demás en nuestra suite y con cientos de miles de personas que se alineaban a lo largo del circuito. Los vítores sonaron durante la vuelta de enfriamiento de los pilotos, y luego fueron en aumento a medida que entraban en el pit lane y descendían de sus carros.

Me volví hacia Lana, que seguía sentada en el fondo de la habitación, garabateando apresuradamente en su cuaderno.

—Te perdiste un gran final —dije.

—Absorbí la emoción a través de toda la testosterona que impregnaba la habitación. Mira esto. El centro parece una zona de guerra.

Me acercó su teléfono y me mostró videos de multitudes corriendo por las calles, peleas ocasionales y el inevitable vandalismo de al menos un carro de policía.

—Se parece a los disturbios de Los Ángeles de hace años —señalé.

—Todavía no está tan mal, pero los policías se están preparando para entrar con equipo antidisturbios completo. Han cerrado todas las calles entre aquí y el centro de la ciudad para evitar que nadie más entre en la zona. Es una anarquía total.

—¿Estalló alguna bomba?

—Todavía no hay nada en el escáner.

—Tenemos que llevarte de vuelta al hotel, y yo tengo que ir a urgencias.

—Pensé que hoy era tu día de descanso.

—Lo es, pero están a punto de verse inundados de heridos, incluso peor si explotan las bombas.

—¿Podemos llegar al hotel?

—Hay alrededor de un cuarto de millón de personas entre nosotros y el Bellagio, pero podemos lograrlo. Tienes que quedarte en el hotel esta noche. Las calles no van a ser seguras.

—¿Y tú?

—Tengo a Banshee.

·   ·   ·

A diferencia del centro y a lo largo de la Avenida Strip, el tráfico todavía se movía hacia el sur del hotel. Tras un viaje de regreso sin incidentes, volvieron a esconder el camión en el almacén. El viaje solo les había llevado dieciséis minutos, y el escáner policial no indicaba que tuvieran conocimiento del robo.

—¡Dense prisa! Quítense todo el equipo y súbanlo al camión. No se quiten los guantes. Todos agarren una bolsa. ¡Vamos! —ordenó Roberts.

Bromeaban mientras se cambiaban y discutían sobre qué bolsa contenía más dinero. Finalmente, los seis hombres estaban vestidos con ropa normal y una bolsa a sus pies.

—Permítanme recalcárselo una vez más. Manténganse discre-tos. Nada de compras ostentosas. Nada de historias de borrachos. No vayan de fiesta. Mi agente los va a contactar a cada uno de ustedes en un mes para ayudarlos a lavar el dinero. Cada uno tiene más de tres millones de dólares en efectivo. No van a poder gastarlos si los atrapan. Si atrapan a alguien, guarden silencio y asuman la respon-sabilidad. Si alguien habla, todos sus seres queridos mueren, y voy a encontrar la manera de que su muerte dure lo más posible. Cada uno tiene un taxi que manejar. Nadie los va a notar. Salimos uno a la vez, y ustedes se dirigen a su zona designada y van a cambiarse a su segundo carro. Los taxis están limpios. Dejen los vidrios abajo y las llaves puestas. Con un poco de suerte, se los roban mañana. Carro número uno, ¡en marcha!

CAPÍTULO 37

Sábado, 10:14 p. m.

Tina Wright se había unido a la seguridad del Mandalay Bay cuatro meses antes después de un período de siete años en el ejército.

Centrada en ayudar a los huéspedes borrachos a llegar a sus habitaciones de manera segura, el ritmo relajado de su trabajo fue un cambio refrescante de su tiempo en el ejército, particularmente los dos años que había pasado en Afganistán. Su experiencia en el teatro de operaciones le había enseñado a reconocer posibles problemas. Siempre alerta a su entorno, Tina mitigó los problemas antes de que se agravaran, razón por la cual fue la primera agente en sospechar de un problema.

—¿Por qué demonios no responden? —le preguntó a su pareja, Johnny Lanier, quien tendía a comportarse exactamente como su opuesto.

Exatleta universitario, la superaba en unos 70 kilos. Si bien tenía ventaja de tamaño, le faltaba motivación. A Johnny le gustaba hacer lo mínimo para sobrevivir en su turno. Si bien su corpulencia podía ser útil para intimidar a la gente, la mayoría del tiempo solo ocupaba espacio.

—No lo sé. No me importa —respondió Johnny.

Su eslogan podría ser su epitafio.

«Aquí yace Johnny. Él no lo sabía, y no le importaba».

Tina apretó los puños con frustración.

—Deberían estar respondiendo. Voy a ir a verlos.

Johnny se encogió de hombros y volvió su expresión vidriosa hacia la multitud en el piso del casino. Tina se enfureció por dentro ante su indiferencia, que en su experiencia, hizo que mataran a la gente. Lo dejó y se dirigió a una puerta sin marcar en la periferia del casino. Su placa accedió al pasillo seguro y corrió hacia el centro de seguridad. Dobló la última esquina y se detuvo.

La puerta del centro de seguridad, sin vigilancia, la alarmó. Buscó en vano un arma que no estaba allí. El personal de seguridad no solía llevar armas en el casino, un sacrificio para ella. Una 9 mm había sido su fiel compañera en el ejército. Se acercó a la puerta y la encontró cerrada. Su placa no le permitía acceder a la habitación, así que llamó. Al no obtener respuesta, golpeó con más fuerza y gritó, pero solo recibió silencio.

Hizo clic en su radio.

—Wright llamando al supervisor de planta.

—Aquí el supervisor.

—Señor, estoy en el centro de seguridad, y no hay ningún guardia afuera, y nadie responde a mi golpe en la puerta.

—Voy para allá.

Tina caminaba impotente, mientras esperaba al supervisor. Varios miembros de seguridad, alertados por su llamada de radio, llegaron. Nick Pasterno, el supervisor nocturno y un líder competen-te, se abrió paso hacia la puerta.

Abrió la puerta y dio un paso en la habitación antes de exclamar:

—¡Oh, mierda!

Tina miró a su alrededor y vio cadáveres apilados en un rincón. De nuevo, echó mano de su pistola inexistente mientras examinaba la habitación en busca de amenazas. Al no ver ninguna, avanzó rápidamente para ayudar a los supervivientes. Al igual que todo el personal del ejército en zonas de guerra activa, conocía los primeros auxilios básicos y que la atención médica inmediata aumentaba las probabilidades de supervivencia. Se dio cuenta de que ninguna cantidad de tecnología médica podía ayudar. Todos habían sido asesinados profesionalmente.

Pasterno recuperó el control y ordenó a sus oficiales que accedieran a los videos de seguridad para ver qué había sucedido y que entregaran armas de fuego a todos los oficiales calificados. El centro de seguridad proporcionó una pequeña armería, y Tina adquirió rápidamente una Glock de 9 mm.

Pasterno siguió tratando de comunicarse con Rigetti y ordenó a los oficiales que lo buscaran en todo el casino.

—Señor, Rigetti tiene acceso a la bóveda, ¿no es así? —preguntó Tina.

—¡Mierda! Consíganme un video de la bóveda —ordenó Pasterno.

Un agente hizo clic en diferentes imágenes, luego puso una cámara de la bóveda y amplió la imagen. Todos se acercaron para comprender lo que veían. La imagen borrosa mostraba polvo y escombros flotando frente al lente de la cámara. Los estantes estaban intactos, pero se alzaban sobre una gran pila de escombros esparcidos por el suelo.

—Señor, creo que ya encontramos a Rigetti —Tina señaló un objeto en la esquina inferior del encuadre—. Si no me equivoco, eso es un brazo.

Las implicaciones provocaron una serie de jadeos de los oficiales reunidos, y uno de ellos vomitó violentamente en un bote de basura.

—Santa mierda —suspiró Pasterno.

Llamó al 911 y luego a los dueños del casino.

· · ·

Roberts envió cada taxi fuera del almacén a intervalos de un minuto. Cada uno tenía una ruta planificada diferente y se dispersaron muy bien. Roberts miró las dos bolsas restantes de siete millones de dólares en efectivo. Sería una lástima dejarlo, pero recién salidos del banco central, los números de serie eran secuenciales. Los números de serie faltantes estarían en el sistema por la mañana, y cualquier intento de usarlos sería detectado. El dinero era inútil, al igual que los imbéciles que se alejaban en los taxis. Los había necesitado, pero sabía que no iban a lograr pasar desapercibidos y mantener la boca cerrada, un riesgo intolerable.

Sacó un teléfono desechable de su bolsillo y envió un mensaje de texto con la palabra «bum» a seis teléfonos diferentes.

Timmy Lemkins, en su taxi en la circunvalación de Bruce Woodbury rumbo a Summerlin, donde iba a cambiar su carro, sostenía un fajo de billetes de 100 dólares que besaba, mientras cantaba alto y mal una canción de country en la radio. Reprodujo mentalmente la emoción del robo y los asesinatos, cuando el mensaje de texto llegó al dispositivo escondido debajo de su asiento. La bomba de Roberts detonó perfectamente. En un momento Timmy cantaba sobre un perro que recuperaba una cerveza y, al siguiente, dejaba de existir.

La fuerza explosiva hizo estallar el techo del taxi y el cuerpo de Timmy salió disparado hacia arriba en mil pedazos diminutos. Su cabeza permaneció prácticamente intacta, arrojada a 60 metros de la explosión. Si bien muchos de los billetes se desintegraron, muchos llovieron en el lugar. Un conductor de Uber captó la explosión en una cámara de tablero tres autos atrás y rápidamente se volvió viral.

Al otro lado de Las Vegas, los otros cinco autos explotaron de manera similar, dejando a los conductores no identificados y confeti en efectivo. El tráfico se detuvo, mientras la gente se detenía para recoger el dinero que llovía del cielo. Los videos de cada escena se subieron a las redes sociales, creando más caos en la ciudad. El desbordado sistema 911 solo pudo ofrecer ayuda retrasada para los transeúntes heridos en las explosiones.

Roberts sonrió, mientras escuchaba el escáner de la policía. Momentos después, los robos y asesinatos en el Mandalay Bay dominaron las conversaciones a través del escáner. Con la evacuación del centro de la ciudad, el final de la carrera, los autos que explotaron y la violencia en el Mandalay Bay, el caos gobernó Las Vegas y paralizó el transporte. Roberts tenía un plan más para aumentar la confusión.

.   .   .

Lana y yo nos abrimos paso entre la multitud hasta el Bellagio. La multitud, ya de por sí emocionada por la carrera, se enteró de los problemas en el centro de la ciudad, mientras revisaban sus teléfonos, y la ansiedad creció.

Banshee me saludó con un beso cuando entré en la habitación.

—Eres un buen chico. ¿Te gustó la carrera?

Agitó su cola vigorosamente.

—Bueno, prepárate. Tenemos otra aventura esta noche.

—¿Crees que es una buena idea volver a salir? —preguntó Lana.

—En realidad no, pero es probable que urgencias ya esté desbordada. Sin duda agradecería la ayuda extra si estuviera trabajando.

Cargué mi mochila con uniformes limpios, mi estetoscopio y mi identificación. Incluí un bastón extensible, ya que el hospital había prohibido las armas.

—¿Esperas problemas? —preguntó Lana.

—Siempre. De esa manera, no me sorprendo ni estoy desprevenido. ¿Qué vas a hacer?

—Quedarme aquí y construir una historia cohesiva a partir de este caos. —Hizo una pausa, mientras su escáner se iluminaba de nuevo con llamadas frenéticas—. Nuevo plan. Me dirijo al Mandalay Bay.

—¿Qué está pasando en Mandalay? —pregunté, mientras me ataba los tenis para correr y recogía el chaleco de Banshee.

—Parece que un grupo robó el casino y mató a un montón de gente —dijo, mientras se apresuraba a recoger sus cosas.

—Hijos de la chingada, es brillante.

—¿Qué?

—Todo esto se trataba de un robo. Acumuló la tensión para desviar a la policía al centro de la ciudad durante la carrera y luego fue al casino en el otro extremo de la Avenida Strip, seguro de que los policías iban a estar preocupados e incapaces de responder rápidamente. Krug es inteligente. Despiadado, pero inteligente.

—¿De verdad crees que Krug creó todo este lío para robar el casino?

—Piénsalo. Sabe cómo construir bombas y tenía acceso al material. Necesitaba el dinero con urgencia. Sabía exactamente cómo reaccionaría la policía. No solo entras y robas un casino de Las Vegas, pero es mucho más fácil si el centro de la ciudad está alborotado y la Avenida Strip está paralizada por la carrera. Te quiero. Ten cuidado ahí fuera.

Le di un beso rápido y llevé a Banshee. A más de cuatro kilómetros del hospital, las carreteras estaban cerradas, pero Banshee y yo pudimos correr hasta allí en menos de treinta minutos.

·   ·   ·

El cuartel general de la policía tenía el centro de operaciones de urgencias con todo el personal. La información evolucionó rápidamente, pero se fusionó en una imagen coherente.

— Analicemos esto en secciones prácticas. ¿Qué está pasando en el centro? —aclaró el Jefe.

Resumió un Subjefe.

—No hay reportes de explosiones en el centro de la ciudad. Las unidades a la vista están controlando las calles, y los casinos reportan solo disturbios leves en este momento.

—¿Todos están de acuerdo en que las amenazas en el centro de la ciudad fueron solo una distracción?

Una serie de asentimientos y «sí, señor» vinieron del equipo.

—Bien. Difundan un mensaje a los casinos indicando que las amenazas de bomba probablemente fueron una distracción y que no se espera más peligro. Abran las calles para permitir la actividad normal en el centro. Mantengan una fuerte presencia, pero debemos permitir que los aficionados a las carreras regresen a sus hoteles. Que alguien difunda en redes sociales que el centro es seguro y que la amenaza está neutralizada.

—Señor, puede salirnos el tiro por la culata si explota una bomba allí —advirtió uno de sus ayudantes.

—Anotado. Para que conste, la decisión es mía. A este viejo le han salido muchos tiros por la culata. Ahora mismo, el pánico está causando más daño a más gente que el bombardero. ¿Cuántos heridos hay?

—Desconocido. Muchas peleas y caídas, así que las salas de urgencias estarán saturadas de cortes y fracturas. Tenemos un informe de un infarto y otro de una mujer que entro el labor antes de tiempo. Los estamos trasladando a hospitales lo antes posible.

—Está bien. ¿Cómo está la Avenida Strip?

—Relativamente bien. Todavía tenemos un desbordamiento de gente, y esperamos que la fiesta dure hasta el amanecer, pero no hay actividad inusual.

—No estoy seguro de la última vez que alguien informó que la Avenida Strip era la parte menos caótica de Las Vegas —observó el Jefe con una leve carcajada.

—¿Qué hay de nuevo en Mandalay?

—No es bueno, señor. Todo el equipo de diez personas en su centro de seguridad fue atado, amordazado y ejecutado profesionalmente con dos en el pecho y uno en la cabeza. Alguien hackeó su sistema y borró todas las cámaras en el momento del robo. El sistema funciona bien, ahora, pero no tenemos imágenes de la hora en cuestión. Mandalay está trabajando en ello, pero no tienen esperanzas de poder recuperar las imágenes.

—¿Y la bóveda?

—Una cámara todavía funciona en la bóveda y muestra evidencia de una explosión y de al menos un cuerpo allí. Suponemos que es su Jefe de seguridad, ya que nadie ha podido encontrarlo, y es una de las tres personas con acceso a la bóveda.

—¿Cuándo vamos a poder abrir esa puerta?

—Debe ser pronto. El dueño del casino está de regreso al hotel de la carrera.

—¿Estamos seguros de que se trata de un robo?

—Tenemos informes tempranos de que un camión del Escuadrón Antibombas y oficiales estaban en el lugar en el momento del incidente.

Ninguno de nuestros oficiales estaba cerca de Mandalay en ese momento. También hay informes no confirmados de oficiales que abandonaron el edificio con grandes bolsas de lona.

—¿Podría Krug haber hecho esto?

—Él conoce nuestros procedimientos y cómo acceder a los casinos. Todos nuestros chicos de bombas lo hacen. Él podía hacerlo.

—¿Están Roland y Stillman en el lugar?

—Sí, señor. Llegaron hace algunos minutos.

—¿Y el casino sigue funcionando con normalidad?

—Sí, señor. Afortunadamente, la violencia fue contenida en la zona segura del edificio. Nos hicimos cargo de la entrada VIP y el estacionamiento y hemos cerrado esa parte del edificio. Mandalay está trabajando con sus casinos hermanos para mover efectivo y fichas si es necesario.

El Jefe se frotó los ojos, mientras se reclinaba en su silla.

—¿Algo más que necesite saber?

—Algunos carros están ardiendo por la ciudad, probablemente como parte de la celebración. El departamento de bomberos se está encargando de eso.

—Muy bien, gente. Concentrémonos en restaurar el orden en el centro de la ciudad, dispersar a las multitudes de la carrera de manera segura y concentrémonos en Mandalay. Necesitamos saber qué se llevó, y necesitamos que Krug esté bajo custodia. Vamos.

CAPÍTULO 38

Sábado, 10:22 p. m.

Roberts se marchó con su mochila llena de joyas. El camión en su almacén contenía todo lo relacionado con el robo. A dos cuadras de distancia, envió un mensaje de texto a otro teléfono desechable, y tres granadas de termita explotaron en el almacén. Ardieron a más de cinco mil grados, incinerando el camión y su contenido.

Solo un «bum» sorprendentemente silencioso confirmó que las granadas habían explotado. Esperó un minuto entero para que el camión quedara reducido a escoria de metal fundido y envió su último mensaje de la noche. El C4 restante, distribuido por todo el almacén, detonó con un rugido e iluminó el cielo nocturno.

Roberts sonrió mientras miraba la camioneta que había estacionado en un lote industrial cercano. Con guantes, la manejó a cinco cuadras de su casa y la dejó en un centro comercial con las ventanas bajadas y las llaves en el encendido, probablemente robado por la mañana. Roberts silbó en voz baja para sí mismo, mientras caminaba a casa, sin siquiera darse cuenta del peso de la mochila.

· · · ·

Obligados a usar las calles laterales hacia el oeste para evitar el tráfico de la carrera, Roland y Stillman finalmente llegaron a la entrada del Mandalay Bay después de un viaje frustrante desde el centro de la ciudad. Nick Pasterno se reunió con ellos fuera del centro de seguridad.

—Soy el Jefe de Seguridad Interino en este momento. Creemos que Rigetti está entre los muertos —explicó.

—¿Qué tenemos? —preguntó Roland mientras se ponían los guantes y cubrecalzado.

—Nada bueno.

Nick abrió paso hacia el centro de seguridad, donde tres hombres trabajaban en las computadoras.

—¿Qué están haciendo? —preguntó Stillman.

—Uno de ellos está transfiriendo los sistemas de seguridad a nuestro sitio de respaldo. Debería terminar en unos minutos. Los otros dos intentan averiguar qué les hizo su gente a nuestros sistemas. Ahora mismo, todas las imágenes están borradas irremediablemente.

—Pueden quedarse, pero solo en sus puestos. Nadie más entra hasta que el equipo de escena del crimen haya despejado el área, y no hace falta que les diga que eso va a llevar un tiempo —dijo Stillman, mientras se estremecía ante la pila de cuerpos y sangre en la esquina de la habitación—. No podemos hacer nada más aquí. ¿Cuándo podremos acceder a la bóveda?

—El Sr. Hedenfeld debería estar aquí en cualquier momento.

Charles Hedenfeld III, el más exitoso de los Hedenfeld, ganó sus primeros mil millones a la edad de cuarenta años. A sus sesenta y tres años, su imperio había crecido hasta superar los quince mil millones de dólares. El Mandalay Bay era una posesión preciada.

En el elevador de la bóveda, se pusieron cubrecalzado y guantes limpios antes de entrar. El vestíbulo de la bóveda parecía anodino, sin daños evidentes.

—Aquí siempre hay dos guardias armados. Los hombres que estaban de turno en el momento del robo están desaparecidos y se presume que están en la bóveda.

—¿Cómo se accede exactamente a la bóveda? —preguntó Stillman.

—Está protegido por un escáner de retina, una huella de la palma de la mano y un código digital. El escáner de retina y la huella de la palma de la mano analizan la temperatura corporal y el pulso, por lo que el truco de la televisión de cortar la mano o el ojo no funciona.

—¿Quién tiene acceso?

—Solo el Sr. Rigetti, nuestro Jefe de Seguridad, el Sr. Hedenfeld, y el Jefe de Seguridad de nuestro casino hermano.

—Roger, tenemos que conseguir huellas de esas zonas antes de que el Sr. Hedenfeld acceda a ellas —dijo Roland.

Stillman llamó para que enviaran a un técnico especializado en criminalística a la bóveda. Esperaban con impaciencia cuando llegó el Sr. Hedenfeld, flanqueado por cuatro guardias de seguridad personal. Ignoró a los demás y llegó rápidamente a la puerta de la bóveda. Roland se paró frente a él y levantó la mano para detenerlo.

Hedenfeld retrocedió sorprendido. Hacía años que nadie impedía su progreso y nunca en una de sus propiedades.

—¿Quién eres y por qué estás aquí? —preguntó, elevándose unos diez centímetros por encima de ella.

Sus guardias se acercaron. Roland se mantuvo firme.

—Soy la Detective Roland, y éste es el Detective Stillman. Estamos supervisando la investigación. Esta es la escena de un crimen, y necesitamos imprimir esas superficies antes de que las toque.

—Esa es mi bóveda, que contiene artículos de gran valor. Entraré cuando me plazca.

Trató de pasar junto a ella, pero Roland lo bloqueó con su brazo.

—Señor, nuestro técnico está en camino y va a estar listo en solo unos minutos. Entiendo sus ganas de entrar. Nosotros también tenemos que entrar allí, pero solo tenemos una oportunidad de reunir estas pruebas. Si quiere que averigüemos quién hizo esto, confíe en nosotros.

Hedenfeld dio un paso atrás.

—Perdóname. La noticia de un ataque a mi hotel ha sido muy estresante. Entiendo que hay una pérdida significativa de vidas.

—Sí, señor. Diez miembros de su equipo de seguridad han fallecido en el piso de arriba, y es posible que haya más dentro de la bóveda.

—Lo vamos a hacer a su manera, pero entiendan que no tolero el fracaso. Vas a encontrar a los hombres que atacaron mi hotel y mataron a mi equipo.

Se acercó a una esquina para hablar con su equipo de seguridad en voz baja.

El técnico llegó, levantó las huellas y tomó muestras de ADN en las superficies necesarias para ingresar a la bóveda. Más adelante se llevaría a cabo un examen completo de la zona.

Hedenfeld se quitó el guante, colocó la palma de la mano sobre el lector y centró su ojo en la cámara. Se encendieron las luces verdes e ingresó su código de doce dígitos. Con un golpe, las cerraduras se desengancharon.

Stillman les pidió que dieran un paso atrás, mientras abría la enorme puerta. A pesar de la explosión anterior, la puerta se deslizó fácilmente en silencio. Los escombros y el polvo cubrían la habitación. Billetes esparcidos, fichas y recipientes estaban cubiertos con trozos de sangre y tejidos blandos.

Hedenfeld dio un paso al frente.

—Déjame entrar.

—Nadie va a entrar allí hasta que nuestro equipo haya reunido las pruebas —replicó Stillman.

—Exijo verlo.

—Por favor, no entre.

Hedenfeld se abrió paso hasta la entrada y examinó la bóveda. Su ira se transformó en horror, cuando se dio cuenta de que el líquido espeso salpicado sobre todo eran pedazos de gente. Palideció y se volteó para vomitar en el suelo del vestíbulo.

—Déjenos hacer nuestro trabajo, señor. Una vez que tengamos todo recogido, su equipo puede entrar allí.

Hedenfeld se secó las comisuras de la boca con un pañuelo.

—Muy bien. Haga su trabajo, Detective. Encuentra a los hom-bres que hicieron esto. —Hizo un gesto a uno de sus guardias—. Josef, uno de ustedes debe estar aquí en todo momento hasta que tengamos un recuento completo de lo que falta en esa bóveda.

Se dio la vuelta y se marchó con los tres guardias que le quedaban.

Roland miró a Stillman.

—Va a ser una noche larga. Empecemos.

.   .   .

El Sr. Zhang regresó al hotel para cambiarse después de las ceremonias de la carrera.

—Lo siento, señor. Hay un problema con el estacionamiento. Tendremos que usar la entrada principal —dijo su conductor.

El multimillonario lo ignoró, mientras contemplaba sus planes para la noche. Su seguridad formó un estrecho cordón a su alrededor y despejó el camino hacia un elevador que lo esperaba. Finalmente, en su habitación, su ayudante tenía varios trajes preparados para él. El Sr. Zhang eligió una camisa de seda roja para combinar con su saco y pantalones oscuros.

—¿Dónde están mis relojes? Deseo cambiarme para la noche.

—Lo siento, señor. El hotel tiene un bloqueo de seguridad y no puede acceder a la bóveda en este momento.

El Sr. Zhang le hizo señas para que se fuera.

—Por favor, asegúrate de que el hotel esté al tanto de mi disgusto.

El multimillonario volvió a ponerse su Rolex y se concentró en la noche que tenía por delante. Le quedaban siete horas para el amanecer y planeaba disfrutar de cada una de ellas.

.   .   .

Lana se abrió paso entre la bulliciosa multitud hasta el Mandalay Bay. Esperaba encontrar una gran presencia policial, pero todo parecía normal en el exterior del edificio. Los clientes entraban y salían, riéndose demasiado fuerte de las historias que solo ellos encontraban divertidas. Los ebrios regresaron a trompicones a sus habitaciones, mientras que el público más joven apenas comenzaba la noche.

Todas las mesas del abarrotado casino estaban llenas de jugadores, que alternativamente se jactaban de su suerte o la maldecían. Los asistentes a las bebidas se abrieron paso entre la multitud con bandejas cargadas de bebidas de colores. Mantener a los clientes borrachos con bajas inhibiciones parecía una estrategia de marketing de casino efectiva.

Lana, atenta a cualquier cosa fuera de lo común, finalmente vio lo que había estado frente a ella todo el tiempo. Muchos más miembros del personal de seguridad del casino ocuparon el piso. Vestidos con trajes oscuros, se mezclaban con el fondo y se parecían más a los asistentes de piso que a la seguridad. Por lo general, discretos, incluso aburridos, daban instrucciones y calmaban a los borrachos beligerantes ocasionales. Este grupo mucho más grande y vigilante estaba decidido a no perderse nada.

Buscó a un buen prospecto que probablemente hablara con ella, eligiendo a una mujer menuda que estaba sola para vigilar una puerta sin marcar.

—Disculpa, ¿eres de seguridad?

—Sí, señora. ¿En qué puedo ayudarte?

—Mi nombre es Lana Hearns. Soy un periodista independiente tratando de obtener más información sobre el incidente que ocurrió aquí esta noche.

Los ojos de la guardia se volvieron fríos y miraron hacia otro lado.

—No hay incidentes aquí esta noche, señora.

Lana levantó su teléfono con la aplicación del escáner abierta.

—Está en todas las radios de la policía. Ha habido algunos asesinatos del equipo de seguridad y un posible robo. Solo estoy tratando de hacer llegar los hechos al público.

La mirada helada se centró en ella.

—¿Quiere sensacionalizar esto o informar sobre los hechos?

—Solo hechos. Las cabezas parlantes de la televisión se centrarán en el drama, pero yo informo noticias reales.

—¿Es extraoficial? Se supone que no debo hablar de esto.

—Sí, es extraoficial.

El guardia suspiró.

—Un grupo irrumpió en nuestro centro de seguridad y bóveda. Se presume que robaron la bóveda, pero aún no tenemos un recuento. En el proceso, asesinaron a trece miembros de nuestro equipo de seguridad.

Lana estaba triste y atónita.

—¿Trece? ¿Estás segura?

—Vi los cuerpos en el centro de seguridad. Diez de ellos con doble disparo en el pecho y uno en la cabeza, apilados como basura en un rincón.

—Eso es horrible.

—La bóveda es horrible. Se rumorea que detonaron un artefacto explosivo con personas encerradas allí.

—¿Creen que el bombardero de Las Vegas es el responsable?

—Lograron entrar con un camión del Escuadrón Antibombas y vistiendo uniformes del Escuadrón Antibombas, y volaron la bóveda. Lo más probable es que fuera nuestro bombardero. Es mejor que la policía los atrape antes que nosotros, o los chinos.

—¿Los chinos?

—Uno de sus multimillonarios se está quedando aquí y guardó sus joyas en esa bóveda. En el mejor de los casos, va a tener que limpiarlas. En el peor de los casos, desaparecieron. Escuche, tengo que volver a trabajar. Con suerte, esta información va a ser de ayuda para encontrar a esos cabrones.

—Yo también lo espero. Lo siento mucho por tus amigos. Si escuchas algo más, por favor llámame, extraoficialmente.

Le entregó una tarjeta, que la guardia se guardó en el bolsillo. Lana salió a buscar a un multimillonario.

· · ·

Llegué al hospital treinta y dos minutos después. No fue mi mejor tiempo, pero luchar entre la multitud me frenó. La sala de urgencias del hospital estaba abarrotada. Aunque muchos establecimientos bajaban el ritmo o cerraban cada noche, una sala de urgencias de Las Vegas jamás iba a ser uno de ellos. Pasé el control de seguridad con mi credencial hasta la enfermería.

—¿Qué demonios estás haciendo aquí? ¿Te apuñalaron de nuevo? —preguntó Jen.

—No, pensé que era un buen momento para revisar la herida y cambiar el vendaje.

Ella se burló con un destello de sonrisa.

—Pensé que te vendría bien un poco de ayuda. ¿Dónde me quieres?

—Si pudieras hacerte cargo de la sala de traumatismos menores y monitorear a los residentes, sería genial, muchas laceraciones y fracturas para atender.

—Déjame ponerme el uniforme, y Banshee y yo nos encargamos de los pacientes.

Jen sonrió, visiblemente aliviada, probablemente por primera vez esa noche.

—Gracias, Doc.

CAPÍTULO 39

Sábado, 11:24 p. m.

Roberts se recostó en su sofá en la oscuridad con una cerveza fría en la mano y con la mochila a su lado, mientras repasaba cada paso que había dado para llegar a este punto. Finalmente, se permitió una sonrisa relajada, no de alegría, sino de satisfacción. Había planeado un crimen perfecto y lo había ejecutado a la perfección.

La idea se originó en su infancia, que como muchos, había estado dominada por un padre abusivo y alcohólico. Había sido un ingeniero exitoso y respetado, pero un fracaso como padre. Sus primeras copas empezaban en el carro camino a casa y terminaban cuando se desmayaba por la noche. El vodka era su bebida preferida, pero la cerveza le bastaba.

Un hombre brillante, exigente en su atención al detalle, esperaba lo mismo de su único hijo. Exigía precisión en cada una de sus acciones, desde cómo hacía su cama hasta cómo colocaba sus utensilios en la mesa. El fracaso de cualquier tipo se abordaba con un sermón degradante. Su padre nunca levantó la voz, pero con calma le dijo a su hijo lo inútil que era y que no llegaría a nada. Más tarde ese mismo día, cuando el alcohol hizo efecto, puntuó sus insultos con bofetadas, patadas y puñetazos, nunca con ira, sino con ataques sin emociones necesarios para recalcar su punto.

El niño resultante había aprendido a disociar los sentimientos de las acciones. La violencia era esperada y necesaria para alcanzar un fin noble. En el caso de su padre, el noble fin era criar a un niño que respetara la atención al detalle y que, de paso, normalizara la violencia.

Roberts estaba impulsado por una perpetua incapacidad para complacer a su padre. No importaba lo bien que le fuera en la escuela, o lo limpia que estuviera su habitación, o lo perfecto que realizara las tareas, siempre fallaba en algún pequeño detalle que su padre acentuaba.

Para cuando se fue a la universidad, funcionaba como un sociópata organizado. Exteriormente, parecía ser otro estudiante universitario obsesivo y de alto rendimiento, abriéndose camino hacia la cima de su clase. Por dentro, se sentía vacío. Las emociones y las amistades eran irrelevantes en su jerarquía de necesidades. Quería concentrarse solo en completar sus proyectos.

Su clase de química de segundo año le gustaba mucho. La organización y la precisión de las moléculas le fascinaban. Siempre reaccionaban exactamente de la misma manera, y si se mezclaban en las proporciones adecuadas, reaccionaban de manera predecible. Se sumergió en este universo de precisión. La comprensión de que las reacciones exotérmicas creaban energía selló su elección de profesión. Dedicaría sus esfuerzos al dominio de los dispositivos que creaban reacciones exotérmicas, las bombas.

Con su concentración e inteligencia, una carrera en el Escuadrón Antibombas nunca estuvo en duda. Pasó fácilmente las pruebas. Cuando llegó el momento de la experiencia de la vida real de desactivar bombas, su capacidad para disociarse demostró ser su mayor fortaleza. Donde las mentes de los demás se nublaban de nerviosismo, Roberts se mantenía calmadamente agudo. Entendió la complejidad de cada dispositivo y lo que sucedería con cada decisión. La emoción no jugó ningún papel para él. Se hizo conocido como el desactivador más tranquilo del Escuadrón Antibombas, imperturbable sin importar la situación.

A pesar de su éxito y de su ascenso a la cima de su departamento, sabía que era un fracaso. Las palizas habían cesado, pero los sermones alimentados por el alcohol corrían en un bucle continuo en el fondo de su mente.

Roberts se dio cuenta de que su padre tenía razón. Aunque estaba en la cima de su juego, rara vez lo llamaban a una escena de bomba real, e incluso esos pocos presentaban dispositivos rudimen-tarios, indignos de su tiempo. Regularmente experimentaba con varios artefactos explosivos en el campo de tiro como parte de su entrenamiento, pero necesitaba hacer algo extraordinario que captara la atención del mundo.

Su idea estaba firmemente arraigada cuando se anunció la carrera de F1 en Las Vegas. Los medios de comunicación de todo el mundo se centrarían en la ciudad. Su primer pensamiento fue una bomba para interrumpir la carrera, seguro que llamaría la atención, pero sin sofisticación y sin complicaciones. Necesitaba algo más elegante de lo que se hablara durante cien años. Las Vegas simbolizaba el dinero y la codicia, pero nadie había robado con éxito un casino. Claro, algunos idiotas habían robado algunas fichas de una mesa, pero nadie había robado nunca una bóveda. Lo haría durante un evento deportivo de alto perfil que acogió a los objetivos más ricos.

Comenzó con la actualización de las comunicaciones a todos los casinos sobre la posibilidad de amenazas de bomba, una acción preventiva razonable en tiempos de terrorismo. Se reunió con los casinos más grandes y estableció planes para que su equipo respondiera rápidamente a tales amenazas. Revisó las fortalezas y debilidades de seguridad de cada hotel e hizo recomendaciones. Recopiló información y consolidó sus planes.

Ocho meses antes de la carrera, como parte de la revisión de seguridad, el Escuadrón Antibombas planeó proteger la asistencia del multimillonario chino a la carrera y su estadía en el Mandalay Bay. Roberts aprendió que normalmente viajaba con grandes cantidades de joyas y necesitaría espacio en la bóveda principal para almacenarlas. Roberts apuntó a las joyas. El dinero en efectivo era demasiado voluminoso y fácil de rastrear, pero las joyas robadas a un multimillonario chino serían recordadas durante siglos.

La laboriosa planificación se había hecho completamente en su cabeza sin nada escrito, y se aseguró de pagar todo en efectivo imposible de rastrear o bitcoin. Cuando tenía que reunirse con la gente, usaba elevadores de zapatos y un traje acolchado que agregaba siete centímetros y 20 kilos a su cuerpo, junto con maquillaje y anteojos. Ninguna de las personas que conoció pudo identificarlo.

Los grupos de supremacía racial, establecidos en Las Vegas y conocidos por su violencia, ofrecían una distracción conveniente. La policía acabaría por darse cuenta de la treta, por lo que Krug era un sacrificio necesario y perfectamente imputable. Perderían el tiempo buscándolo, mientras Roberts se movía libremente con una coartada perfecta.

Lemkins y su banda de inadaptados constituían su mayor riesgo, pero jugaron un papel clave, sus muertes eran una conclusión inevitable. Sus víctimas asesinadas y heridas no entraron en sus cálculos en absoluto. Lo único que importaba era el éxito del robo.

El único contratiempo había sido que la reportera llegara a Milly tan rápidamente, pero había planeado esa contingencia. La única parte infructuosa de la operación fue el fracaso en matar a la reportera en la presa, algo que su padre habría señalado con seguridad, pero ella ya no era relevante. El juego había terminado.

Roberts planeaba permanecer en la fuerza durante unos meses antes de retirarse, debido al estrés de la traición de Krug, y liquidar algunos de los diamantes libres para apoyar su retiro tranquilo en el Caribe. Las joyas permanecerían ocultas de forma segura, sin ser vistas por ningún otro ser humano. Escribiría su historia, compartiendo los detalles del crimen. Cuando muriera, su abogado enviaría copias por correo a los medios de comunicación, así como al FBI. Treinta años a partir de ahora, la historia del mayor robo sin resolver de todos los tiempos finalmente se compartiría, y el nombre de Roberts viviría hasta la eternidad.

CAPÍTULO 40

Sábado, 11:38 p. m.

Lana encontró las bulliciosas mesas de dados en el centro del casino, mientras los apostadores celebraban cada tirada ganadora de los dados. La mesa central albergaba a una pequeña multitud que observaba a un solo hombre jugando en la mitad de la mesa. Las cinco hermosas mujeres que lo vitoreaban y los cuatro guarda-espaldas que lo aislaban dejaban pocas dudas sobre su identidad principesca. Vestido con un saco de seda y una camisa de cuello abierto, se concentró maniáticamente en el juego.

Fascinada, Lana lo observó tirar los dados y hacer sus apuestas mecánicamente, pareciendo no recibir ni placer de las grandes victorias ni tristeza de las pérdidas. Esperó una pausa en la acción para llamarlo.

—Sr. Zhang, ¿tiene algún comentario sobre el robo de la bóveda de abajo esta noche?

Sus ojos oscuros se volvieron y penetraron en los de ella, olvidando temporalmente su juego. Lana lo miró fijamente.

—¿Le preocupa que le hayan robado alguna de sus pertenencias?

Sostuvo su mirada, mientras le indicaba a uno de sus guardaespaldas que se acercara a él. Le susurró brevemente al oído y luego volvió a su juego. El guardaespaldas se acercó a Lana y le pidió que se alejara de la mesa para tener algo de privacidad.

—Al Sr. Zhang le gustaría saber de qué está hablando.

Lana le entregó una tarjeta mientras hablaba.

—Mi nombre es Lana Hearns y soy reportera. He estado siguiendo la historia del bombardero y, aparentemente, irrumpió en la bóveda, la robó y detonó un artefacto explosivo esta misma noche. Tengo entendido que el Sr. Zhang guardó objetos de valor en esa bóveda. ¿Tiene algún comentario?

—No hemos sido informados de ningún problema con la bóveda.

—Entonces le sugiero que vaya allí y pida ver las joyas.

La preocupación revoloteó por el semblante del guardaespaldas.

—¿Podría quedarse aquí un momento, mientras compruebo con algunas personas?

Lana estuvo de acuerdo, y el hombre caminó directamente a la zona segura del hotel. Lana se acercó a la mesa para ver al multimillonario en acción. Tenía una generosa pila de fichas frente a él, con la más pequeña valiendo $5,000 y la más grande $100,000. Según su rápido conteo, tenía más de cuatro millones de dólares en fichas en la mesa. Los crupieres conocían sus preferencias y, después de cada tirada, le preguntaban si quería aumentar sus apuestas en la mesa. Respondía con respuestas de una sola palabra, sus ojos se enfocaban constantemente en las fichas en juego. Durante los breves descansos inherentes al juego, vigiló a la multitud y, de nuevo, su intensa mirada se posó en Lana. Sentía que él le leía el ADN, aunque sin malevolencia.

Unos minutos después, el guardaespaldas regresó y le susurró al oído a su Jefe. Él asintió y siguió jugando. Cuando sacó un siete para terminar esa ronda, se dio la vuelta bruscamente y abandonó la mesa. Dio una orden rápida, y las mujeres que lo acompañaban permanecieron en su lugar, mientras sus guardias le despejaban el camino. El guardaespaldas original se acercó a Lana.

—Señorita, por favor, sígame. Al Sr. Zhang le gustaría hablar con usted.

Siguió a su séquito, mientras volvía a mirar la mesa con cuatro millones de dólares en fichas del multimillonario. Los guardias condujeron al pequeño grupo a la zona VIP, donde les esperaba una mesa para dos. Mientras estaba sentado, se colocó una bebida frente a él y se le llevó comida a la mesa. El Sr. Zhang probó el plato de mariscos antes de centrar su atención en su invitada.

—Feng ha confirmado un incidente en la bóveda esta noche. ¿Por qué me estoy enterando esta información de ti?

—Señor, es mi trabajo recopilar información. He estado siguiendo la historia toda la semana, y las cosas se calentaron esta noche. La historia llegó hasta aquí. ¿Perdió algo en el robo?

El Sr. Zhang comió un trozo de pierna de cangrejo antes de responder.

—Confié varios objetos de valor a la bóveda. Desafortunada-mente, no podemos acceder a ella en este momento. La policía está investigando, y una explosión en la bóveda ha dejado un desastre significativo.

—Mis fuentes me dicen que tres personas estaban encerradas dentro de la bóveda cuando explotó al menos una granada.

—Parece que tus fuentes son mejores que las mías.

—Usted es un invitado aquí, y yo trabajo como reportera. Es mi trabajo tener fuentes.

—Srta. Hearns, Feng te va a dar un número de teléfono. Por favor, comparte cualquier información que descubras con respecto a este robo. Espero que las autoridades me mantengan bien informado. Mientras tanto, llama a Feng inmediatamente a cualquier hora con cualquier información que recopiles.

El multimillonario empujó su silla hacia atrás para ponerse de pie, pero Lana se inclinó hacia adelante y le tocó el brazo.

—Una cosa más, por favor, señor.

El Sr. Zhang miró su mano sobre su brazo, y sus guardaespaldas se inclinaron hacia adelante, pero el multimillonario levantó la otra mano. Volvió a acomodar su silla y centró su atención en Lana.

—En mi país, una mujer no me tocaría sin ser invitada y, desde luego, no me pediría un favor. —Lana sostuvo su mirada y no dijo nada—. Pero mi país tiene muchos defectos, uno de los cuales es el trato que damos a las mujeres. Estados Unidos educa a las mujeres para que sean fuertes y seguras de sí mismas, una fuerza que podríamos emular. Por favor, pídeme tu favor.

—Si tiene alguna declaración o información que le gustaría compartir con la prensa, ya sea oficial o extraoficialmente, por favor considere llamarme. Feng tiene mi número, y también me pueden contactar en cualquier momento.

El Sr. Zhang sonrió por primera vez, mostrando un conjunto perfecto de dientes blancos acentuados por su tez oscura.

—Ha sido un placer conocerte, Srta. Hearns. Por favor, siéntete libre de disfrutar de lo que quieras aquí. Feng se encarga de la cuenta. Debo volver a mis vicios. Tengo una larga noche por delante.

El multimillonario se puso de pie y salió de la habitación rodeado por sus guardias.

Lana se reclinó en su silla, eufórica por tener al multimillonario como fuente. Se dio cuenta de que estaba hambrienta y se puso a trabajar en la torre de mariscos.

•　　•　　•

La Detective Roland fue la primera en atar cabos. Bombardeada de información, su equipo procesó las dos escenas del crimen en Mandalay, pero ella se mantuvo atenta al escáner registrando todo lo demás que sucedía en la ciudad. La notable cantidad de carros en llamas en la ciudad se había descartado inicialmente como algo secundario al caos.

Se escucharon cada vez más comentarios en una de las escenas, informando de dinero esparcido por el suelo cerca del carro en llamas. Otra explosión de indignación en otra escena informó del hallazgo de una cabeza humana en el arcén de la autopista, cerca de un carro en llamas.

Roland llamó al despacho para hablar con un supervisor.

—Esta es Roland. ¿Qué está pasando con todos esos incendios de carros?

—Tenemos ocho incendios de carros reportados. Dos están en el centro de la ciudad y han sido extinguidos. Los otros seis están repartidos por la ciudad.

—¿Hay algo raro en ellos?

—Las cuadrillas informan de una destrucción significativa en un par de ellos, como si los tanques de gasolina explotaran.

—No creo que sean solo los tanques de gasolina. Necesito que alguien en cada uno de esos sitios me envíe un mensaje de texto con una foto de cada escena de inmediato.

El supervisor confirmó la orden y finalizó la llamada. Roland se paseó un minuto antes de que llegara el primer mensaje. La foto mostraba los restos de un taxi con daños considerables ardiendo en una calle lateral, en un amplio campo de escombros. Su teléfono sonó con más mensajes, y al abrirlo vio otros taxis con daños igualmente graves.

Roland encontró a Stillman y le mostró las fotos.

—A mí no me parecen meras explosiones de tanques de gasolina. Parecen obra de nuestro bombardero —dijo Roland.

—De acuerdo, ¿pero por qué? ¿Tal vez para crear más caos para nosotros?

—Posiblemente, pero un oficial de una de las escenas ha informado de billetes de cien dólares en el suelo cerca de la explosión. ¿Y si estos taxis son parte del equipo de Krug y él los eliminó? Seis taxis explotaron al mismo tiempo, todos se dirigían fuera de la Avenida Strip.

—Estoy de acuerdo en que es demasiada coincidencia. Vamos a llevar a alguien a cada uno de ellos para asegurar las pruebas. Con el dinero en efectivo a la vista, debemos asegurarnos de que nadie tenga los dedos pegajosos y destruya aún más las pruebas.

—¿Cómo van con el seguimiento del camión bomba falso?

El equipo de Stillman había estado intentando identificar la trayectoria del camión a partir de las cámaras de tráfico.

—Sabemos que vino del sureste y se fue al sureste, pero no hay cámaras en las calles laterales. Se bajó rápidamente de las carreteras principales. Vamos a seguir buscando, pero hay muchos lugares donde esconderse.

Roland volvió a llamar al supervisor de la central de despacho.

—Gracias por conseguir esas fotos tan rápido. Las explosiones de carros son ahora nuestras escenas del crimen. Si alguien tiene algún problema con eso, que me llame.

—Sí, señora.

—Otra pregunta. ¿Ha ocurrido algo inusual al sureste de Mandalay? El supervisor se rió.

—Todo está en silencio, excepto por un almacén que tuvo una explosión de gas. El departamento de bomberos está en el lugar.

—¿Una explosión de gas?

—Presumiblemente. Los testigos dijeron que el edificio simplemente explotó.

Roland cerró los ojos y respiró hondo.

—Que sepan que esa escena también es nuestra.

Stillman la vio terminar la llamada.

—Va a ser una noche muy larga —dijo.

CAPÍTULO 41

Domingo 22 de octubre

7:04 a. m.

—Gracias por tu ayuda de anoche, Pequeño Mac. ¿Tienes quién te lleve a casa?

—Sí. Mi amigo está allí. ¿Necesitan que los lleven?

—Gracias, pero vamos a caminar. No está lejos. Vete a dormir. Te lo ganaste.

—Ustedes también, Doc. Buenas noches.

El Pequeño Mac se fue con su amigo, mientras Banshee y yo caminábamos tranquilamente hacia el hotel. Saboreé la quietud de la mañana después del caos de las veinticuatro horas anteriores. El alcohol que había llevado a tantas personas a urgencias finalmente los había llevado a buscar el sueño. Unos pocos rezagados serpentearon a casa a través de las calles casi desocupadas, mientras algún que otro loco de la salud pasaba trotando. Las personas que se ganaban la vida en las calles regresaron lentamente a sus lugares favoritos.

A medida que nos acercábamos a la Avenida Strip, las cuadrillas trabajaban arduamente para desmontar las barreras alrededor de la pista de carreras para restaurar los patrones normales de tráfico. La evidencia de la enorme multitud estaba por todas partes. Las Vegas nunca afirmó ser la ciudad más limpia, ni siquiera en su mejor momento, pero los equipos tardarían unos días en hacer que la Avenida se viera presentable para los estándares de Las Vegas.

Banshee exploró nuevos aromas sin correa, y yo volví a ponérsela antes de entrar en el Bellagio. La tenue sala del casino todavía albergaba a un puñado de jugadores esperanzados en busca de una mano de la suerte.

Entré en la suite sorprendido al encontrar a Lana dormida en el sofá con su libreta y su teléfono en el pecho, todavía con la ropa de la noche anterior. Había adivinado mal que había dormido bien por la noche. Obviamente, ella también habia trabajado muchas horas.

Banshee le besó la mano, abrió los ojos y se estiró.

—¿Qué hora es?

—Poco después de las ocho.

—¿Qué tal la noche?

—Ocupada. Las Vegas no decepciona con la cantidad de personas que mostraron mal juicio anoche. ¿Qué opinas del desayuno? Me muero de hambre.

—Tuve una cena tardía con un multimillonario chino, pero me vendrían bien unos huevos benedictinos. ¿Por qué no pides un servicio de habitaciones y yo voy a poner a calentar el baño?

—¿Dijiste que cenaste con un multimillonario chino?

—Sí. Pide el desayuno y encuéntrame en el baño, y te lo cuento todo.

Una llamada telefónica más tarde, Lana compartió su historia, mientras yo le lavaba la espalda. No había recibido ninguna noticia en la sala de urgencias y me sorprendió escucharlo. Llegó el desayuno y, minutos después, nos dormimos los tres.

•   •   •

El Jefe declaró abierta la sesión. Las cafeteras cubrían la mesa, mientras el grupo luchaba por mantenerse concentrado después de toda la noche. Las ojeras, el cabello despeinado y la ropa arrugada, combinados con una deficiencia de desodorante y pasta de dientes, impregnaban la habitación. La Detective Roland encabezó el resumen.

—La llamada al 911 indicó la presencia de bombas en el centro de la ciudad que explotarían después del final de la carrera, y la mayoría de las fuerzas disponibles se dispersaron a esa área. A las 8:30 se tomó la decisión de evacuar las principales áreas públicas, ya que no se habían encontrado dispositivos. Además, muchos casinos optaron por evacuar sus áreas públicas. Esto llevó a un caos generalizado en un área de diez cuadras en el centro de la ciudad que requirió que más oficiales respondieran.

»No se han encontrado dispositivos, y ahora creemos que la amenaza al centro de la ciudad ha sido solo una distracción. Unos veinte minutos antes del final de la carrera, con el máximo caos en el centro de la ciudad, un camión con letreros del "Escuadrón Antibombas" ingresó al estacionamiento subterráneo en Mandalay Bay. El guardia de la entrada del estacionamiento les hizo señas para que pasaran, pero no les habló. Vio a dos oficiales en el asiento delantero con equipo táctico completo y no puede proporcionar una descripción.

»Se estacionaron frente a la entrada de seguridad y tenían códigos de autorización para abrir la puerta. Krug habría tenido acceso a esos códigos. En la sala de seguridad, sujetaron a los guardias y al personal y borraron cualquier imagen de seguridad de las computadoras. Se dirigieron a la bóveda donde Rigetti, Jefe de Seguridad, los dejó entrar. Retuvieron a Rigetti y a dos guardias dentro de la bóveda, y después de servirse del contenido de la bóveda, arrojaron tres granadas allí y cerraron la puerta. Dispararon a todos los demás tres veces, antes de que todo el grupo se fuera en su camión. La hoja de horas de los guardias indica que estuvieron en el lugar durante dieciséis minutos. Nadie vivo les habló ni los vio sin su equipo, así que no hubo testigos.

—¿Qué falta en la bóveda? —preguntó el Jefe.

—La contabilidad final llevará tiempo debido al desorden que hay allí, pero parece que se centraron en los billetes de cien dólares. Las primeras estimaciones son que se llevaron unos 27 millones.

Murmullos y silbidos resonaron alrededor de la mesa.

—Es una gran cantidad de dinero —señaló alguien.

—Unos 270 kilos de billetes. Dejaron mucho dinero en efectivo, pero creemos que se llevaron lo que podían llevar. Aparte de la horrible pérdida de vidas, la pérdida más cara son las joyas del multimillonario chino. Aparentemente, el Sr. Zhang viaja con una extensa colección de joyas, así como con una cantidad significativa de diamantes para usar como moneda. Sus cuatro maletines fueron vaciados.

—¿Y el valor de esta colección de joyas? —preguntó el Jefe.

—Más de 250 millones de dólares.

—Los seguimos por las cámaras de tráfico en dirección sureste, pero los perdimos después de que giraron hacia calles laterales. Unos veinticinco minutos después de salir de Mandalay, seis taxis explotaron casi al mismo tiempo; todas detonaciones de alta potencia mataron instantáneamente a un conductor solitario. Los taxis quedaron completamente destruidos, pero cada uno contenía una bolsa de lona llena de billetes de cien dólares.

»Quince minutos después de la explosión de los taxis, un almacén en el sureste de Las Vegas explotó. Inicialmente se creyó que se debió a una fuga de gas, pero ahora sabemos que el C4 causó la explosión con termita utilizada en un camión en su interior. También se encontraron bolsas de dinero carbonizado en el lugar. Seguimos revisando los escombros, pero no esperamos encontrar nada más significativo.

»Estamos pensando que alguien, presumiblemente Krug, eliminó a su tripulación y sacrificó el dinero por las joyas. Todo lo demás era una distracción para que él consiguiera las joyas. Hasta ahora, todas las personas que tuvieron contacto con él están muertas, excepto Roberts. Odio decirlo, pero hasta ahora no ha cometido ningún error. Solo tenemos que cazarlo.

—Eso es una pinche matanza a sangre fría. ¿En verdad creemos que Krug sea capaz de asesinar a veinte tipos, lesionar a quién sabe cuántos más, y sobre todo matar a su propio equipo?

—Es difícil de decir, señor.

—¿Ya hemos identificado al equipo?

—No, no hay posibilidad de registros dentales, y no hemos encontrado ningún dedo intacto.

—Quiero que encierren a Krug, en una celda o en la morgue, pero necesitamos que lo encierren.

El Jefe se marchó y el resto de los oficiales se repartieron las responsabilidades de la búsqueda.

* * *

El Sr. Hedenfeld llamó a Feng para invitarlo a su oficina. Se sentaron en sofás uno frente al otro, y el Sr. Hedenfeld se inclinó hacia delante mientras hablaba, su nerviosismo era una emoción poco común en él.

—Gracias por venir tan rápido. Hemos completado un inventario preliminar de la bóveda.

—¿Qué falta entre las propiedades del Sr. Zhang?

—Parece que todo lo que había en sus maletines ha desaparecido. Estamos trabajando con la policía para encontrar a los responsables y devolverle su propiedad.

Feng se puso de pie rápidamente.

—Espero que pronto tengan noticias de él culpable pronto.

CAPÍTULO 42

Domingo, 10:54 a. m.

Roberts se despertó con un fuerte dolor de cabeza, empeorado por el movimiento. Se sentó lentamente en la cama y palpó suavemente alrededor de su vendaje. El médico le había advertido que el dolor y la inflamación aumentarían uno o dos días después de su lesión, y parecía tener razón.

Roberts se acercó a trompicones a la cocina y tragó un poco de ibuprofeno, mientras su Keurig preparaba una taza de café. Prefería algo más fuerte, pero necesitaba tener la mente despejada. Bebió un sorbo tan pronto como terminó, ignorando la quemadura, y la cafeína lo energizó.

Tomó los periódicos de la entrada de su casa y puso la televisión en una cadena de noticias local. Su obra maestra había sido bautizada como El Gran Atraco de la Carrera de Las Vegas, y todos los canales presentaban la misma información. Roberts sonrió ante las escenas de caos que sus amenazas habían producido en el centro de la ciudad y ante la locura absoluta de la dispersión de la multitud racial. Se han dado a conocer algunos de los nombres de los agentes de seguridad fallecidos, pero no pudo encontrar pruebas de que sus seis cómplices hayan sido identificados todavía. Imaginó que al menos uno de ellos había sido identificados, pero al parecer la policía ocultó la información.

Exhibieron de manera prominente la foto de Krug. El Mandalay Bay había ofrecido una recompensa de $250,000 dólares por información que condujera a su arresto. La seguridad reforzada en los aeropuertos y a lo largo de la frontera con México lo vigilaba. Los controles de carretera ralentizaban la salida de Las Vegas, y los hombres solteros eran detenidos brevemente para una inspección más exhaustiva, lo que causaba terribles retrasos de tráfico. Roberts sabía que la seguridad privada del casino también se ocuparía del problema. Probablemente todos los soplones y todos los vendedores de objetos robados habían sido amenazados. No sabían nada.

Roberts sacó la mochila de su armario y colocó las diez bolsas de diamantes sueltos sobre la mesa de café. Dejó los relojes y otras joyas en la mochila. Hermosos, pero demasiado distintivos, no podían venderse sin llamar la atención. Los guardaría como un as en la manga, en caso de que alguna vez lo atraparan y necesitara negociar su salida.

Los diamantes sueltos imposibles de rastrear, por otro lado, serían vendibles tan pronto como se escapara de Las Vegas. Vertió el contenido de una de las bolsas en sus manos, admirando la forma en que se reflejaba la luz facetada y el hecho de que su valor era mayor de lo que podría gastar en toda una vida. Por ahora, necesitaba ocultarlos.

Sacó de su armario diez velas grandes contenidas en frascos de vidrio de 15 centímetros y las puso sobre la mesa de café. Previamente había calentado el vidrio y derretido la mayor parte de la cera de cada vela, dejando grandes cavidades en sus centros. Vertió la primera bolsa de diamantes en la primera vela, creando una capa de cinco centímetros de profundidad. Insertó tres mechas frescas en la vela para imitar el diseño original.

Sacó otro frasco de vidrio que contenía la cera de vela de lavanda que había retirado previamente. La puso en una placa caliente para que se derritiera. Mientras esperaba, vació las bolsitas restantes en las otras nueve velas. Vertió con cuidado la cera perfumada sobre las tres velas de lavanda hasta que obtuvo una capa uniforme al nivel original de la vela. Al secarse, parecía idéntica a una vela nueva.

Repitió el proceso para las velas restantes y pronto tuvo diez velas perfectamente nuevas frente a él. Los diamantes eran invisibles y el peso se sentía igual que el de una vela auténtica. Raspó una esquina de cada etiqueta, con pequeñas imperfecciones para recordarle qué frascos contenían diamantes.

Esconder las velas tendría que esperar. Judy Akins, de setenta y un años, había vivido al lado de él durante los últimos cinco años. Judy, una viuda que vivía sola con su caniche, Ruby, disfrutaba de tener un policía al lado y le había dado a Roberts una llave de su casa para que la vigilara cuando ella estuviera fuera de la ciudad. Roberts también paseaba a Ruby cada vez que Judy se lo pedía.

Roberts había estado en su casa varias veces a lo largo de los años y se fijó en las velas aromáticas que siempre encendía. Judy aprovechó las ofertas y guardó algunas sobrantes. Dado su tamaño, le llevaría años quemarlas todas, y seguro que añadiría más.

Judy, una católica devota, se reunía con su grupo de la iglesia todos los domingos para cenar y jugar a las cartas. Esa noche saldría a las cinco y cuarto y no volvería hasta pasadas las ocho. Roberts entraría y colocaría sus velas en el fondo del armario, accesibles siempre que las necesitara.

Se limpió y volvió a guardar la mochila con las joyas en el armario. Las escondería al día siguiente. Se sentó en el sofá con una cerveza y puso un partido de la NFL. Llamaría para reportarse en la estación en una hora. Después de todo, estaba de baja médica.

•   •   •

Lana finalmente despertó, mientras leía las últimas noticias en mi iPad. Bostezó, se estiró y se deslizó por debajo de mi brazo para acurrucarse.

—Supongo que dormiste bien —dije.

—Sí, lo necesitaba. ¿Pasó algo nuevo mientras dormíamos?

—No. Ni explosiones, ni robos, ni muertes, ni rastro de Krug.

—Parece que elegimos un buen momento para dormir. Pide algo de almuerzo mientras me baño, y luego tengo algo de trabajo que hacer.

—¿Necesitamos quedarnos en este hotel por más tiempo? Krug está huyendo, y todas esas otras tonterías fueron una distracción. Probablemente sea seguro volver a casa.

Se inclinó para besarme en la frente.

—Por supuesto que es seguro irse a casa, pero ya hemos pasado la hora de salida. Una noche más aquí no va a ser tan malo.

. . .

Un exhausto Stillman hojeó el papel que le entregaron y se enderezó en su silla.

—No me lo creo. Obtuvimos nuestra primera identificación de uno de los taxistas. ¿Quieres adivinar quién es?

Roland se encogió de hombros.

—¿Es alguien que conozco?

—De hecho sí, lo conoces.

Stillman arrojó el papel sobre la mesa.

—El orgullo de la policía de Las Vegas antes de que Krug ocupara su lugar, ese cabrón Timmy Lemkins.

—Eso va a hacer feliz al Jefe, un expolicía que trabaja con uno actual. ¿Cómo lo identificaron?

—Encontraron un dedo anular intacto en un carro cercano. Aparentemente, estaba conduciendo cuando el taxi de Lemkins explotó. Algunos escombros alcanzaron su carro y fueron a lavarlo esta mañana. Encontraron el dedo y llamaron.

—Centrémonos en sus socios conocidos y veamos si podemos demostrar que él y Krug se conocían. Lemkins trabajaba con un equipo estable la mayor parte del tiempo, y tal vez podamos averiguar quiénes son los otros cinco.

—Está bien. ¿Piedra, papel o tijera para decidir quién tiene que informar al Jefe? —preguntó Stillman.

—¡Ni madres! Eso te toca a ti. Ya tienes tus veinte años, y yo necesito otros dos para cobrar mi pensión.

Stillman se enderezó la corbata y se llevó el reporte al elevador.

CAPÍTULO 43

Lunes 23 de octubre
10:03 a. m.

Roberts acudió a un neurólogo para hacer un seguimiento de su conmoción cerebral. Ni siquiera tuvo que mentir sobre sus síntomas de fuertes dolores de cabeza y fatiga implacable. El médico lo tranquilizó y le dijo que podría volver al trabajo ligero más adelante en la semana, si continuaba mejorando.

Después de su cita con el médico, pasó por la estación altamente activa para verificar el caso. Los otros cinco miembros del séquito de Lemkins habían sido identificados tentativamente, y los investigadores examinaron la vida de cada uno de ellos, diseccionando sus teléfonos celulares, computadoras e información financiera. Familiares, amigos y asociados conocidos habían sido entrevistados extensamente. Enviaron un mensaje a los informantes de que una tarjeta perdonalotodo salvo asesinato estaba disponible para quién tuviera información sobre el equipo de Lemkins o Krug. Junto con la recompensa, ahora de hasta medio millón de dólares, todos compitieron para obtener información crítica.

Roberts se rio para sus adentros de la inutilidad de los esfuerzos. No encontrarían ninguna conexión entre Lemkins y Krug, porque no existía ninguna. El único contacto de Roberts con Lemkins había sido una reunión fuera de la ciudad, seis meses atrás. El resto de sus comunicaciones se habían realizado a través de teléfonos desechables, ahora pequeños montones de metal y plástico derretidos en el almacén demolido.

Roberts se acercó a la zona de detectives y encontró a Stillman en su escritorio.

—¿Cómo te va? ¿Alguna pista?

Stillman tiró el archivo que tenía en la mano.

—Nada hasta ahora, pero no es por falta de intentos. ¿Cómo te sientes? Creía que seguías de baja médica.

—Estoy mejor. Vi al neurólogo esta mañana, y debo estar autorizado para trabajos ligeros a finales de esta semana. Solo quería pasar y ver cómo está todo el mundo.

—Cansados y frustrados.

—Entonces, normal para un lunes. Avísame si lo atrapas. Es vergonzoso tener a un tipo así con una placa.

—Claro. Ve a descansar un poco.

—Ese es mi plan. Solo tengo que devolver un archivo al almacenamiento.

Stillman abrió su propio archivo, mientras Roberts se dirigía hacia el elevador para llevarlo al sótano. Como de costumbre, Murphy se anidó en su escritorio, vigilando la entrada a la zona segura. El Sargento Murphy había asumido la responsabilidad ocho años antes, después de que un accidente automovilístico en servicio lo dejara con una cadera mala. Incapaz de cumplir con los requisitos físicos del servicio activo, aceptó el trabajo de escritorio en el sótano.

—¿Qué pasa, Murph? Pareces el único que no trabaja en el caso Krug. Está muy ocupado allá arriba.

Murphy sonrió.

—Por eso me gusta estar aquí abajo. Siempre está en silencio. Te ves un poco rudo —se señaló la frente.

—Sí. Krug me golpeó con mi bate de béisbol.

—Eso es una mierda. Tiene un montón de mal karma en camino. ¿En qué puedo ayudarte hoy?

Roberts señaló su mochila.

—Necesito devolver un archivo sobre el caso Kepler y revisar uno más. Será mejor que haga algo mientras descanso esta semana.

El caso Kepler fue una redada reciente por vender dinamita. Kepler estaba en la cárcel, pero la fuente de sus explosivos aún no estaba clara y había una investigación abierta. Roberts había estado reuniendo archivos sobre el caso varias veces a la semana durante el último mes.

Murphy luchó por ponerse en pie, pero Roberts le hizo señas para que se sentara.

—Sé dónde está el archivo. Descansa esa cadera mientras cambio esto.

Le entregó un archivo de la mochila y anotó la fecha de devolución en la computadora. Se lo dio a Roberts para que lo guardara.

—Gracias, hombre. Lo aprecio. Avísame si necesitas ayuda con algo.

Murphy pulsó un botón para abrir la puerta con un zumbido. Técnicamente, a nadie se le permitía entrar en el área segura sin una escolta, pero Murphy dejaba entrar a personas de confianza, especialmente para solicitudes simples. Roberts se abrió paso a través de las interminables estanterías y rápidamente cambió el archivo por uno nuevo.

Bajó por la fila hasta una caja con la etiqueta «Adkins, Matthew, 2008». Lo sacó de la estantería y lo dejó en el suelo. Abrió la caja llena de pruebas. Mathew Adkins vivía en la calle y había sido apuñalado mortalmente durante una pelea. Uno de los miles de casos sin resolver, sin familiares conocidos, sin testigos del crimen y sin pruebas útiles recogidas en la escena, nadie querría reabrirlo, pero sin prescripción para el asesinato, las pruebas se almacenarían durante al menos setenta y cinco años.

Roberts abrió el cierre de su mochila y sacó las joyas, cuidadosamente contenidas en una bolsa de tela negra genérica. Lo metió debajo de las bolsas de evidencia existentes y devolvió la caja a su ubicación original. Caminó hacia la puerta con la nueva carpeta en la mano, y Murphy lo llamó para que saliera.

—¿Encontraste lo que buscabas? —preguntó.

—Sí, señor. Todo estaba exactamente donde debía estar. Aquí está el nuevo archivo.

Murphy registró el nuevo archivo en el sistema y lo devolvió.

—¿No te estás olvidando de algo?

Tímidamente, Roberts abrió su mochila para que Murphy la inspeccionara. Solo contenía una laptop y una libreta. Murphy lo subió y se lo devolvió.

—Lo siento. Conoces las reglas. Necesito asegurarme de que nada desaparezca de la evidencia.

—Eres el hombre adecuado para el trabajo, Murph. Que tengas un buen día.

Murphy saludó con la mano y volvió a su periódico, mientras Roberts abandonaba el edificio. Las joyas estaban seguras, como su moneda de cambio de setenta millones de dólares en el improbable caso de que las necesitara. De lo contrario, serían redescubiertos en sesenta años, cuando la evidencia fuera finalmente purgada.

CAPÍTULO 44

Martes 7 de noviembre
2:37 p. m. (Dos semanas después)

—Gracias por traer la pizza. Es mi tipo favorito —dijo Rick, mientras tomaba otro gran bocado de su pizza suprema, asegurándose de no derramar nada en su uniforme médico de Deadpool.

Mientras devoraba su tercera pieza en menos de un minuto, Lana lo miró con incredulidad.

—Sabes que está bien hacer una pausa y masticar la comida antes de tragarla.

Rick le respondió entre bocado y bocado.

—Es parte del entrenamiento. Estadísticamente, los peores casos llegan cuando llega la comida caliente, así que si quieres disfrutar de la comida caliente, tienes que comer rápido.

Asentí con la cabeza, mientras mordía mi segundo trozo de pepperoni.

—¿Cómo va la investigación? Se puso aburrido durante la última semana —dijo Rick.

—Ni me lo digas. No hay rastro de Krug ni de los diamantes y joyas. Es como si se hubiera esfumado. Mucha gente enojada lo está buscando. Más vale esperar que la policía lo encuentre antes que los chicos del casino, o tal vez incluso peor, los chinos.

—¿Los chinos siguen buscándolo?

—Sí. Feng todavía está aquí con un equipo. Me llama todos los días para recordarme que su Jefe no está contento y para pedirme nueva información. Desafortunadamente, no tengo nada que compartir.

Rick respondió mientras rompía en una cuarta pieza.

—Bueno, disfruté mi tiempo como reportero e hice algunos amigos en ese bar de supremacía blanca, pero estoy fuera del caso hasta que algo suceda. Además, tengo que ir a lavar las virutas de crayón de la oreja de un niño.

—¿Por qué haría eso? —preguntó Lana.

—Pensó que le ayudaría a escuchar el sonido que hacen los arcoíris. Gracias, de nuevo. Nos vemos.

Rick se fue y la habitación parecía más grande, vacía y silenciosa.

—Él es algo especial. ¿Alguna vez baja el ritmo?

Negué con la cabeza, mientras terminaba mi última rebanada.

—No. Siempre es así. Ese güey debería checarse la tiroides ¿Es hora de dejar atrás la historia del Gran Atraco?

—Todavía no, pero ya casi. No me queda nadie a quien entre-vistar. Me atrevería a pensar que se escapó de la ciudad de alguna manera y está huyendo. Esta ciudad ha sido destrozada buscándolo, y con la recompensa de un millón de dólares ahora, incluso los turistas lo están buscando. Me temo que presenté mi última historia sobre esto a menos que algo cambie.

—¿Qué se siente decepcionar a un multimillonario?

—Tiene mucho dinero. Va a estar bien. Sin embargo, hubiera sido una gran historia devolverle sus joyas.

Se puso de pie para irse y le di un abrazo.

—Gracias, de nuevo, por el almuerzo. Termino a las seis, así que nos vemos esta noche.

—Hasta pronto.

• • •

Se desató una tormenta vespertina, y aunque solo trajo una ligera lluvia, el viento sopló a 72 km/h, lo suficientemente fuerte como para desprender la cubierta metálica que había protegido el cuerpo del Sargento Krug. Los clientes ocasionales del estacionamiento habían notado el olor, pero asumieron que era solo un animal muerto. Los malos olores no eran inusuales en esa zona de la ciudad.

Para los coyotes carroñeros que acechaban en la zona, el aroma ofrecía una invitación a un buffet, inalcanzable hasta que se desprendiera la capucha de metal. Se dieron un festín con el cuerpo parcialmente descompuesto y lo arrastraron fuera del área cerrada para facilitar el acceso.

Dos horas más tarde, un grupo de adolescentes se estacionó para compartir un poco de marihuana y poner su música a todo volumen. Los ocupantes del primer carro notaron inmediatamente el olor.

—Chingada madre, Juan. ¿Te volviste a mear encima?

—Vete a la mierda, Raúl. Probablemente sea solo tu mamá meando aquí.

Las bromas continuaron hasta que Juan señaló la esquina del lote.

—Parece que los coyotes mataron a un perro allí.

—Ese es un perro bastante grande —dijo Raúl, mientras se acercaba con la nariz tapada—. Híjole, güey. Eso es un cuerpo.

—No mames. Déjame ver.

Los dos avanzaron lentamente, aunque obviamente el hombre había estado muerto durante mucho tiempo.

—Tenemos que salir de aquí —dijo Juan.

—Sí, pero deberíamos decírselo a alguien.

—No mames, ¿estás loco? No voy a hablar con ningún poli.

Raúl pensó por un momento.

—Nos vamos, pues. Los llamo desde mi celular mientras manejo, pero cuando lleguen nos habremos ido hace mucho tiempo.

Los chicos se fueron e hicieron la llamada de forma anónima, una decisión que les costaría la recompensa de un millón de dólares.

Los oficiales enviados a la escena confirmaron la presencia de un cuerpo, llamaron a los técnicos de la escena del crimen y a los detectives, y acordonaron el área con cinta amarilla. Los detectives Patterson y Nealy atraparon el caso y se acercaron con falta de entusiasmo. Un cuerpo en descomposición en esta parte de la ciudad sería un desafío para investigar, ya que es poco probable que queden pruebas significativas en la escena y que haya testigos dispuestos a presentarse.

El fotógrafo de la policía tomó docenas de fotos desde todos los ángulos. Con la zona bien documentada, los técnicos de la escena del crimen, vestidos con trajes de cuerpo entero, avanzaron para recoger pruebas. Las máscaras herméticas no lograron filtrar por completo el hedor de la muerte.

—Fíjate si tiene identificación, ¿podrías? Al menos podemos empezar a hacer algo mientras trabajas, si la tiene —dijo Patterson.

El técnico revisó los bolsillos y levantó una cartera triunfalmente. Se lo entregó a Patterson, quien lo aceptó con las manos enguantadas.

—Vamos a ver quién es el desafortunado concursante de hoy —murmuró, mientras sacaba la licencia—. ¡No mames!

Los técnicos lo miraron confundidos.

Sin decir palabra, Patterson le mostró la licencia de conducir a su compañero.

—Voy a llamar a la central y traer a Stillman y Roland aquí. Es su escena ahora. No quiero ser parte del desmadre que se va a desatar aquí.

CAPÍTULO 45

Martes, 3:27 p. m.

El desmadre comenzó a crecer de inmediato, a medida que la noticia del descubrimiento del cuerpo de Krug se extendió como un incendio forestal. Roland y Stillman llegaron a los veinte minutos, junto con el equipo de pruebas senior. Otros oficiales llegaron para ayudar con la multitud que se anticipaba. Un helicóptero de la policía impuso una zona de exclusión aérea, pero los medios de comunicación llegaron como moscas a la miel, hambrientos de información después de dos semanas sin nada.

—¿Qué tenemos? —preguntó Roland.

—Hombre fallecido que ha estado aquí un tiempo. Parece que unos coyotes lo sacaron a rastras y lo masticaron. —Levantó la bolsa de pruebas que contenía la cartera y la licencia—. Encontramos esto y ampliamos el perímetro.

—Buen trabajo. ¿Causa de la muerte?

—Ni idea. No llegué tan lejos. Vi la identificación y supuse que este era tu caso. Avísanos si necesitas algo, pero oficialmente estamos fuera.

—Gracias por la llamada. Sal mientras puedas. La gente de los medios de comunicación van a bloquear a todo el mundo.

Roland y Stillman escanearon las fotos y elaboraron un plan. Se registraría todo el terreno en busca de rastros. Los técnicos comenzaron el tedioso proceso de recorrerlo todo poco a poco, observándolo todo y embolsando cualquier objeto inusual. Cada objeto fue fotografiado en su lugar, su ubicación anotada en un mapa digital del área y embolsado. Tardaron más de una hora en despejar el terreno. Los escombros recogidos probablemente no servirían de nada. Se midieron y fotografiaron las huellas de neumáticos para compararlas con una base de datos.

Finalmente, se acercaron al cuerpo. Claramente, se había descompuesto en una pequeña depresión detrás del capó del automóvil y había sido arrastrado recientemente. Las mordeduras de los animales parecían frescas, pero todo lo demás estaba podrido. Una pistola calibre 22 fue encontrada debajo de su pierna derecha, donde había sido arrastrada con el cuerpo. Un examen superficial reveló un disparo en la parte posterior de la cabeza.

—Parece una herida de contacto. Alguien estaba muy cerca cuando le disparó —señaló Roland.

—Alguien a quien conocía y en quien confiaba. Ningún policía dejaría que nadie más caminara tan cerca, especialmente en un lugar como este.

Finalmente estaban listos para transportar el cuerpo.

—El Jefe dice que lo lleven directamente a la morgue y le van a hacer la autopsia esta noche —dijo Roland.

—¿Quieres ir con él o quedarte aquí?

—Voy con él. Me avisas si descubren algo por aquí.

Stillman evaluó la gran pila de escombros oxidados que bordeaban el patio. Cada pieza tendría que ser removida y registrada, un esfuerzo que llevaría la mayor parte de la noche.

—Instalaremos algunas luces más y nos pondremos a trabajar.

La búsqueda duró la mayor parte de la noche, cubierta por todos los medios de comunicación. La multitud aumentó, ya que los rumores de una búsqueda del tesoro por un cuarto de billón de dólares en diamantes y joyas estaban en marcha. Como la mayoría de los sueños de riqueza instantánea de Las Vegas, se evaporaron en la insípida realidad del trabajo tedioso. La tripulación partió al amanecer, sucia, cansada y no más rica.

.   .   .

Lana recibió la noticia del descubrimiento de su escáner policial y ya estaba en el lugar cuando llegaron Roland y Stillman. Se quedó el tiempo suficiente para darse cuenta de que Krug había recibido un disparo con una pistola calibre 22 y lo habían arrojado allí sin ninguna evidencia del tesoro. La cacería de Krug se había convertido en la cacería de su asesino. Le envió un mensaje de texto a Doc para hacerle saber que no iba a llegar a cenar y llamó a Feng.

—Tengo algunas noticias para tu Jefe...

.   .   .

Roberts siguió de cerca la noticia. Había esperado que el cuerpo fuera encontrado después de solo dos o tres días, y la demora era una ventaja. La policía había malgastado enormes recursos en la búsqueda de Krug. La atención se desviaría ahora hacia quién lo había matado y se había llevado los objetos de valor. Roberts no tuvo contacto con Krug fuera del horario normal de trabajo. Nunca se le atribuiría.

Anunciaría su retiro en unas dos semanas más o menos, culpando al estrés de la investigación y a su incapacidad para notar a un asesino en su equipo. Tenía su pensión, y nadie se lo pensaría dos veces antes de que se marchara. Se retiraría al extranjero, citando a los medios de comunicación por su deseo de abandonar el país, en algún lugar del Caribe donde nadie cuestionaría su venta intermitente de diamantes, y donde no era posible la extradición. De vez en cuando podía viajar a Asia y vender algo por criptomonedas. Lavaría cuidadosamente el dinero para que no se le pudiera rastrear.

Roberts volvió al trabajo, uniéndose a sus compañeros oficiales en la búsqueda del asesino de Krug y fingiendo preocupación.

• • •

El Jefe declaró abierta la sesión esa noche.

—Tranquilícense. Vamos a repasar esto para que pueda alimentar a los medios de comunicación con algunas líneas para las noticias de la noche. ¿Dónde estamos?

Roland dio el resumen.

—Se confirma que el cuerpo es del Sargento Krug por su cartera, huellas dactilares y reconocimiento facial. La autopsia confirma su muerte por un solo disparo de calibre .22 a quemarropa en la base de su cráneo. La muerte habría sido instantánea y hace entre doce y quince días. La exposición del cuerpo a los elementos hace imposible una ventana más estrecha, pero sabemos que le dispararon en cualquier momento, desde inmediatamente después del robo hasta dos días después.

Roberts notó que la línea de tiempo permitía que el tiroteo de Krug hubiera ocurrido antes del robo, pero no lo señaló. Incluso los mejores investigadores podían quedar cegados ante lo obvio por sus ideas preconcebidas.

—El arma dejada en la escena había sido reportada como robada hace cuatro años y no ha aparecido desde entonces. La munición es genérica, y no había huellas en el arma ni en la munición. El arma parece un callejón sin salida.

—¿Y la persona que reportó el cuerpo?

—La llamada anónima provino de un teléfono celular imposible de rastrear, probablemente algunos niños que se encontraron con el cuerpo. Ese lote es un lugar de reunión popular para los adolescentes locales. Estamos entrevistando a todos dentro de un radio de cinco cuadras, pero no tenemos esperanzas. Es el tipo de barrio en el que a la gente le gusta olvidar lo que ha visto.

—¿Alguna buena noticia? —preguntó el Jefe.

—No en este momento.

—Así que en este momento, tenemos a Krug organizando esto, construyendo bombas, desviando nuestra atención, matando a cualquier testigo, incluido su propio equipo, y luego es asesinado por otra persona. ¿Lo tengo más o menos bien?

—Sí, señor.

—¿Dónde estamos para identificar a esta misteriosa persona?

—Desgraciadamente, hay que empezar de cero, señor. Nos centramos en encontrar a Krug, ya que suponíamos que él estaba al mando. Ninguna de nuestras investigaciones hasta ahora ha indicado que estuviera trabajando para otra persona. Francamente, ni siquiera sabíamos que necesitábamos buscar a esta persona antes de esta noche.

El Jefe se frotó los ojos antes de hablar, el cansancio de las últimas dos semanas se filtró en sus palabras.

—¿Qué pistas abiertas tenemos?

—Estamos volviendo a las llamadas al 911 para reevaluar el reconocimiento de voz. Debido a la modulación y el acento, el FBI dio solo un 70% de posibilidades de coincidir con la voz de Krug. Si podemos identificar a alguien más a partir de esas llamadas, probablemente sería la persona por encima de Krug en la cadena de mando. Todavía estamos procesando la evidencia de la escena, pero a menos que tengamos suerte con algo de ADN, la voz es nuestra mejor opción.

El Jefe se puso de pie, indicando el final de la reunión.

—Échale ganas. Necesitamos respuestas, y necesitamos encon-trar al nuevo perro alfa. Voy a informar a la prensa. Pueden retirarse.

Roberts se regodeaba en la evidente frustración de sus colegas. Como todo lo demás, ocultaba su satisfacción a sus compañeros de trabajo.

CAPÍTULO 46

Miércoles 8 de noviembre
12:11 p. m.

Lana llevó un pastel decorado a la sala de conferencias y lo colocó suavemente sobre la mesa festiva.

—Parece que ustedes tienen todo menos un bar instalado.

—La administración desaprueba el consumo de alcohol mientras estamos trabajando por alguna razón, algo sobre el aumento de las tarifas del seguro de responsabilidad médica —comenté.

—Incluso sin el bar, me encanta lo que estás haciendo. Gracias por incluirme.

Celebramos el alta de la Dra. Williams del hospital ese día. El Departamento de Urgencias había organizado un *baby shower* para celebrar su recuperación, y una pila de coloridos regalos esperaba su llegada.

—Rick, deja de lamer el glaseado.

—Solo quiero asegurarme de que esté fresco para nuestra invitada de honor.

Llegó con una sonrisa brillante en ese momento en una silla de ruedas, empujada por su esposo. Los aplausos sonaron desde la multitud mientras ella ocupaba su lugar en la cabecera de la mesa.

—Muchas gracias a todos y cada uno de ustedes por lo que hicieron por mí y por mi bebé, y por lo que hacen todos los días por nuestros pacientes. Si bien no recomiendo que te alcance la metralla de una bomba, si vas a hacerlo, este es el mejor lugar del mundo para recibir atención.

Resonó otra ronda de aplausos, y Rick pidió que cortaran el pastel, dándole amablemente el primer trozo antes de servirse el segundo pedazo, considerablemente más grande. Me senté en la parte de atrás con Lana, mientras la Dra. Williams abría sus regalos entre exclamaciones.

—Se ve muy bien. Sin embargo, es una lástima lo de la pierna —dijo Lana.

—No es tan malo como crees. Con la tecnología moderna, una amputación por debajo de la rodilla le va a permitir una función mucho mejor que la que tendría su pierna traumatizada. Una vez que se acostumbre, va a poder operar como antes.

—¿Cómo está su hijo?

—Muy bien. Lo sacaron de la UCIN y lo trasladaron a una unidad de cuidados intermedios. Va a estar aquí un mes más para subir de peso, pero va por buen camino.

—¿Qué nombre le puso?

—Alexander Joseph Williams

—¿Otro AJ?

—Va a tener que tomar muchas malas decisiones en la vida antes de convertirse en AJ. El título se gana, no se da.

La fiesta duró una hora antes de terminar. Las enfermeras habían organizado que entregaran los regalos a su casa, y Rick se encargó del resto del pastel. La Dra. Williams se apoyó en su pierna sana, sostenida por su esposo, para darme un abrazo.

—Gracias, Doc, por cuidarme a mí y al pequeño AJ.

—Fue un esfuerzo de equipo. Estoy muy feliz de que te vayas a casa.

—Gracias, Lana, por tus esfuerzos por localizar a esos hombres.

—De nada, pero el sospechoso todavía está por ahí.

—Si alguien puede encontrarlo, eres tú. Ahora, por favor, discúlpenme. Necesito llegar a casa y echarme una siesta en mi propia cama.

La multitud se dispersó mientras su esposo la sacaba en silla de ruedas, dejando a Lana y a mí para limpiar. Banshee limpió meticulosamente todas las migas de pastel que cayeron al suelo. El Pequeño Mac vino a ayudar y pasar un buen rato con Banshee.

—¿Queda algo por investigar?

—Están reevaluando las llamadas al 911. Creían que Krug las había hecho, pero ahora que saben que otro podría haber sido el responsable, el FBI está usando sus artimañas para identificar a la persona que llamó.

Presionó una grabación guardada en su teléfono de la primera llamada al 911.

—Podría resolver el caso si supiera si Krug hizo esa llamada.

El Pequeño Mac frotó la barriga de Banshee y respondió despre-ocupadamente:

—Ese no es Krug en la grabación.

Lana me miró y me encogí de hombros.

—¿Por qué no crees que sea Krug en la grabación? —preguntó Lana.

Pequeño Mac rascó las orejas de Banshee.

—Porque Krug suena diferente.

—¿Sabes de quién es la voz? —pregunté.

—Sí. Es la voz del Detective Roberts.

Lana me miró con los ojos muy abiertos, y levanté la mano para que le diera más tiempo a Pequeño Mac para expresar sus pensa-mientos.

—Pequeño Mac, ¿qué tan seguro estás de que esa voz es la del Detective Roberts?

Nos miró con ojos inocentes.

—Estoy seguro.

—Pequeño Mac, esto es importante. Por favor, escucha la grabación completa.

Lana puso la grabación mientras el Pequeño Mac se concentraba en el sonido.

—Ese es Roberts. Lo escuché cuando visitó urgencias después de la primera explosión y cuando lo cosimos. No es muy amigable. Esa es su voz.

—Pero suena completamente diferente a su voz habitual —in-sistió Lana.

—Para mí no —respondió simplemente el Pequeño Mac.

Le pedí que reprodujera las otras llamadas al 911, y el Pequeño Mac se mantuvo firme en que Roberts también habló en esas grabaciones.

—¿Puedo llevar a Banshee a dar un paseo? —preguntó.

—Claro, pero esto es importante. Por favor, no le digas a nadie que Roberts es el que hizo las llamadas, ¿de acuerdo? Tiene que ser nuestro secreto por un ratito.

El Pequeño Mac extendió su dedo meñique.

—Promesa de meñique. Es nuestro secreto.

Envolví mi meñique alrededor del suyo y él se fue con Banshee, dejándome a solas con una incrédula Lana.

—¿Es realmente posible?

Lo pensé por un momento.

—Roberts podría haber construido las bombas, y Krug habría confiado en él. Él fue quien implicó a Krug con el ataque, lo que también le dio una coartada hermética la noche del robo. Es posible, pero simplemente no lo vi como un psicópata.

—¿Qué tan bien lo conocemos realmente? Solo le echamos un vistazo superficial antes de centrarnos en Krug. Creo que tenemos que hacer una inmersión profunda en él.

—¿Se lo avisamos a la policía?

—Demonios, no. Es un oficial de alto rango, por lo que no sabemos quién más podría estar involucrado, y confiamos en que la opinión de un asistente médico de veintitrés años sea más precisa que todos los recursos del FBI. Esto se queda entre nosotros hasta que consigamos algo concreto.

—Está bien. ¿Cuál es el primer paso?

—Tú vuelve a jugar al médico y me dejas hacer lo mío. Esta noche voy a saber muchísimo más sobre el Detective Roberts.

—Eres sexy cuando juegas a la reportera mala —le dije mientras la abrazaba y besaba en la frente.

—Vas a tener que esperar. Esta reportera sexy tiene un nuevo objetivo y está a la caza.

Salió apresuradamente de la habitación con un movimiento extra de sus caderas, en realidad una cazadora al acecho con su presa a la vista.

• • •

Llegué a casa a las nueve y encontré a Lana absorta en un mar de papeles en el sofá, con Banshee dormido en el otro extremo. Mi entrada produjo una mirada tuerta por parte de Banshee, y ninguna reacción por parte de Lana. Me incliné para besarla.

—Parece que has estado ocupada.

Terminó de anotar el papel que tenía en la mano antes de responder.

—Siéntate. No te lo vas a creer.

Apartó algunos papeles y palmeó el asiento que tenía a su lado. Las palabras se precipitaron mientras explicaba con entusiasmo sus hallazgos.

—¿Recuerdas cuando tu amigo hacker nos consiguió esos datos financieros y lo único que encontramos fue la deuda de Krug? Bueno, volví a mirar a Roberts. Lo único anormal fue que retiró $200,000 dólares para ayudar a pagar la hipoteca de su padre. Decidí echar un vistazo más de cerca.

Rebuscó entre algunos papeles hasta que encontró uno resaltado.

—Aquí está su cheque por $200,000 a nombre de First Prime Mortgage. Se puede ver que fue depositado en sus cuentas dos días después.

«Depósito a First Prime Mortgage, LLC» estaba estampado en el reverso del cheque.

—Para mí eso se ve normal.

—Pero espera, le pedí a tu amigo que me consiguiera los estados de cuenta de la hipoteca de su papá. Se puede ver que lo ha estado pagando regularmente, pero no hubo una disminución de $200,000 en el momento en que se cobró el cheque.

Me entregó los estados de cuenta para que los revisara.

—¿Y a dónde fue a parar el dinero?

—Fue a parar a First Prime Mortgage, LLC, como dice en el reverso del cheque.

Miré los papeles que tenía en la mano.

—Pero no está en estas declaraciones.

—Cierto, pero hay que mirarlos más de cerca.

Ella sonrió mientras me veía volver a mirar los papeles.

—No está aquí —dije con frustración.

—Lee el nombre de la empresa.

—First Prime Mortgage, igual que en el cheque —dije, señalando el logotipo.

Lana se inclinó y señaló el extremo del logotipo.

—Esta empresa es First Prime Mortgage, Inc. El cheque se emitió a nombre de First Prime Mortgage y se depositó a nombre de First Prime Mortgage, LLC. Son dos empresas diferentes.

Miré de un lado a otro entre las páginas.

—¿Quién chingados es First Prime Mortgage, LLC?

—Esa es la pregunta del millón. Es una LLC de Delaware que se estableció dos meses antes de que se emitiera el cheque y se disolvió una semana después de que se cobrara el cheque. La dirección es un apartado postal en Delaware. Los documentos corporativos fueron presentados por un bufete de abogados que presenta la mitad de las LLC en Delaware. Los dueños son fantasmas.

—¿Y el dinero? Tenía que ir a alguna parte.

—Lo hizo. El dinero se depositó en la cuenta bancaria corporativa de First Prime Mortgage, LLC, y dos días después el monto total se transfirió a una cuenta de criptomonedas, donde presumiblemente se convirtió en varias criptomonedas. Una vez en la criptomoneda, es imposible de rastrear. Podía comprar cosas en criptomonedas o convertirlas de nuevo en efectivo.

—¿Me estás diciendo que el Sr. Buen Tipo con Bombas emitió un cheque por $200,000 que se convirtió en efectivo irrastreable seis meses antes de que todo esto comenzara?

—Sí, lo suficiente para financiar el almacén y los vehículos utilizados en este crimen. Roberts tenía un fondo de guerra imposible de rastrear.

—¿No hay posibilidad de que haya gastado el dinero para otra cosa?

—No puedo encontrar nada. Sin gastos anormales ni viajes en los últimos seis meses. Sobre el papel, todo era perfecto, excepto que el sello en el reverso del cheque no coincidía con el nombre en el estado de cuenta.

—¿Cómo demonios encontraste eso en todo este lío?

—Ese es mi trabajo, cariño. Recuerda, soy una reportera increíble.

—Así que ahora tenemos un sello en el reverso de un cheque que obtuvimos ilegalmente y el testimonio de un asistente médico sin formación formal en lingüística. Yo diría que tenemos un caso hermético contra él. ¿Vas a decírselo a la policía?

—¡Ni de chiste! En primer lugar, no sabemos quién más puede estar involucrado. En segundo lugar, la mitad de mis pruebas se basan en material obtenido de la piratería de registros bancarios, que estoy bastante segura de que es ilegal, y amo al Pequeño Mac, pero explicar su talento a la policía es una posibilidad remota. Finalmente, si comparto la información ahora no voy a ganar un Pulitzer. Quiero probarlo y encontrar el tesoro, y luego decírselo a la policía.

—¿Qué pasa con Feng? ¿Vas a ponerlo al día?

—Va a tener que esperar. Creo que emplearía medidas drásticas con cualquier sospechoso razonable.

—Así que somos solo nosotros dos. ¿Cómo sabes que no voy a compartir la historia?

Me empujó hacia abajo y se sentó a horcajadas sobre mí en el sofá.

—Porque el placer que vas a recibir por tu silencio no es nada comparado con el dolor que vas a sentir si hablas.

CAPÍTULO 47

Jueves 9 de noviembre
7:04 a. m.

—Se me ocurrió una idea —dije, mientras me metía otro bocado de waffle en la boca.

—Por favor, comparte —respondió Lana, mientras se inclinaba hacia adelante con su taza de café en mano.

—¿Y si le ponemos un rastreador GPS en el carro? No tenemos la mano de obra para seguirlo, pero podemos ver a dónde va su carro. Demonios, incluso puede llevarnos a los diamantes.

—No es una mala idea, pero es muy ilegal.

Señalé los papeles que cubrían el sofá.

—Un poco tarde para preocuparse por tecnicismos legales, ¿no crees? Si nos ayuda, genial. Si no, fingimos que no sucedió.

—Pensé que los médicos eran seguidores de las reglas.

—Estás pensando en los médicos de medicina interna. Los médicos de urgencias nunca han cumplido con una regla que no romperían para ayudar a un paciente. Si la causa es noble, los medios son necesarios.

—Por favor, dime que no te lo has inventado.

—No está mal, ¿eh? Podría ser un buen tatuaje en mis hombros. De todos modos, ¿qué piensas sobre el rastreador?

Lana dio un sorbo a su café.

—Está bien, hagámoslo.

—Buena elección, especialmente desde que pedí uno anoche. Está previsto que se entregue esta mañana. Ahora necesitamos un plan para pegarlo en su carro.

Lana se alejó negando con la cabeza y respondió por encima del hombro.

—Ese es su trabajo, Sr. Bond. Voy a seguir buscando información sobre Roberts.

. . .

Urgencias no estaba muy animada cuando llegué a mi turno. Mi primer paciente fue un turista ligeramente ebrio que se lesionó en un bar de lanzamiento de hachas. Según sus amigos, el paciente lanzó el hacha, que golpeó la pared de madera hacia atrás y rebotó. Se reía del lanzamiento, sin prestar atención, cuando el hacha se le estrelló en la espinilla. No se había roto la pierna, pero luciría una cicatriz impresionante y se iría con una divertida anécdota de Las Vegas.

—¿Qué te parecen esos bares en los que lanzan hachas a los objetivos en la pared? —le pregunté a Rick.

—Estoy totalmente a favor de ellos. Vamos.

—Parece que el alcohol y el lanzamiento de hachas son una combinación peligrosa, ¿y por qué necesitan estar abiertos para el desayuno?

—Deberíamos enviarles una nota de agradecimiento. Su modelo de negocio es bueno para nuestro modelo de negocio.

—¿Qué tienes después del trabajo hoy?

—Grandes planes. Voy a comer pizza y jugar a *Call of Duty* hasta que me quede dormido en el sofá.

—Necesito ayuda con algo, yo compro la pizza.

—Estoy dentro.

—¿No quieres oír lo que es, primero?

—No, estoy dentro.

—Podría ser un poco peligroso.

—Definitivamente dentro.

Rick se fue a ver a su próximo paciente sin preocuparse por los detalles. No lo volvería a mencionar hasta que terminara su turno, y luego se concentraría solo en mi proyecto. Los médicos de urgencias están programados de manera diferente. Me senté a buscar el código de facturación de una lesión por hacha en la parte inferior de la pierna, en mi visita inicial.

. . .

Lana investigó las casas que rodeaban la dirección del Detective Roberts y descubrió que la casa a su derecha estaba ocupada por una viuda de unos setenta años, una entrevista potencial perfecta. Probablemente pasaba gran parte del día en casa, notando actividad en el vecindario. Podría dar la bienvenida a un visitante, especialmente a una mujer joven ansiosa por escuchar. Lana vestía de manera conservadora con pantalones de mezclilla y una blusa abotonada, anticipando a Judy Akins como una excelente fuente.

Se estacionó frente a su casa y admiró la casa de un solo piso, bien cuidada, recién pintada, con ventanas limpias y un patio prístino. Mientras recogía su bolso de mano de gran tamaño del asiento del pasajero, echó un vistazo a la casa de Roberts del mismo tamaño y antigüedad que la casa de Akins, pero no tan bien cuidada. No sufría tanto de abandono como de indiferencia.

Lana caminó confiada hacia la puerta y tocó el timbre. La voz de una mujer ordenó a un pequeño perro que ladraba que se calmara. Akins abrió la puerta con un vestido de verano y su perro se escondía detrás de ella.

—Hola, ¿en qué puedo ayudarle?

Una sonrisa amistosa acompañó su saludo. Lana coincidió con su sonrisa y le tendió una mano.

—Hola, Sra. Akins. Perdóneme por no llamar con anticipación. Mi nombre es Lana Hearns, y soy una reportera que está haciendo una historia sobre su vecino, el Detective Roberts. ¿Tendría un momento para responder algunas preguntas?

—¿Qué tipo de historia está escribiendo, jovencita?

—Se trata de su papel en el reciente bombardeo y robo.

—Por supuesto, pase, por favor. No se preocupe por Ruby. Es un poco tímida con los extraños.

Lana entró en el vestíbulo y se inclinó para saludar a Ruby. Después de una breve vacilación, el perrito olisqueó su mano extendida. Con aparente aprobación, Ruby avanzó en busca de unas rascadas detrás de las orejas.

—Pase, por favor, y siéntese. ¿Quiere un café?

—Me encantaría, gracias, con crema y azúcar, por favor.

Judy cantaba para sí misma en la cocina mientras preparaba el café, dando a Lana tiempo para explorar la sala de estar. La decoración anticuada parecía perfectamente conservada, limpia, y ordenada. Dos velas aromáticas ardían en lados opuestos de la habitación, el distintivo aroma a vainilla estaba presente en cada respiración.

Lana se hundió cómodamente en el sofá y Judy regresó con café.

—Gracias. Estas mantas son preciosas.

Lana miró tres suntuosas mantas que colgaban sobre el respaldo del sofá.

—Gracias. La costura me mantiene ocupada.

—¿Las hizo usted misma? ¿Las vende?

—No, las dono a un refugio que ayuda a madres solteras. Todos los bebés necesitan una manta caliente para acurrucarse con su mamá. A ver, ¿qué le gustaría saber sobre el Detective Roberts?

Su conversación duró más de media hora, y Lana tomó notas cuidadosamente. La imagen que Judy pintó de una vecino amable y atento que cuidaba de su caniche y vigilaba su casa contrastaba con el asesino que Lana imaginaba, pero su descripción podría encajar en el perfil de un psicópata. Muchos de ellos vivieron vidas increíblemente insípidas, ocultando con éxito tendencias asesinas.

Judy la acompañó hasta la puerta.

—Muchas gracias por visitarnos. Le haré saber al Detective Roberts que vino usted la próxima vez que lo vea.

Lana se inclinó para hablar en voz baja.

—Preferiría que mantuviéramos esto en secreto entre nosotras. Realmente quiero que se sorprenda cuando salga el artículo.

Judy sonrió, feliz de ser parte de la conspiración.

—Su secreto está a salvo conmigo. Cuídese. Pase por aquí en cualquier momento.

Lana se alejó meditando sobre su próximo movimiento. No se había enterado nada crucial de Judy, pero en su negocio, a veces los pequeños detalles se volvían más significativos.

.   .   .

—Está bien, ¿qué estamos haciendo?

—Necesito poner un rastreador GPS en un carro sin que me atrapen.

—Genial. ¿A quién le estamos rastreando el carro?

—Tienes que mantener esto en secreto, pero es el carro del Detective Roberts. Lana quiere ver a dónde va como parte de su investigación sobre el robo.

—Suena ilegal. Cada día me gusta más. ¿Cómo queremos hacer esto?

—Estamos manejando para ver dónde está estacionado. Si está al frente en el camino de entrada, necesito que pases trotando, te detengas para atarte el zapato y coloques el rastreador, luego sigas trotando.

—Eso es aburrido. Esperaba que pudiéramos seguirlo en una motocicleta e inclinarnos para colocarlo en la autopista, o ponerlo en una pistola de dardos y dispararle a su rueda mientras pasaba. Tu plan es una mierda. ¿Por qué no lo haces tú mismo?

—Mi plan es mejor, porque es simple, y no lo estoy haciendo yo mismo, porque él me reconocería de su visita a urgencias. Nunca te ha visto.

—Eres aburrido y todavía me debes una pizza. Vamos.

Estacionado en el camino de entrada, el Accord negro de cuatro años de Roberts tenía la matrícula que coincidía con los récords de Lana.

—Nada del otro mundo, Rick. Hazlo simple.

A la vuelta de la esquina, Rick se estiró en la banqueta mientras le daba el rastreador.

—No te preocupes, lo tengo. Yo soy el Señor Simple.

No podría estar más de acuerdo. Corrió hacia la esquina, se agachó, hizo diez flexiones y se puso de pie de un salto para seguir trotando. Doblé la esquina y me estacioné al otro lado de la calle, temerosa de nuestra arriesgada aventura.

Rick no decepcionó. Hizo diez flexiones en cada entrada y luego corrió hacia la siguiente para hacer diez más. La casa de Roberts era la sexta en la calle, y las cincuenta flexiones anteriores no habían dejado sin aliento a Rick en absoluto. Se dejó caer junto al carro de Roberts e hizo sus diez flexiones. Mientras se levantaba, su mano derecha se deslizó por debajo del parachoques. Para un transeúnte casual, parecería que estaba recuperando el equilibrio. Odiaba admitirlo, pero era bastante astuto, aunque no se lo diría nunca.

Rick llegó a la esquina y salió de la calle. Me detuve detrás de él y le dije que se subiera al carro. Rick me hizo señas para que me fuera.

—Nos encontramos en el lugar donde empezamos. Este es un gran ejercicio y quiero ver si puedo hacer todo el bloque.

No tenía sentido discutir, estacioné donde originalmente lo había dejado. Dobló la última esquina dos minutos más tarde, luchando un poco, pero aun completando las flexiones en cada camino de entrada. Terminó su último set y se metió en el carro, sudoroso, pero renovado.

—Necesito encontrar un bloque más grande para un desafío mayor. ¿Cómo me fue?

—Te ganaste tu pizza. Gracias, Rick.

Lo dejé y me fui a casa a comer pizza. Con el dispositivo de rastreo de Lana en su lugar, necesitaba descansar un poco.

CAPÍTULO 48

Viernes, 10 de noviembre
10:41 a. m.

El Detective Roberts llamó a la puerta de la oficina y el Jefe lo invitó a entrar.

—Siéntate. ¿Cómo te sientes?

—Los síntomas van y vienen. Los dolores de cabeza ya no son tan malos, pero la fatiga y la niebla de la memoria se encienden en los peores momentos. Por eso quería hablar con usted.

—¿Qué tienes en mente?

—Necesito entregar mis papeles de jubilación. No creo que pueda seguir liderando este departamento.

—Podemos darte más tiempo para que te recuperes físicamente, si eso es lo que necesitas.

—Es en parte eso, pero ¿cómo puede el equipo confiar en mí cuando tuve a un psicópata asesino en masa trabajando para mí durante tres años, y ni siquiera me di cuenta? Le fallé a toda la fuerza.

—Estás siendo un poco duro contigo mismo, ¿no crees? Krug nos engañó a todos.

—Pero yo era su oficial al mando. Trabajé con él a diario y nunca percibí ni una pizca de lo peligroso que era. He disfrutado de mi tiempo en el departamento, pero es hora de que alguien nuevo tome el timón.

Tengo mi pensión y puedo cobrarla en una playa tranquila en algún lugar.

—Lo entiendo. Este trabajo te pasa factura. Probablemente no estoy muy lejos de ti, pero me voy a quedar el tiempo suficiente para cerrar este caso.

—No puedo creer que no tengamos pistas sobre quién mató a todas esas personas y se llevó las joyas.

—Es increíble. Hemos hablado con todas las personas que Krug ha conocido. Alguien incluso localizó a su maestra de jardín de niños. Ya no nos quedan muchas piedras por voltear.

—Lamento dejarlo, Jefe, pero si alguien puede atrapar al tipo, es usted. Gracias por todo, señor.

El Jefe se puso de pie y le tendió la mano.

—Gracias por todo, Detective. Disfruta de esa playa y mucha suerte en tu recuperación.

Roberts sonrió mientras salía de la oficina por última vez. Necesitaría una semana más o menos para poner sus asuntos en orden, y luego podría concentrarse en mudarse al Caribe.

· · ·

Lana recibió un mensaje de texto mientras almorzábamos.

—Maldita sea, parece que Roberts dio su avisó de dos semanas. Se está retirando, alegando problemas continuos por la lesión en la cabeza y estrés por no reconocer a Krug como una amenaza. Se está escapando.

La apunté con una de mis papas fritas para enfatizar mi punto.

—Si tiene los diamantes, no puede gastarlos aquí. Tiene un perfil demasiado alto.

Lana me arrebató las papas fritas de la mano y se las comió.

—Apuesto a que va a ir a República Dominicana. No hay extradición.

—Con el dinero que tiene, debería ir a las Maldivas.

—Tenemos que atraparlo antes de que se vaya de la ciudad. Con el dinero que tiene, puede comprar mucha protección.

—Todavía tenemos la opción de decirle a Feng nuestras sospechas.

—No lo voy a echar a los lobos hasta que tengamos pruebas. ¿Qué muestra el rastreador?

—Demuestra que tiene una vida aburrida. Ha ido al trabajo, a una cita con el médico, a la tienda de comestibles y a una gasolinera.

—Tenemos que hacer que entre en pánico y cometa un error.

—¿Por qué no registramos su casa cuando sabemos que no está en casa?

—Porque es policía, y eso es un crimen.

—Así que agrégalo a nuestra lista. Si es culpable, no lo denunciará. Si encontramos algo, podemos tomar algunas fotos y enviarlas de forma anónima.

—Déjame pensarlo. Voy a indagar un poco más, y podemos seguir vigilando su rastreador. Tiene que cometer un error en algún momento.

Terminé mis papas fritas, mientras Lana recogía los restos de su ensalada, cada uno de nosotros en silencio con sus propios pensamientos. En urgencias, cuando los síntomas de un paciente no tenían sentido, teníamos que mirar el caso desde una nueva perspectiva. Si analizamos los datos de la misma manera cada vez, surge la misma solución. Problemas inusuales requieren soluciones inusuales. Teníamos que pensar de otra manera.

CAPÍTULO 48

Domingo 12 de noviembre
8:39 a. m.

—Come. Esos waffles deben sostenerte para el largo día que tienes por delante.

Lana untó un pequeño bocado en almíbar antes de saborearlo.

—¿Estás segura de que es una buena idea?

—Estoy seguro de que es una idea. Mañana te digo si fue buena.

Nuestro plan se había formado durante la cena, con detalles debatidos y refinados hasta las primeras horas de la mañana. Acordamos asustar a Roberts, drástica y rápidamente.

—Tú eres la que está en peligro. Es tu decisión cancelarlo —dije.

Lana reflexionó sobre ello mientras disfrutaba de unos cuantos bocados más. Puso el cuchillo y el tenedor sobre el plato, me miró a los ojos y exclamó:

—¡Vamos a hacer esto!

Banshee puntuó su voz elevada con un pequeño ladrido. Siempre estaba listo.

· · ·

Esperamos a que Roberts saliera de la casa. Un domingo, él podría quedarse en casa todo el día, y nosotros tendríamos que esperar hasta el lunes. El rastreador mostraba su carro moviéndose a eso de las dos de la tarde y aparcado en un bar deportivo a quince minutos de distancia, lo cual era perfecto. Ya sea que viera un juego o solo pidiera un almuerzo tardío, probablemente se quedaría por un tiempo, y yo tendría un aviso de quince minutos antes de su regreso.

—Última oportunidad. ¿Vamos a hacer esto? —pregunté.

—Ve. Mantén tu línea telefónica abierta. Te avisaré si su carro se mueve.

•   •   •

Roberts se sentó en la barra y pidió una hamburguesa, aros de cebolla y cerveza. Los Raiders pelearon un partido apretado con los Broncos a principios del tercer cuarto. Se unió al resto de los fans de los Raiders para ver la segunda mitad.

•   •   •

Me estacioné a la vuelta de la esquina de la casa de Roberts y caminé casualmente, a pesar de la adrenalina que fluía por mi sistema. Mi cachucha de béisbol bajada sobre mi frente no hizo nada para aliviar la picazón de la tupida barba postiza que usaba, pero su memorable distinción podría valer la pena. Mantuve a Lana informada sobre mi progreso a través de mis AirPods. Me tranquilizó diciéndome que el carro de Roberts no se había movido.

Corté entre las casas hasta la puerta trasera de Roberts. Con los guantes puestos, me arrodillé y saqué las ganzúas de mi bolsillo. Originalmente aprendí a forzar cerraduras en la secundaria, cuando un profesor de química se jactó de la dificultad del próximo examen e hizo un gran espectáculo al guardarlo en un archivador en su oficina. Levantó la llave y se burló de nosotros diciéndonos que nadie pasaría sin su llave.

Después de gastar unos dólares en la tienda de magia, tenía un juego de ganzúas y un libro para enseñarme a usarlos. Me metí en el archivo y tomé fotos de las preguntas, la única vez que hice trampa. Incluso sabiendo las preguntas de antemano, saqué un 8.4 y fui el único que aprobó la prueba.

La mayoría de las cerraduras eran bastante sencillas de forzar, lo que requería un poco de práctica y un buen sentido del tacto. La habilidad me había servido bien. Pasaron noventa largos segundos antes de que la última pieza encajara en su lugar y abriera la cerradura.

Cerré la puerta con cuidado detrás de mí y escuché por cualquier ruido. Después de un minuto completo de silencio, me sentí seguro de que la casa estaba vacía y que no se habían disparado las alarmas. Lana confirmó que el carro seguía en su lugar.

Registré la casa. Si pudiéramos encontrar alguna de las joyas robadas, tomaríamos fotos y se las enviaríamos a la policía. Tenía serias dudas de que alguien lo suficientemente inteligente como para robar las joyas las guardara en un cajón de ropa interior o en una caja de zapatos en el armario, pero tuve que comprobarlo. La casa pequeña y ordenada permitió una búsqueda rápida. Roberts ya había comenzado a organizar su mudanza, pero no había sellado las cajas. Revisé esos, además de los cajones y armarios, debajo de la cama y en el congelador, y no encontré nada. No tuve tiempo de arrancar paredes ni pisos. Habíamos asignado solo veinte minutos para la búsqueda, y el tiempo se había acabado.

—Eso es todo, Doc. Es hora de salir de allí. ¿Encontraste algo útil? —preguntó Lana.

—Usa bóxers. Por lo demás, nada. ¿Quieres continuar con el siguiente paso? Aún podemos salir airosos de esto. Él va a saber que alguien estuvo aquí, pero nada nos va a señalar.

—Quiero llegar hasta el final.

—Yo también.

Me metí la mano en el bolsillo y saqué un teléfono desechable barato y una nota. Los coloqué en el mostrador y cerré la puerta al salir. Caminé alrededor de la cuadra y me fui.

· · ·

Roberts aplaudió con el resto de los clientes cuando los Raiders completaron una serie de ochenta yardas para un *touchdown* con un minuto por jugar para tomar una ventaja de cinco puntos, pero la defensa de los Raiders tuvo que aguantar un minuto. Los Broncos llegaron a la veintena, pero su último pase quedó incompleto, dándole a los Raiders su décima victoria de la temporada y un lugar en los *playoffs*. Roberts se unió a la celebración, cerró su cuenta y se dirigió a casa.

Se sintió bien, mientras se detenía en su casa. Los Raiders estaban en los *playoffs*, y él había reducido sus opciones de propiedades en República Dominicana a tres hermosas casas de playa. Su documentación estaba lista para ser presentada mañana. Esa noche, haría las maletas.

Dejó las llaves y la cartera sobre la mesa junto a la puerta principal y encendió la televisión para ver el juego tardío. Abrió la tapa de otra cerveza y tomó su primer sorbo antes de congelarse. Dejó la cerveza y sacó su Glock, quedándose en silencio mientras escuchaba. Alguien había estado en su casa. Buscó en toda la casa y notó pequeñas cosas fuera de lugar.

Su casa había sido registrada y no se había hecho ningún esfuerzo por ocultarlo. Al no encontrar a nadie en la casa, dirigió su atención a la puerta trasera. Confirmó que la puerta estaba cerrada con llave, pero una inspección más cercana reveló que probablemente había sido forzada. La cerradura era nueva desde el robo simulado, pero mostraba algunos arañazos.

Agarró su cerveza y miró fijamente el teléfono y la nota en el mostrador: «Respóndeme cuando llame». El teléfono barato desechable descansaba sobre la simple nota, escrita con un Sharpie negro en letras mayúsculas.

Como experto en bombas, de ninguna manera contestaría un teléfono dejado en su mostrador sin examinarlo primero. Aunque la carga sería pequeña, si explotara justo al lado de la oreja podría decapitar a una persona.

Dejó la cerveza, sacó su traje antibombas con la máscara y la placa pectoral y se acercó al teléfono. Colocó ladrillos de su estacionamiento en tres lados del teléfono para estabilizarlo y contener una explosión. Usó unas pinzas largas para voltear el teléfono y quitar la parte trasera de la batería, haciendo una mueca ante la posible explosión. Encontrado en silencio, se inclinó hacia adelante y vio una batería de teléfono normal.

Suspiró y se quitó el traje. Tomó el teléfono y lo examinó más de cerca. El teléfono desechable barato no tenía modificaciones ni explosivos. Lo volvió a armar y lo puso sobre el mostrador, recogiendo su cerveza. ¿Quién demonios había estado en su casa? No podían ser los policías. Habrían llegado con una orden judicial y un equipo SWAT. Podría huir si tuviera que hacerlo, pero eso confirmaría su culpabilidad. Alguien quería hablar. Roberts esperó pacientemente la llamada.

CAPÍTULO 50

Domingo, 4:35 p. m.

Lana y yo miramos el rastreador con ansiedad, mientras Roberts se estacionaba en la entrada de su casa. Planeamos notificar a la policía, si veíamos evidencia de que decidió huir inmediatamente cuando vio el teléfono, pero después de quince minutos de vigilar su carro estacionado en el rastreador, nos relajamos.

—No creo que vaya a huir —dijo Lana.

—Estoy de acuerdo. ¿Cuánto tiempo quieres dejarlo esperando?

—Al menos un par de horas para aumentar la tensión. Además, de todos modos, no queremos reunirnos hasta que oscurezca. Vamos a cenar y a ver fútbol.

—Se me antoja un sándwich de queso a la parrilla. ¿Quieres uno?

—Comida gourmet y fútbol, un excelente precursor de esta noche.

Banshee se acurrucó con ella en el sofá, mientras yo preparaba los sándwiches.

.   .   .

Por fin sonó el teléfono. Con una sensación de temor cada vez más profundo, Roberts encendió el altavoz y esperó a que la persona que llamaba hablara primero. Una voz modulada, similar a la que había usado para llamar al 911, se pronunció lentamente a través del diminuto altavoz.

—Lo sé todo —dijo la voz.

—No tengo idea de lo que estás hablando —respondió Roberts.

—Estoy hablando de un robo financiado con $200,000 en efectivo que lavaste a través de First Prime Mortgage, LLC.

Una seria preocupación se extendió a través de su pecho cada vez más apretado.

—Supongo por tu silencio que no vas a perder el tiempo negándolo.

—¿Qué quieres?

—Dinero. Entregarte vale un millón de dólares. Dejarte ir debería valer mucho más.

—¿Qué garantías tengo de que no me entregarás de todos modos?

—Cuando reciba el pago, también soy culpable. No puedo gastar mi dinero en la cárcel.

Roberts daba golpecitos con el pie mientras consideraba sus opciones. Si sabían de los $200,000 dólares, sabían lo suficiente como para que la policía justificara una orden judicial. En cuanto se centraran en él, su historia empezaría a desmoronarse.

—¿Qué es exactamente lo que estás proponiendo?

—Nos vemos esta noche. Ven solo con veinte millones de dólares en diamantes. No me interesan las joyas. Entrégalas y cada uno toma su camino. Si te desvías de este plan, mi información llega a las fuerzas del orden y a los medios de comunicación, y nunca vas a salir del país.

Roberts calculó sus posibilidades. Los veinte millones no eran un problema, pero necesitaba tiempo para salir del país. Si circulaba su identificación, no tendría posibilidad de escapar. Además, quería saber quién tenía su información. Si un detective encontraba su cheque de $200,000 dólares, ya estaría en una celda.

—¿Dónde y cuándo quieres reunirte?

—Cementerio Palm Eastern a las diez de la noche. En la esquina trasera derecha, vas a encontrar la estatua de un ángel que alcanza el cielo, rodeada de veinte palmeras altas. Ven solo, trae los diamantes y no vas a volver a saber de mí.

Lana se desconectó antes de que él pudiera responder. Con manos temblorosas, apagó su propio teléfono desechable y retiró la batería.

—¿Vas a estar bien? —pregunté.

—Sí. Eso fue mucho más estresante de lo que esperaba.

—Tenemos algo de tiempo. Vamos a comprobar que todo está listo.

. . .

Roberts colocó el teléfono suavemente sobre el mostrador y formuló su plan. Se dio cuenta de que podría ser capaz de pagarle, pero también que podría necesitar matarla. Sospechaba de esa perra reportera, pero tenía que estar seguro. De ser así, la amenaza de que ella compartiera la información era real.

Necesitaba conseguir los diamantes. Afortunadamente, Judy estaría jugando su juego de cartas dominical. Roberts usó su llave para acceder a su casa y agarró una de las velas, colocando las otras para ocultar el espacio vacío. No tuvo tiempo de derretir la cera. Tendría que tomarlo tal cual. A continuación, empacó una mochila de escape en caso de que necesitara huir antes de lo esperado. El dinero, la ropa y su pasaporte fueron a parar a la mochila. Lo único que tenía que añadir era el resto de los diamantes, y podría recogerlos en cuestión de minutos al salir de la ciudad.

Finalmente, enfundó la Glock y envainó su cuchillo en la parte posterior de su cinturón. Había dejado un carro más estacionado a las afueras de la ciudad. Si lograba llegar allí, tenía una buena oportunidad de escapar.

. . .

Banshee y yo llegamos temprano al cementerio, siempre abierto, donde una tenue luz iluminaba suavemente las sombras estrechas. El lugar de encuentro, con un exuberante jardín, invisible desde la entrada principal, garantizaba privacidad, especialmente un domingo por la noche. Exploré la zona con Banshee, me equipé con su equipo táctico completo y nos instalamos al este del lugar de encuentro, donde varias lápidas grandes nos protegían. Encontré un pequeño grupo de arbustos al norte para Banshee, que acechaba inmóvil y letal entre sus sombras. Llevaba los auriculares puestos y podía oír mis susurros de calma y silencio. Apoyó la cabeza en sus patas y esperó a que algo sucediera.

Lana llegó quince minutos antes de la hora de encuentro y se quedó desarmada cerca de la estatua, de espaldas a mí. Tenía dos dispositivos de grabación separados para captar su conversación. Le proporcioné a nuestra única seguridad una Glock que esperaba no usar y Banshee con todo el equipo de guerra.

Lana se inquietó mientras pasaban cinco minutos después de la hora. Finalmente, los faros se encendieron en el estacionamiento más cercano y Roberts marchó hacia ella con una mochila al hombro. Le ordené a Banshee que se mantuviera alerta y quieto. Banshee se tensó bajo su arbusto y permaneció casi invisible.

—Supuse que eras tú —dijo Roberts—. Has sido un dolor de cabeza desde el principio.

—Supongo que por eso intentaste matarme en la presa Hoover.

—Solo negocios, nada personal.

—Todo esto ha sido solo un negocio para ti, ¿no es así?

—Fue un trabajo complicado llevar a cabo el crimen perfecto, y lo hice bien.

—Te refieres a un crimen casi perfecto. De lo contrario, no estaríamos aquí.

—Antes de que hagamos nuestro trato, ¿qué tal si me dices cómo lo descubriste?

—Alguien identificó tu voz en las llamadas al 911.

—Tonterías. Ni siquiera el FBI ha identificado una voz a partir de esas grabaciones.

—Usamos una tecnología diferente. Después de que te identificaron, revisé los registros. La única anomalía fue el pago de la hipoteca que le hiciste a tu padre, que nunca llegó a su banco. Así que, al mirar el reverso del cheque, vi adónde había ido realmente el dinero. Tras investigar un poco, vi que ese dinero desapareció en criptomonedas. Tenías los medios y la oportunidad. Supongo que te autoinfligiste la lesión en la cabeza y que pusiste a Krug a cargar con la culpa.

—De todos modos, su deuda habría sido el final para él. La muerte que le di fue fácil en comparación con lo que hubiera enfrentado.

—Estoy seguro de que su familia está agradecida por tu amabilidad. ¿Trajiste los diamantes?

Lana se tensó, mientras metía la mano en su mochila. Blandió solo una vela y se la lanzó.

—Hay unos veinte millones en diamantes en la cera. No tuve tiempo de derretirlo. ¿Tengo tu palabra de que este es el final de nuestras interacciones?

—Soy cómplice de dieciséis asesinatos tan pronto como acepto estos diamantes.

—Sí —dijo Roberts, sacando una pistola—, puedo estar llegando a los diecisiete ahora. ¿Cuántas copias de los registros tienes y dónde están?

Avanzó hacia ella con la pistola frente a él. Le susurré a Banshee que avanzara en silencio. Se escabulló hasta el suelo y se deslizó hacia Roberts.

—No puedes dispararme aquí. La información se va a dar a conocer automáticamente —dijo Lana.

—No lo dudo, zorra astuta. Te voy a llevar a un lugar privado y me lo vas a contar todo, o te arranco la piel, empezando por los pies y para arriba. ¡Ve al carro!

Lana se mantuvo firme y Roberts se abalanzó sobre ella.

—¡Dije muévete, ahora!

—DESARMA, PISTOLA —susurré.

Después de dos zancadas, Banshee se lanzó. Roberts sintió una sombra en su visión periférica antes de que las mandíbulas de Banshee se apretaran alrededor de su muñeca, destruyendo músculos, tendones y ligamentos. El arma cayó inofensivamente en el pasto, mientras Banshee tiraba a Roberts al suelo. El dolor abrasaba como un incendio mientras Banshee le sujetaba la muñeca. Con la mano izquierda,

Roberts agarró su cuchillo y lo clavó en el pecho de Banshee, pero rebotó con fuerza contra la placa de titanio de su chaleco.

—¡Banshee, RETÍRATE!

Avancé con mi arma. Banshee lo soltó y se protegió, buscando posibles amenazas. Me paré a dos metros de Roberts y pateé su arma más lejos. Acunó su muñeca herida, pero aún sostenía el cuchillo.

—Se acabó. Deja el cuchillo en el suelo. Lo grabamos todo.

—No.

—No hay salida. No quiero dispararte, pero lo voy a hacer si tengo que. Baja el cuchillo y busca un abogado. Quizás puedas intercambiar la ubicación de las joyas por tu vida.

—¿Pasar mi vida en prisión? ¿Como expolicía? No, gracias, y a la mierda el multimillonario. Es probable que la señorita detective de aquí encuentre los diamantes con el tiempo, pero nadie va a ver esas joyas hasta dentro de sesenta años. Zhang va a estar muerto para entonces. La gente va a seguir hablando de mí dentro de sesenta años, y nadie se va a acordar del multimillonario.

Se puso de pie y yo retrocedí dos pasos.

—No hay adónde huir —dije.

—No tengo intención de huir. —Se volteó hacia Lana—. Fuiste la única que se dio cuenta. Asegúrate de que todos esos imbéciles sepan que los superé.

Con una sonrisa fanática, pasó el cuchillo profundamente por el lado izquierdo de su cuello. La sangre arterial se disparó casi tres metros, pero al quinto latido del corazón, Roberts se desplomó y murió al décimo.

CAPÍTULO 51

Domingo, 10:17 p. m.

Horrorizada, Lana corrió hacia él, pero yo la contuve.

—Cortó la carótida y la yugular. No hay nada que pudiéramos hacer, incluso si estuviéramos en un quirófano.

Lana se apoyó en mi hombro y lloró mientras Roberts drenaba lo que quedaba de sangre.

—No quería que terminara de esa manera —dijo Lana, apartando la mirada del cuerpo.

—Fue su elección. Decidió hace mucho tiempo que no iba a ir a la cárcel. Creo que es hora de que llamemos a la Detective Roland.

Lana puso el teléfono en altavoz.

—Detective Roland, soy Lana Hearns.

—¿En qué puedo ayudarla, Srta. Hearns?

—Resolvimos el robo y recuperamos algunos diamantes. El autor del crimen está muerto.

—Empieza por el principio.

Roland escuchó sin interrupción, mientras Lana resumía.

—Quédate ahí, no toques nada y no hables con nadie. El Detective Stillman y yo estaremos allí en menos de veinte minutos.

Miré el cuerpo empapado de sangre con el cuchillo todavía en la mano y la vela ensangrentada que yacía a su lado.

—Vamos, busquemos un lugar para sentarnos con una mejor vista.

La llevé a un banco bajo la sombra de un gran árbol y Banshee se acurrucó a nuestros pies.

—Banshee fue un héroe, otra vez —dijo.

—Es el mejor. Voy a tener que conseguirle un chaleco nuevo. Este tiene dos marcas de cuchillo. Eres un buen chico. —Banshee se inclinó hacia mí.

—He tenido muchas citas malas, pero esta es la peor —dijo Lana.

—Desafortunadamente, no creo que esta sea mi peor cita. ¿De verdad crees que los diamantes están en esa vela?

—Eso espero. La Srta. Judy, que vive al lado de él, tiene la misma marca de velas en toda su casa. Si hay diamantes en este, apuesto a que el resto está en alguna parte de su casa.

—Llámame loco, pero no creo que haya sido por el dinero.

—Estoy de acuerdo. Se trataba de la fama, de su último deseo de ser recordado.

—Tienes una historia increíble con esa grabación.

—Gracias por recordármelo. Déjame enviar una copia por correo electrónico antes de que la policía confisque el original.

—¿Crees que los policías se van a enfadar?

—Un poco, pero van a estar contentos de que el caso esté cerrado y los diamantes recuperados.

—¿Qué crees que quiso decir con que no van a encontrar las joyas durante sesenta años? Eso fue extrañamente específico.

—Estoy de acuerdo, pero estoy demasiado cansada para pensar en eso en este momento.

Apoyó su cabeza en mi hombro y descansamos en silencio hasta que el primer carro se detuvo en el estacionamiento.

—Por aquí, Detective Roland —llamé.

Su linterna se balanceó en nuestra dirección y se acercó.

—¿Dónde está?

—Allá atrás —señalé.

—¿Estás seguro de que está muerto?

—Se cortó la carótida y la yugular. Estaba muerto en el momento en que el cuchillo los atravesó.

—¿Y hay veinte millones de dólares en diamantes sin vigilancia?

Le di unas palmaditas a Banshee.

—Definitivamente no están sin vigilancia.

—Hay que esperar a que Stillman vuelva a revisar esto, otra vez.

Esperamos en silencio hasta que el Detective Stillman se unió a nosotros.

—Estas son las reglas. Nuestra próxima conversación es extraoficial, pero necesito saber todo lo que hiciste para llegar aquí esta noche, sin reservas. Nada va a ser usado en tu contra. Tienes mi palabra —dijo Roland.

Asentí con la cabeza a Lana, y ella comenzó su resumen. Después de veinte minutos de frecuentes solicitudes de detalles de ambos, escucharon la grabación y confiscaron su teléfono. Se alejaron de nosotros para hablar.

—¿Crees que estamos en problemas? —preguntó Lana.

—No, creo que van a conseguir una versión ligeramente modificada de nuestra historia juntos.

Stillman y Roland llegaron a un acuerdo, y Roland se dirigió a nosotros.

—Técnicamente, violaron la ley con el dispositivo de rastreo, el hackeo financiero y el allanamiento de morada en su casa. Tenemos entendido que la Srta. Hearns sospechó que Roberts era el bombardero después del reconocimiento de voz del Pequeño Mac. Fuiste a su casa para confrontarlo, y él organizó esta reunión esta noche para comprar tu silencio. Trajiste a Doc y Banshee por seguridad, y el resto sucedió como dices. ¿Les parece correcta esa versión?

Asentimos con la cabeza.

—Esto es lo que necesito que hagan. Súbanse a sus carros y váyanse a casa. No hablen con nadie. En unas horas, cuando hayamos procesado la escena, los voy a llamar a la central para obtener la versión oficial de su historia. Ese testimonio va a ser grabado y formar parte de la transcripción oficial. Sería conveniente que esa versión coincida con lo que acabo de decir. Cualquier declaración sobre su allanamiento de morada y el dispositivo de rastreo es innecesaria. ¿Entendido?

—Sí, señora —dijimos al unísono.

—Bien, salgan de aquí y practiquen esa historia. De nuevo, no hablen con nadie. Los medios de comunicación van a estar aquí en la próxima media hora, y no quiero que estén cerca de ustedes.

—Gracias, detective.

—Gracias, ustedes dos y Doc, pasen al carro de Roberts y asegúrense de que el transmisor se haya ido antes de que lleguen los demás.

—Sí, señora.

Banshee corrió adelante, mientras caminábamos hacia nuestro carro. Quité el rastreador GPS casi tan suavemente como Rick lo había colocado, y lo guardé en mi bolsillo.

·   ·   ·

La noticia se corrió rápidamente y la multitud de medios de comunicación y espectadores aumentó. Aparecieron oficiales adicionales, ya que Stillman se encargó de procesar la escena. Roland, equipada con una imagen de la vela que posiblemente contenía diamantes, llevó a un grupo de oficiales a la casa de Judy Akins. Ella respondió en camisón, y Ruby ladró vigorosamente ante la intrusión.

Roland explicó con calma que la casa podría ser parte de una escena del crimen, y que ella y Ruby necesitaban mudarse al Mandalay Bay, que amablemente se había ofrecido a hospedarlas. Judy recogió sus cosas y un oficial la llevó al hotel.

Roland y su equipo registraron la casa y encontraron más de cien velas, y fotografiaron y etiquetaron cada una como evidencia. De vuelta en el cuartel general de la policía, las radiografías de cada vela revelaron nueve con objetos contenidos en su cera. Colocaron uno boca abajo sobre una fina malla metálica y lo calentaron. Tras filtrarse la cera, un montón de diamantes brilló desafiante bajo la tenue luz fluorescente.

Un segundo equipo aseguró y registró exhaustivamente la casa de Roberts, arrancando las tablas del piso y los paneles de yeso, pero no encontró nada. Un pedazo de papel en la basura decía: «Respóndeme cuando llame». La anomalía se observó en el informe, pero no se descubrió ninguna correlación con el caso.

Traición en la Ciudad del Pecado

Un segundo equipo aseguró y registró exhaustivamente la casa de Roberts, arrancando las tablas del piso y los paneles de yeso, pero no encontró nada. Un pedazo de papel en la basura decía: «Respóndeme cuando llame». La anomalía se observó en el informe, pero no se descubrió ninguna correlación con el caso.

CAPÍTULO 52

Lunes 13 de noviembre
6:58 a. m.

Bajo la angustiosa y parpadeante luz fluorescente de una sala de interrogatorios en la comisaría, aclaramos nuestra historia bajo la intensa mirada de Roland. Un pequeño grupo de policías curiosos se había reunido frente a la puerta abierta para escuchar. Stillman puso la grabación de Lana a todo volumen.

Cuando terminó, Roland preguntó:

—¿Qué crees que quiso decir con que las joyas no se encontrarían durante sesenta años?

—No tengo ni idea —reprimí un bostezo.

—En realidad, tengo una idea sobre eso. Como parte de mi historia, ¿puedo estar presente cuando busques en el área que sugiero?

Roland y Stillman se miraron a los ojos para comunicarse en silencio.

—No tenemos ningún problema con eso. Nos has llevado al asesino y a los diamantes, así que lo menos que podemos hacer es permitirte estar allí, si puedes llevarnos a las joyas.

—Creo que escondió las joyas en la sala de pruebas.

—¿Qué te hace pensar eso? —preguntó Roland.

—Escucha la grabación. No dijo que no los encontraríamos en sesenta años, dijo que no los encontraríamos en otros sesenta años. Roberts era preciso en todo lo que hacía, y no creo que su elección de palabras fuera incidental. Tras una búsqueda en internet anoche, descubrí que las pruebas de todos los asesinatos sin resolver se almacenan durante setenta y cinco años. Roberts tenía acceso a la sala de pruebas, un lugar perfecto para guardar las joyas, porque son demasiado distintivas para venderlas. Quería que su nombre fuera reconocido dentro de sesenta años, cuando esas cajas fueran revisadas y esas joyas descubiertas. Revisa primero los casos sin resolver de hace quince años, con cajas polvorientas de pruebas que van a permanecer intactas durante sesenta años más antes de ser abiertas nuevamente.

—Espera aquí, por favor.

Roland y Stillman salieron juntos de la habitación.

—¿Cuándo me ibas a decir todo esto? —pregunté.

—Lo acabo de hacer. Hubiera agradecido tu ayuda anoche, pero estabas dormido y la necesitabas desesperadamente. Un buen reportero nunca se duerme en medio de una historia.

Ella guiñó un ojo adorablemente.

—Si esas joyas están ahí abajo, vas a conseguir un Pulitzer.

Me incliné para besarla. Al cabo de unos minutos, Roland nos hizo señas para que nos uniéramos a ella.

—El Jefe autorizó el allanamiento. Ustedes dos son bienvenidos, pero no fotos, y no toquen nada.

Dos oficiales se unieron a nosotros, y un oficial desgastado por el tiempo llamado Murphy mostró sorpresa al ver que nuestro grupo animaba su solitario dominio subterráneo. Se enderezó en su silla detrás de un mostrador bajo y descolorido.

—¿En qué puedo ayudarte?

—Estamos llevando a cabo una búsqueda en la sala de archivos. Nadie entra sin mi permiso. Estos dos te van a hacer compañía —dijo Stillman.

Los dos agentes bloquearon la puerta.

Los cuatro restantes entramos en la sala de archivos gris y cavernosa, y Roland consultó su lista de trece asesinatos sin resolver de quince años, y nos condujo a la primera caja. Con las manos enguantadas, abrió la caja y rápidamente clasificó el contenido para compararlo con la lista de pruebas de la caja y no encontrar nada faltante ni extra. Volvió a colocar la caja en el estante, alineándola para que encajara en el espacio rectangular libre de polvo donde había esperado durante años.

La emoción se convirtió en aburrimiento, mientras veíamos a Roland clasificar metódicamente las viejas pruebas. Algunas cajas estaban patéticamente vacías y otras llenas de bolsas etiquetadas. La búsqueda se prolongó hasta una segunda hora.

—Una más, y llegamos a la mitad —prosiguió Roland—. El siguiente es el de Mathew Adkins, que debe estar dos filas más allá.

Dejó la caja en el suelo y comenzó el inventario. Se detuvo bruscamente.

—Stillman, pídele al fotógrafo que venga aquí.

Stillman llamó por radio a uno, mientras nos inclinábamos para mirar dentro de la caja. Señaló una bolsa de lona negra.

—Eso definitivamente no pertenece aquí.

El fotógrafo llegó y tomó fotos de la caja, el estante, el contenido que se había retirado y la misteriosa bolsa. Roland retiró más artículos para exponer la bolsa por completo, y tomó más fotos. Lo quitó, lo dejó en el suelo de cemento y abrió el cierre de la bolsa. Mil facetas de joyas multicolores brillaban bajo la luz blanca y brillante del fotógrafo.

Lana sonrió.

Roland la metió con cuidado en una bolsa de pruebas y revisó el resto de la caja. Al no encontrar nada más que no perteneciera ahí, devolvió la caja, por lo demás anodina, a su lugar polvoriento en el estante.

—Vamos arriba para ver qué recuperamos, y si aún falta algo, revisamos el resto de las cajas.

Roland nos llevó a la sala de pruebas en medio de una ronda de vítores, mientras la noticia del hallazgo se extendía rápidamente.

Observamos en silencio desde el fondo, mientras inventariaban relojes, collares, brazaletes y anillos, cada uno tan magnífico como el anterior, y los colocaban sobre una mesa sobre un papel blanco y limpio. Cada artículo sería fotografiado y embolsado por separado.

Lana y yo salimos y nos dirigimos a casa. Lana sacó su teléfono.

—Hola, Feng. Es Lana. Supongo que ya te habrás enterado de que el verdadero ladrón está muerto y que tus diamantes han sido recuperados.

—Soy consciente. Gracias.

—Por favor, informa al Sr. Zhang que sus joyas también han sido recuperadas.

—Va a estar muy contento. ¿Participaste en su recuperación?

—Sí, ahora mismo necesito terminar mi historia antes de la fecha límite, pero quería que supieras que la terrible experiencia ha terminado.

—Gracias, Srta. Hearns. Espero con ansias leer tu historia.

•   •   •

Lana terminó febrilmente su historia. Finalmente, pulsó el botón de enviar y se sentó frente a mí con las piernas metidas debajo de ella y con una copa de vino en la mano.

Su teléfono sonó nueve minutos después de enviarla.

—¿No vas a contestar?

—No, voy a bañarme y relajarme. Luego voy a revisar todos los mensajes y decidir quién recibe las primeras entrevistas.

Dejó su copa vacía sobre la mesa de café y se dirigió al baño sin su teléfono que vibraba.

Salió del baño media hora después, luciendo deslumbrante, con el cabello y el maquillaje perfectos, y vestida con la blusa de seda azul que resaltaba sus ojos.

—Te ves hermosa —dije mientras me acercaba a ella.

—Gracias. ¿Cuántas llamadas?

—Diecisiete, incluyendo las redes, y eres tendencia en Twitter.

Lana llamó a las tres cadenas principales para programar sus horarios de entrevistas, y luego me devolvió la lista.

—Felicidades, ahora eres mi agente. Los he numerado por prioridad. ¿Puedes devolverles la llamada en orden y programar horarios para las entrevistas? Deben ser de seis minutos como máximo, y necesito al menos diez minutos entre cada una. Gracias, cariño.

—¿Cuánto le pagan a un agente?

—Lo vas a saber más tarde esta noche. Manos a la obra.

Lana se instaló en su oficina, donde había instalado iluminación profesional, y terminó once entrevistas, negándose a más, ya que dijo que no tenía absolutamente nada nuevo que decir.

—No has mencionado mucho sobre la confesión y la muerte de Roberts.

—Esa información está reservada para la próxima ronda de entrevistas de esta noche. Planeo estirar esto un poco.

Las cadenas aprovecharon la oportunidad para transmitir más detalles sobre un crimen que había hipnotizado a la nación y a gran parte del mundo. Lana mantuvo las entrevistas hasta las nueve, y luego se durmió en el sofá. La envolví suavemente con una manta y dormí más profundamente de lo que lo había hecho en meses.

CAPÍTULO 53

Viernes 24 de noviembre
6:54 p. m.

Había seguido a regañadientes a una insistente Lana a la ceremonia que debería honrarla mucho más que a mí, donde Rick, todavía jovialmente enojado por haberse perdido el enfrentamiento final con Roberts, anticipó alegremente su tiempo en el escenario con nosotros. La ceremonia en el Mandalay Bay, fiel a la tradición de Las Vegas, fue un espectáculo épico en su salón más grande, sobre un escenario enorme. Lana, Rick, Banshee y yo nos sentamos con el alcalde a un lado y un senador estatal al otro. Los medios de comunicación se mezclaron con celebridades y personalidades importantes, como Feng, el Jefe de Policía, Roland y Stillman, y Charles Hedenfeld III, el anfitrión del evento.

—Hace poco más de un mes, una tragedia golpeó a nuestra familia de Mandalay, cuando un robo provocó el asesinato de trece de los miembros de nuestro equipo.

Después de un emotivo panegírico en honor a cada uno de los empleados caídos, le dio el micrófono al Jefe para rendir homenaje al Sargento Krug, una vez injustamente difamado y ahora reconocido como otra víctima trágica, enterrado con todos los honores por haber caído en cumplimiento del deber. Roland y Stillman aceptaron premios por su trabajo en el cierre del caso.

—¿Pueden acercarse la Srta. Hearns, el Dr. Docker y Banshee?

Nos pusimos de pie entre aplausos y nos quedamos de pie, incómodos, bajo los focos. Rick nos miraba con furia detrás, con un traje oscuro y camisa negra, como nuestro guardaespaldas. Lana me apretó la mano y volví a centrar mi atención en el alcalde.

—La ciudad de Las Vegas les agradece por su servicio y por arriesgar sus vidas para ayudar en la investigación y encontrar justicia para los miembros caídos de nuestra comunidad. Es un honor para mí otorgarles las llaves de la ciudad de Las Vegas.

Los aplausos retumbaron, mientras nos entregaban a cada uno de nosotros un certificado y una llave. Me volví para volver a mi asiento, y el Sr. Hedenfeld me detuvo.

—Espera. Todavía no hemos terminado. Les voy a entregar a los dos una llave del Mandalay Bay. —Nos estrechó la mano y le susurró algo a Rick, que se rió suavemente—. Todos, por favor celebren a nuestros nuevos miembros *platinum* de por vida, bienvenidos a quedarse en nuestro hotel en cualquier momento, cortesía de la casa.

Su mano levantada silenció a la multitud.

—Y para asegurarnos de que Banshee también se sienta bienvenido, estamos construyendo un parque para perros cubierto de 900 metros cuadrados llamado La Casa de Juegos de Banshee para acomodar a nuestros huéspedes caninos.

Me incliné para decirle a Banshee que sonriera y se inclinara, lo que hizo a la perfección. Rugieron los aplausos. El Sr. Hedenfeld volvió a silenciar a la multitud.

—Tenemos un homenajeado más esta noche. Como saben, prometimos una recompensa de un millón de dólares por información que condujera al bombardero. El talento especial de un joven lo identificó al instante. Mac Kennedy, o Pequeño Mac, como le gusta que le digan, por favor, sube.

La sonrisa del Pequeño Mac iluminó la habitación, mientras estrechaba la mano del dueño del casino y recibía una gran réplica de un cheque por un millón de dólares. La historia de su talento para el reconocimiento de voz había atraído el interés público, así como la atención del FBI. Los agentes de su división técnica estaban trabajando con él para entender cómo podía identificar voces que sus mejores computadoras no podían. Una vez finalizadas sus autorizaciones, sería un consultor remunerado para el FBI.

—Fue muy divertido. Voy a ir a preguntarle a ese chico del casino si yo también puedo obtener el estatus de platino —dijo Rick, mientras caminábamos juntos por el casino.

—Rick, puede que no tengas el estatus de *platinum*, pero eres tendencia en Twitter bajo el hashtag #quieneselgrandulón.

Lana sostuvo su teléfono para mostrárselo.

—Maldita sea. Ser tendencia en Twitter no está mal. Soy famoso.

Rick se escapó y desapareció en el abarrotado casino.

—Discúlpeme, por favor, ¿tienen un momento? —preguntó Feng.

—Por supuesto. Supongo que estás aquí para llevarte las joyas a casa —dije.

—Esa es una de las razones de mi visita, pero el Sr. Zhang me pidió que les ofreciera su agradecimiento con una pequeña muestra de su aprecio.

Hizo un gesto a un asistente que le entregó dos cajas de madera bellamente talladas, entregándole una a Lana y otra a mí, haciendo un gesto para que las abriéramos. Descansando sobre terciopelo rojo estaba el reloj más hermoso que había visto en mi vida. Lana respiró hondo, mientras admiraba su reloj a juego.

—Como saben, el Sr. Zhang colecciona relojes finos y disfruta compartiéndolos como regalos. Los encargó hace un año a Phillips Patek y ha esperado la oportunidad adecuada para compartirlos. Son modelos únicos producidos exclusivamente para el Sr. Zhang. Dentro de la caja encontrará una tarjeta. Si llaman a ese número, alguien irá a su casa para ajustar el reloj y explicarles sus funciones. También irán a cualquier parte del mundo para repararlo si tiene algún problema.

—Feng, por favor agradézcale al Sr. Zhang por nosotros. Este es un regalo extremadamente generoso —dijo Lana.

—Con gusto. Además, al Sr. Zhang le gustaría ofrecer crear un nuevo chaleco para Banshee. Entendemos que el chaleco actual fue mellado. Ofrece tener uno hecho de la última fibra de carbono, más fuerte y liviano que el actual de titanio, con funciones electrónicas integradas. Se sentiría honrado si usted ayudara en el diseño del chaleco.

—El honor sería todo mío. Por favor, transmitan mi gratitud.

—Muy bien. Como aficionado a las carreras, al Sr. Zhang le gustaría tenerlos como su invitados en cualquier carrera de F1. Tienen mi número. No duden en llamar, y les enviaremos un avión y tendremos una suite lista a su llegada. Ahora, si me disculpan, tengo un largo vuelo de regreso a casa.

Feng se deslizó silenciosamente entre la multitud, ahora dispersándose por todo el casino. Señalé a un grupo de reporteros que rodeaban a Rick.

—Me pregunto qué estará diciendo —pregunté.

—Lo más probable es que esté hablando de una película de superhéroes, de dónde jugar juegos en línea con él, de su caso favorito de urgencias, o de esa vez que casi se pelea con todo un bar de supremacistas blancos.

—Es muy carismático. Todo el mundo quiere a Rick.

Lana se rió de Rick, que ahora realizaba volteretas hacia atrás para los reporteros. Sentí una mano en mi codo y me giré para encontrar a un Pequeño Mac sonriente.

—Oye, hombre, lo hiciste muy bien allí arriba. ¿Lo disfrutaste? —pregunté.

—Sí. Fue muy divertido con gente agradable. Oye, ¿puedes sostener este cheque por mí y dejarme llevar a Banshee a dar un paseo?

Se inclinó para recibir besos de Banshee.

—Vamos a hacer algo mejor que eso. Vamos a salir contigo.

Banshee y el Pequeño Mac trotaron alegremente delante de nosotros, mientras dividían a la multitud al salir por la puerta.

FIN

AGRADECIMIENTOS

Empecemos con algo fácil. Si estás pensando en robar la bóveda de Mandalay Bay, ese no es un buen plan. Estoy seguro de que tienen un centro de seguridad con guardias y una bóveda llena de dinero en efectivo y, ocasionalmente, objetos de valor de los huéspedes, pero desconozco las medidas de seguridad reales del hotel. Por alguna razón, no me quisieron compartir un plan de seguridad detallado, pero estoy seguro de que cualquier intento de robo basado en este libro fracasaría.

Los detalles de la carrera de F1 son precisos y proporcionaron una distracción natural para la trama. Aunque no tuve la oportunidad de dar una vuelta rápida en este evento, sí he sido pasajero en vueltas rápidas en un Mercedes conducido por un AJ de la vida real. Es un piloto profesional, y si alguna vez tienes la oportunidad de subirte a su carro, abróchate el cinturón y disfruta. AJ te llevará por la pista al límite de su rendimiento.

Muchas gracias a los guías de la presa Hoover, quienes no me denunciaron cuando les pregunté cuál sería el mejor lugar para intentar asesinar a alguien dentro de la presa. En cambio, mantuvieron una animada conversación sobre posibles ubicaciones para mí. Las fuerzas de seguridad de la presa Hoover son reales y están bien entrenadas para manejar cualquier amenaza.

El personaje de Rick está basado en un buen amigo con el que crecí. Si hubiera sido médico, habría elegido medicina de urgencias y era tan divertido como el personaje descrito en este libro. Siempre tenía tiempo para hacer reír y sonreír a un niño y nunca se enfrentaba a un problema que no quisiera resolver.

Me quito el sombrero ante la supervisora de enfermería anónima del Hospital Sunrise, quien se negó a permitirme el acceso a urgencias. Solo quería ver el interior, pero me consideraban un riesgo para la seguridad. Hizo un excelente trabajo. No importa la edad que tenga, siempre hay una enfermera a cargo más que quiere fastidiarme.

Este libro no sería posible sin mi agente, Cindy Bullard de Birch Literary, ni el excelente equipo de Black Rose Writing: Reagan, Minna, David, Justin, Chris y todos los que lo crearon.

Por último, y lo más importante, quiero agradecer a mi esposa Tamara por su habilidad para editar. Estoy lleno de ideas, y mis palabras se desparraman por la página en un caos desordenado. Tamara es una maestra en poner orden en mi caos y lograr que la historia comunique lo que, de alguna manera, sabe que quise escribir.

El próximo contrato de Doc y Banshee será en Washington, D.C., donde los problemas los volverán a encontrar.

Espero que hayan disfrutado del libro. Siempre agradezco las reseñas positivas en Amazon y los comentarios de los lectores a través de mi página web GaryGerlacher.com.

SOBRE EL AUTOR

Gary Gerlacher es un médico de urgencias pediátricas que se capacitó y trabajó en varias salas de urgencias de Texas antes de abrir sus propias clínicas de atención de urgencias pediátricas. Sus treinta años en la medicina se han centrado en ampliar el acceso a una atención de alta calidad para todos los niños, y sus historias ofrecen una visión única del funcionamiento interno de la sala de urgencias. Tiene tres hijos adultos y reside en Dallas con sus dos perros rescatados y su esposa Tamara.

Visita www.garygerlacher.com para mantenerte al día sobre futuros libros.

UN THRILLER DE AJ DOCKER
LA ÚLTIMA
PACIENTE
DE LA
NOCHE
GARY GERLACHER

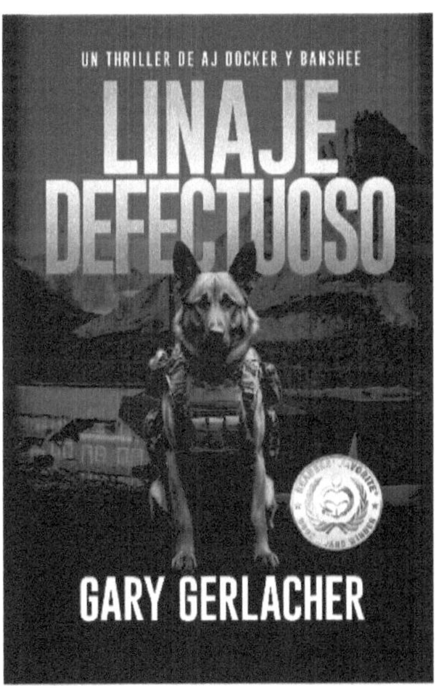
UN THRILLER DE AJ DOCKER Y BANSHEE
LINAJE
DEFECTUOSO
GARY GERLACHER

NOTA DE GARY GERLACHER

El boca a boca es crucial para que cualquier autor tenga éxito. Si te gustó *Traición en la Ciudad del Pecado*, deja una reseña en línea, en cualquier lugar que puedas. Incluso si es solo una oración o dos. Marcaría la diferencia y sería muy apreciado.

¡Gracias!
Gary Gerlacher